魅丽文化
花火工作室

天然与傲娇

蒋临水 著

图书在版编目（CIP）数据

天然与傲娇 / 蒋临水著 . -- 南京 : 江苏凤凰文艺出版社 , 2022.1
ISBN 978-7-5594-5488-1

Ⅰ . ①天… Ⅱ . ①蒋… Ⅲ . ①长篇小说 - 中国 - 当代
Ⅳ . ① I247.5

中国版本图书馆 CIP 数据核字 (2020) 第 244918 号

天然与傲娇

蒋临水 著

出版统筹 曾英姿
责任编辑 张 倩
特约编辑 蒋晗婧 沐 沐
装帧设计 吴思龙 @4666 啊
出版发行 江苏凤凰文艺出版社
南京市中央路 165 号，邮编： 210009
网 址 http://www.jswenyi.con
印 刷 湖南凌宇纸品有限公司
开 本 880mm × 1230mm 1/32
印 张 10
字 数 242 千字
版 次 2022 年 1 月第 1 版
印 次 2022 年 1 月第 1 次印刷
书 号 ISBN 978-7-5594-5488-1
定 价 45.00 元

目录 · Contents

目录 · Contents

第一章

心软是病，得治

傍晚时分，太阳落下一半，剩下红彤彤的一半，也在迫不及待地往山下钻，像着急去赴山那边的宴会。西边的光亮一闪一闪的，火光照亮岛状的云，浓烟模糊了视线，让人误以为那是夕阳最后的璀璨。

韩阳啃着冰棒，看一会儿桌上如火如荼的战局，又看看那边的云，觉出不对，拍拍身旁某人的肩膀："拾安，西边好像着火了。"

洛拾安含着糖，没抬头，半长的刘海落在眼尾处，把锋利的眉挡住一半。身下的凳子太矮，他坐下来后两条长腿无处安放，怎么换姿势都不舒服，干脆站起来，一脚撑地，一脚踩在板凳上，左手握牌，拄着膝盖，右手搓着刚刚剥下来的糖纸。

韩阳又喊了他一遍。

洛拾安说："着火你不打'119'，找我有什么用？"

话是这么说没错……

韩阳眯眼仔细看，离得太远看不清，只看到一团红光，他也不确定是不是真的着火。他把冰棒的包装袋扔进那边的垃圾桶，虽然心里还不踏实，但目光已经转了回来。

洛拾安缓缓地把黑色衬衫的袖子卷起一半，露出小臂结实的肌肉，左耳的钻石耳钉闪着细碎的光，衬得他脸上的一抹邪笑更加魅惑得意。他抽出两张纸牌，王炸！

与他对战的两个老头，笑容僵在脸上。

洛拾安拄膝盖拄得累，换了只脚踩凳子，紧了紧鞋带："大爷，这把不许赖账啊，上把还有上上把的加一起，一人一块五，要是你们没零钱，就合资到那屋给我买盒刨冰吧，有点渴。"

两个老头收牌，顺便斗嘴："都怪你，刚才那四个'2'出太早了。"

"我就是留到最后也打不过两个王啊，还说我呢，你还不是老早就把大牌全放了？！"

回去的路上，洛拾安一勺一勺地往嘴里送刨冰，韩阳鄙视他："平常坑我们几个也就算了，还在这儿骗老头的钱，你缺不缺德？"

他和洛拾安认识这么多年了，打牌从来赢不了，不光是他，反正他还没见洛拾安输给谁过。

洛拾安扔掉刨冰盒，将糖纸折成千纸鹤。

韩阳"嘁"了一声。

距离客栈大概六七百米，太阳都看不见了，天越来越黑，路却越来越亮，小镇喧闹得反常，光亮源头进入视野内，洛拾安终于有了反应："真着火了？"

他目测了一下，好像是他住的客栈的方向。

洛拾安慢悠悠地走过去，站在客栈小院的栅栏外，他确定自己没看错。

大火来得出其不意，下午他出门前还好好的，当时距离晚饭时间还有一会儿，他因为闲得无聊，遂找那两个在当地号称"赌神"的大爷打了一个小时的牌。

就这么一会儿，火势已经汹涌得没有回转的余地了。

小镇偏僻，消防员还没赶到，洛拾安朝身边的女生打听情况："怎么烧起来的？"

女生看到洛拾安的脸，因大火而产生的惊吓退去一半，略带羞涩地说："着火的时候没人在，等人回来已经晚了，人倒是没伤到。幸亏这家是独门独院的，不然邻居们都得遭殃。不过也正因为离得太远，连水管都扯不过来。"

韩阳觉得惋惜："这么老的房子，烧成这样，就是灭了火也修不好了。"

洛拾安一颗一颗地解开衬衫的扣子，胸前的银牌吊坠被火光映成红色，他拂开碍眼的刘海，擦了一把额心的汗，说：“走吧，韩阳，这儿太热了。”

刚刚一起打牌的大爷气喘吁吁地赶过来，拽住洛拾安的胳膊，愤愤不平：“你们两个小伙子，身强体壮的，也不过去帮着救救火？”

“不是给消防员打电话了吗？”

他去能管什么用？这么大的火，一桶水两桶水的，杯水车薪，浪费人力。

“就让你去搭把手，你这人怎么这么没有公德心？”

洛拾安耸耸肩，理直气壮地说：“又没人给我发工钱。”

老头被他噎住了，气得直跳，赌气似的拎起旁边的水桶，像是要给在场的人做个榜样：“现在的年轻人真是一点善心都没有！”

洛拾安毫无反应：“哦，那您加油。”

韩阳看不过去了：“要不我们帮帮他吧。”

洛拾安板着脸，没好气地看他：“要去你自己去。”

他最近心情很差，韩阳不敢惹他，便悻悻地闭嘴。

周围的人听到这番对话，都开始指责洛拾安不够善良，洛拾安恍若未闻。

电光火石之间，他蓦地想起一件重要的事情，麻利地越过栅栏，冲进火场。他动作太快，韩阳都没反应过来，幸亏里面的人拦住他：“小伙子，要帮忙就去拎水，这屋里现在可进不去人啊！”

韩阳跳进去把他往回拽：“你找死啊！”

洛拾安吸进一口浓烟，掩唇轻咳：“我的吉他在里面。”

韩阳僵了僵，小声问他：“是致一的那把？”

洛拾安“嗯”了一声。

韩阳的表情随着洛拾安一起凝重起来。

洛拾安的吉他出自致一工作室，制琴的人名叫冉致一，是洛拾安的青梅竹马。

五年前，暑江举办了一场少年乐队赛，冉致一希望洛拾安参加，像传递平安符的意义一样，把那把琴交给了他。

那年他们十七岁，怀揣着美梦出发，盛夏时分，少女很有心机地选择在黄昏为他送别，晚霞中她泛红的面庞不会显眼，蝉鸣会掩盖她心跳的声音。

当时冉致一是怎么说的来着？

“让它为你而发光。”

那场比赛他们一路向高走，“拾光乐队”一举成名，后来几年，洛拾安带着那把吉他参加了一场接一场的演出，台下为他喝彩的声音一茬接一茬地响起，唯独冉致一不在。

桩城之外如想象般壮丽辽阔，却没有冉致一。

时光荏苒，眼前光景恍惚了一瞬，风换了个方向，刚才处于安全地带的围观群众被突然掉头的浓烟呛得剧烈地咳嗽，众人换个地方继续围观，救火的大叔让韩阳把洛拾安带走，不帮忙也别添乱。

韩阳看着洛拾安，想说话，嘴却像被什么东西塞住了，只觉得连呼吸都变沉重了，他实在不知道该说什么。

大火还未燃到门边，也许还有机会。

火舌吞吐着，让人恐惧，浓烟缠绕，像压在头顶的阴云久久不散。

他看到洛拾安缓慢地往后退，好像放弃了。

糟糕的事情一件接一件地发生，这半年来他们一直不顺利，最好的伙伴才离开不久，他们是为了散心才来这里，没想到还会有意外发生。

就在韩阳兀自失落的时候，洛拾安随手扯了件不知是谁扔在地上的外套，转身在帮忙的群众手里抢过一桶水，倒在自己身上，在所有人瞠目结舌的注视之下，蒙头冲进火海。

韩阳也要跟着，被洛拾安推了一把，跌在地上，浓烟呛得他睁不开眼，洛拾安的声音模糊着，越飘越远：“你在外边等着！”

救火的大叔们急得上蹿下跳：“这哪儿来的疯子？东西重要还是命重要？”

那把吉他，比洛拾安的命还重要，所以韩阳才没有拦他。

一波未平一波又起，围观群众蓦地喧哗起来，一个匆忙赶到的中年妇女也要往火里冲，却被人死死按住，那女人撕心裂肺地尖叫一声：“我女儿在里面呢！”

众人一个愣怔的工夫，火舌吞了门框……

客栈内部火势凶猛，洛拾安走过的地方都迅速燃起，二楼的楼梯燃了一截，勉强能冲过去。

要是救不出来，他就没法跟冉致一交代了。

冉致一，冉致一！

洛拾安清晰地感觉到衣服上的水分正迅速蒸腾成滚烫的热气，落在皮肤上时有灼热感。

他住的房间在二楼右转的第五间房，之前选这个房间是为了安静，现在才发觉这段路途无比遥远。

浓烟不易视物，隐约能看见路过的门，一间、两间、三间……距离成功只剩下一步，他却下意识地顺着右手边敞开的门缝往里面望了望，透过浓烟和火星，还未完全燃起的桌子下好像有一只脏兮兮的、肉乎乎的小手。

他踹开门，冲过去，掀开桌子，探了一下小女孩的鼻息。

还好，小女孩只是晕过去了，洛拾安把她抱起来，门框倏地落下来，他转身用后背挡住，把小女孩护在怀里。

他扶着墙缓了一会儿，火星烫到他的手，他松开，回头看，就这么一会儿，存放吉他的那间卧室已经进不去了。木门烧坏，门框随时可能落下来，要是他一个人也许还能蒙头往里冲，但……他看看怀里的小姑娘，不知道她还能撑多久。

洛拾安身上的衣服已经干透，裤脚仿佛在燃烧，他第一次这么近距离地接近大火，耳边全是火烧木头的声音，比舞台音响还让人觉得震耳欲聋。

整栋屋子摇摇欲坠，被烟熏太久，洛拾安的胸腔火辣辣地疼，再不走就走不掉了。

他攥紧拳头，低骂一声，用没受伤的胳膊拢紧小姑娘，把外套盖在她头上，几大步跨到楼梯口。

木制楼梯几乎烧成红色，洛拾安每踏出一步都像置身油锅般，鞋底也被烧焦。

他一脚踏空，楼梯塌了，从二楼坠下去，临跌落之前他迅速翻身，把小女孩紧紧护在怀里，用自己的后背着地。

多奇怪，洛拾安从不觉得自己是好人，所做的一切都从心，高兴怎样便怎样，从没想过自己有一天会因为见义勇为挂在这里。

要是冉致一知道，会不会嘲笑他？

耳边轰隆一声，他近日来一直压在心上的石头倏然消失，无论是因误解他而离开的队友、被硬扣的黑锅，还是无缘无故背负的奇怪骂名，以及冉致一……

她亲手交给他的吉他是用来支撑他走下去的信念，就在那间房间里，也将随着大火被燃为灰烬。

他决定放自己一马。

救护车的鸣笛声很刺耳，迷迷糊糊的时候，他听到有人在呼唤自己的名字，意识要消失的瞬间，他扯住边上不知是什么人的衣袖，小声说："别忘了打电话给冉致一，让她来给我收尸。"

冉致一，冉致一……越是到了这么紧急的时刻，越是想起无关紧要的人。

无关紧要吗？

洛拾安闭上眼睛，记忆一幕幕往回闪。

冉致一，她在做什么呢？

远在桩城的冉致一，正在为手中的花心木质量不过关而发火，原来的供货方出了点问题，助手私自签下一份较便宜的单子，自己在中间赚差价，被发现了以后又改口跟她说，这两种木头差别不大，就算内行人也分不太清，现在热带美洲的桃花心木太难求，找到替代品也不算坏事。

冉致一冷着脸听他说完，把木头放在他手里："你明天不用来了。"

她在工作室待了这么多年，还不知道这两种木头差别不大？差别再小也会影响音效，哪怕是一丁点的差别都对不起工作室的名字。

每把琴都是有生命的，冉致一绝对不做瑕疵品。

冉致一搁在一边的手机已经振动了三回，但被机器声干扰，她没有听见，直到三哥看到后喊了她一声。

冉致一抖落一身木屑，解开围裙，到工作室外，看到屏幕上的来电显示，心里跳了一下，却隔了许久才按下接听键。

她佯装镇定："韩阳，什么事？"

听筒里传来呼呼的风声，韩阳在那边停顿许久，轻声道："致一，我现在跟你说件事，你先找个墙扶一扶，千万别太激动。"

冉致一最讨厌韩阳这个磨磨唧唧的毛病："直奔主题行不行？是洛拾安那个浑蛋让你找我的？"

听到韩阳"嗯"一声，冉致一对着门前的大树翻了个大大的白眼："他有事为什么不自己联络我？"

韩阳报上医院的地址："拾安遇上火灾了，让你来给他收尸。"

冉致一以为他在开玩笑，很配合地笑了一声："帮我转告洛拾安，装死那套对我不管用。"

可是韩阳突然开始哽咽，气氛沉重到冉致一倏地心一紧，她正色道："到底怎么回事，你没骗我？"

"没有。"

仿佛有强烈的电流从冉致一的脚心钻入全身，她伸手去扶树干，手脚麻得没有力气，说话也开始不利索："那他人怎么样？怎么……怎么会出事的？"

韩阳抽泣了一会儿，嘴里像塞了个馒头，说得含混不清，冉致一急了："你给我好好说话！"

韩阳擦擦眼泪，缓缓道："本来没事的，后来拾安为了救一个孩子……"他话没说完，听筒里面啪嗒一声，随即只剩一片忙音，她再打过去就被宣告对方已经关机。

冉致一扶着树干慢慢蹲下，抖着手滑开屏幕，想订机票，却怎么也摁不到该摁的键。

她试了几次没成功，直到手机掉在地上，她崩溃了，双手掩面，失声大哭。

在屋里的三哥最先看到，急急忙忙地冲出来，蹲在她身边，扶她起来："致一，出什么事了？"

眼泪自指缝中汩汩流出，冉致一拉住三哥的手，哆嗦着说："帮我订机票，我要去看洛拾安。"

一个沙包突然飞过来打掉韩阳的手机，随之砸到他的脸。

韩阳疼得蹲在地上捂腮帮子，怒气冲冲地望向罪魁祸首："洛拾安，我招你惹你了？"

洛拾安用一只手缓慢地挪动着轮椅靠近，嘴上在道歉，却没有丝毫认错的态度："抱歉，抱歉，扔歪了。"

"我牙都快被你打掉了。"韩阳嘟哝着捡起手机，发现开不开机了，痛心疾首道，"我这手机才买不到两个月，你没事不在病房里躺着，出来乱晃悠什么？"

"天天躺着谁受得了？下楼转转。"洛拾安朝韩阳伸手，"沙包还我，跟隔壁小孩借的，还得还回去呢。"

韩阳不高兴，把沙包递回去，将盒里最后一个寿司放进嘴里："你倒是命大，从那么高的地方摔下来就骨裂了一只手臂。幸亏消防员和救护车来得及时，不然你现在只能陪阎王扔沙包了。"

洛拾安摸摸左臂坚硬的石膏："放心吧，我肯定死在你后面，逢年过节好给你烧纸。"

"你这是大难不死，以后好好学学，像个人一样，别太缺德了。"韩阳带着哭腔说，"我说，你腿又没骨折，坐轮椅干什么？提前感受晚年生活？"

洛拾安把拖鞋甩掉，抬起被绷带包裹得严严实实的右脚，骨折是不至于，但烫伤还是有的："你觉得我现在走路方便吗？"

韩阳抹抹眼泪，"喊"了一声。

洛拾安穿上鞋："你刚才给谁打电话呢？"

"通知致一啊，不是你让的吗？"

他顿了顿，捏紧那只沙包，抬起头，忽地注意到韩阳一脸泪水，哭笑不得："就打个电话，你至于痛哭流涕的吗？冉致一又骂你了？"

韩阳摇头，说："芥末放太多了。"

洛拾安笑了一下，把沙包扔起来又接住，想起半年前冉致一的绝交宣言。她这个人相当执拗，说出去的话，泼出去的水，她绝对不会主动来见他。

洛拾安抿抿唇，冲着太阳眯起眼睛："她说会来吗？"

"不清楚，反正我话带到了。"

几个打扮得花枝招展的女护士走过来，互相推搡，扭扭捏捏的，好半天才选出一个代表来说话，问洛拾安需不需要帮助，并送他回病房。

好几个人扭着腰推一把轮椅，韩阳被撞到了一边去。

他想起洛拾安刚进医院的时候，脸上沾满了灰，但也隐约看出好看的轮廓，直到洗完脸，剪干净头发，再睁开眼，在场的女性都吞了吞口水，互望一眼。

"洛拾安？"

"洛拾安！"

他已经习惯了。

从前也是这样，演出时台下大多数人都在喊洛拾安的名字，他和程光都只是他的陪衬，网上不止一人说过，"拾光乐队"里除了洛拾安，其他都是摆设。

也是，洛拾安才华横溢又有一张耐看的脸，是配得起那些赞扬的。

韩阳站在远处看着洛拾安的背影，心生感慨，在一起这么多年，有时觉得洛拾安很近，有时又好像很遥远。以前周年说洛拾安身边好像竖了道墙，这么多年了，那道墙似乎从没消失过。即使离得这样近，韩阳也没能看到他眼里的风景。

护士们你一言我一语，争着和洛拾安搭话，他有问必答，好像心情不错。

本来气氛还挺好，直到有人哪壶不开提哪壶："我们全家都很喜欢'拾光乐队’的，但最近新闻都说你们要解散了，是真的吗？”

另一个人接着说：“我还听说，你和鼓手为了键盘手争风吃醋大打出手！”

洛拾安的脸当即黑下来。

短暂的沉默后，众人意识到尴尬，韩阳赶紧上来打圆场：“护士姐姐们，拾安这里有我就行了，你们各忙各的去吧！”

韩阳把洛拾安推回病房，又帮他把沙包还给隔壁的男孩子，两人对着窗户坐了一会儿，目光同时落在东南角的塑料箱子上，里面装着已然面目全非的琴。

韩阳蹲在箱子旁边看了许久，抹了一把上面的灰，说：“要不要告诉程光？”

“没必要，他要是知道了可能会咒我死。”

“关于章雪……”

洛拾安给自己倒了杯水，喝了一口，一脸厌恶地打断他：“别提她。”

韩阳闭了嘴，仍然有些不甘心，背对着洛拾安说：“你真的希望我们就这么散了吗？”

洛拾安喝完一杯，又倒一杯：“你说反了吧？是程光提出要走的。”

“你可以跟他好好解释解释，这是个好机会，现成的苦肉计嘛，只要你耐心地说，我相信他……”

“砰”的一声，洛拾安的玻璃杯骤然摔在地上，在安静的病房内发出巨大声响，打断了韩阳的话。

玻璃碴四溅，洛拾安胳膊上的青筋凸起：“我没做过的事情，凭什么要解释？”

他忍了很久了，怒吼声在室内回荡两圈，在彼此的耳中回响几遍。

韩阳愣怔半天，慢慢站起来，离开病房。

“你厉害，你随意。”

韩阳走了。

洛拾安一个人坐了许久，干脆上床睡觉。他夜里高烧，睡不踏实，好不容易入梦，又被一阵哭声叫醒，睁开眼，见冉致一张着血盆大口，扑在他纯白的床单上哇哇大哭。

洛拾安的心头一紧，以为自己在做梦，伸手去摸她的脸，真实的触感传到指尖的那一瞬间，她的哭声戛然而止。

原来不是梦。

洛拾安“啧”了一声，掀开被子，翻身坐起来揉太阳穴。

他后悔没让护士给他换个红被单，以至于满屋雪白配上冉致一的哭声，显得特不吉利。

她哭声虽然止住了，眼泪却还是断了线似的往下落，洛拾安制止她：“我还没死呢，没人花钱雇你哭丧。”

听到他说话，冉致一的眼泪也停了下来，一脸看到诈尸般的惊悚神情：“你还活着？”

“我呸！”他的声音哑得更严重了，“你少变着花样咒我。”

冉致一擦擦眼泪，一抽一抽地说：“可是韩阳说，要我来给你收尸。”

洛拾安刚要骂人，一琢磨，好像确实是他交代韩阳的。他忘了那家伙脑子不转弯，把话说一半，造成了冉致一的误会。

但也幸亏如此，冉致一才会来。

洛拾安也不知道该哭还是笑，他搓了搓头发，努力堆个笑脸给她看，趁她还愣着，他戳她的脑门：“你就不会给我打电话核实一下，还是你根本就是盼着我早点死？”

冉致一被他戳得直往后退，确定他不仅活着，而且精气神十足，她挥开他的手，收回眼泪，站起来，整理好头发，恢复以往的冷静，气定神闲道：“抱歉，决定跟你绝交的时候，我就已经删掉了你所有的联系方式。”

这一拨挽尊表现得非常可以。

洛拾安为她闪电般的变脸速度鼓掌，笑意浮上眼角：“你副业是在夜市上出摊的吧？翻脸比翻章鱼烧还快。”

他语气里满是揶揄，冉致一深吸口气，看在他受伤的分上，不想跟他斗嘴，上上下下把他扫描个遍。

眼前的人除了左臂有石膏，小腿缠了一截绷带，以及肩上有瘀青，再没有什么严重的伤痕了。

他的头发因为烧焦剪短了不少，没穿病号服，套了件松松垮垮的白色半袖T恤，明明该狼狈的，却呈现出一种不羁的好看。

虽然不愿意承认，但冉致一的心脏确实在此刻才稍微平稳一些。

因为他还平安。

“你的手是什么情况？”

“骨裂，养一阵子就差不多了，没什么大的影响。”洛拾安的嗓子干得难受，说话都费劲，他指了指那边的茶几，“给我倒杯水。”

冉致一过去拿玻璃杯，倒完水，视线扫过角落里那只塑料箱，她惊了一下，刚刚放平的心再次提起。她走过去，弯腰抚摸里面焦黑的木头：“这是……”

木头的纹路依稀可见，她太熟悉了。

这是她精心挑选的木头，一日一日地仔细打磨，在琴头上写了他的名字。那是唯一用来连接她心意的介质，他说过会好好爱护它的。

他食言了。

连同这些日子的难过混在一起，冉致一的眼泪再次涌上来。

“啊，那个啊，那个……”洛拾安停一下，轻描淡写地说，“着火的时候它就在屋里放着了，会变成这样也没办法，对不……”那个“起”字还没说完，冉致一端着水杯已经走到他面前，他刚要去接，对方却避开他的手，一杯水迎面泼来。

水温大概三十多摄氏度，被空调一吹还挺凉快。

洛拾安扯起领子，淡定地擦擦脸，他差不多料到会出现这一幕了，幸亏看护没给那壶里换开水。

本来他昨晚睡前还私下练习了挨耳光时要配合她的手转出多少度才能不那么痛，而且还不穿帮，以备不时之需。

他一直注意她的手，随时准备在她出击的瞬间做出反应，结果他等了半天，也没等到那个耳光落下来。

一身演技无处发挥，他有些失望：“气出够了吗？”

他的语气彻底激怒冉致一，她攥着拳头看他：“你就这样想跟我一刀两断？”

洛拾安挑起眉梢：“冉致一，这么长时间不见，你倒是学会反咬一口了，是谁说再也不要见面的？你真当我是软骨头，一辈子停在原地等着你？当我的心是铁做的，蹂躏个千八百遍也不会疼吗？”他揉了揉肩，好像很疲惫的样子，“算了，气出够了就再倒杯水给我，然后出去吧。”

冉致一看了他半天，她恼火，想骂他，可他看起来太平静，她未战先输，再纠缠下去，也只能证明她没有气度。

明明早就说好再也不见的，分开这么久收到他的第一个消息，是来给他收尸，她一路捧着心脏飞奔而来，他却满脸不在意的样子。好像只有她在手足无措，只有她在惊惶不安。

嗯，怎么说呢，其实洛拾安也挺紧张的。

他琢磨着，要是能再挨一巴掌，他就能把苦情戏演得更热烈一些了。

可冉致一只是拿起杯子，重新倒了一杯水，放到他的床头：“既然你没事，那我就走了。”

她走到门口，刚刚按在把手上，门却先一步开了，就跟早高峰停站的地铁一样，一群人呼啦啦地涌进来，把她重新推回了室内。

众人列队鞠躬，惊得冉致一立正站好，洛拾安则差点从床上滚下去。

站在边上穿短裙的护士苦着脸道歉：“洛先生，我阻止过他们了，但是……”对方人多势众，她一个弱女子实在挡不住。

冉致一怔怔地盯着为首的女人，目光缓缓落到她手里的半筐鸡蛋和两只活鸡上。

那女人把身后的小女孩拉出来，小女孩脸上的灰尘已经洗去，雪白的脸，一双亮晶晶的眼睛，洛拾安看清她的脸，笑了一声：“是你啊，身体还好吗？”

小女孩羞涩地点点头，当妈的激动地发表一长串的感激言辞，一声令下，身后众人变魔术般拿出礼物，都是当地的土特产，鸡、鸭、鱼肉样样全。

公鸡在打鸣，鲤鱼在盆里欢快地扑腾。

这时小女孩的爷爷站出来说：“小伙子，我跟你道歉，之前说你没有善心是我的不对，没想到你不计前嫌，为了救我孙女还受了这么重的伤……”孩子爷爷说到这里哭了起来。

孩子爸爸接着道：“你的医药费我们一定会付的，这些东西就是一点小心意，能给你养养身体。还有，我听说你的吉他被烧坏了，多少钱，我们都照赔。”

洛拾安硬着头皮装成言笑晏晏的样子：“不用赔，东西都拿回去就行了。”

“那怎么行呢？要不是为了救小玉，那把吉他也不至于被烧成灰。”

冉致一在旁边听了一会儿，忍不住拉过一个人问情况。

感激大会结束，众人离开，洛拾安躺回床上，舒了一口气，顺便瞄一眼冉致一，有气无力地说：“你怎么还在这儿？”

冉致一坐在床边，有些理亏。刚刚的人已经把事情的始末告诉她了，她惭愧得不行，小声说：“你要是早点告诉我，我就不会那么对你了，我也不是不懂道理的人。”

洛拾安偏头望向她：“你给我机会说了吗？”

冉致一撇了撇嘴，好言好语地哄了他一会儿，他不肯接受，仍旧摆着一张臭脸。

冉致一耐心耗尽，火了，一下站起来：“洛拾安，你别蹬鼻子上脸啊，给你个台阶赶紧下，我警告你啊，错过这村可就没这个店了，你再不说话我就走了。”

冉致一拎起背包和行李箱，一步三回头：“我走了啊！我真走了啊！”

她走到门口，最后一次回头：“我这次走了可就再也不回来了啊！”

洛拾安打了个哈欠。

冉致一咬了咬唇，一气之下走出病房，要离开的时候，她听到身后传来一阵咳嗽声，洛拾安用沙哑的嗓子喊她的名字：“冉致一。”

她心疼，顿足。

“你会来，是因为担心我吧？”

她捏紧门把手，仿佛被一双大手扼住喉咙，将下嘴唇咬到充血才勉强讲出一句话。但她不想让他的恶作剧得逞，使他得意，她说：“你是死是活我都不在意。”

“真的吗？”

冉致一垂着眼睑，把已经关上的门又打开一条小缝，隔着门缝问他：“你想吃什么？”

他笑了：“牛肉汤。”

她找到洛拾安的主治医生，问他的情况，医生的回复和他说的差不多，她终于安下了心。

唉，心软是病，得治。

她回酒店换衣服，又去帮他买吃的，天已经完全黑了下来。

晚间住院部非常安静，冉致一放缓步伐，尽量不让脚下发出声音。

她走到洛拾安的病房前，顺了一下刘海，刚要敲门，却听到里面传出愉快的谈话，中间还夹杂着女生撒娇般的笑声。

门没有完全关，冉致一贴着缝隙往里看，这个角度看不到洛拾安的表情，只能看见白天那个护士细长的腿，她正掩唇对着拾安笑，不像在讨论病情。

冉致一竖起耳朵听。

洛拾安：“你的制服裙子怎么看着比别人的短一截呢？”

护士小姐：“没有啦，只是我的腿比一般人长，所以显得裙子短。”

冉致一的嘴角忍不住一抽。

洛拾安：“你们上班也让喷香水吗？”

护士小姐：“周围全是消毒水的味道，病人心情也不好呀。”

光天化日，岂有此理！

冉致一猛地拉开门，护士小姐僵了一下，尴尬地离开，在与冉致一擦肩而过时，和她互相打量了一番。

护士走了，冉致一走进病房，洛拾安正跷腿靠在沙发上看外国的比基尼杂志，忙得根本没空把眼睛转到她身上。

冉致一气不打一处来，把保温杯“咚”的一声搁在茶几上：“洛拾安！”

对方不说话，她当他耳聋，弯腰贴在他的耳边：“洛拾安！”

洛拾安揉了一下耳朵，视线仍在杂志上。

杂志封面的大胸美女刺激着冉致一，她咬了咬牙，抢过那本杂志扔到一边，拧开保温杯盒盖。洛拾安还是不吭声，只是顺着香味皱了皱鼻子，坐起来，伸手去拿那只碗。

冉致一按住碗的另一边，不让他动：“谁说这是给你的？”

洛拾安四处望了望：“这屋就我一个人，你不给我给谁啊？”

“这是我拿来喂狗的！”

洛拾安漂亮的眼睛半眯着，一半眼珠藏在深邃的眼窝中，漆黑的瞳孔里散发着淡淡的怒意。冉致一不服输地扬起下巴跟他较劲，他却对着她“汪”了一声。

一个字终结了整场战役，冉致一的大脑嗡嗡直响，瞬间死机。

趁着这工夫，洛拾安拿走那只碗，盛汤，喝汤，一气呵成。

等冉致一反应过来的时候，汤和肉都已经没了三分之一，她捂住发热的脸，为自己没有喝酒却断片的表现感到羞耻。

从小到大，冉致一记不清和洛拾安吵了多少次架，每次战争的结尾都是他以奇招制胜。就算她训练有素，也没法抵抗他用那种眼神看着她。

洛拾安吃饱喝足，让冉致一把碗拿走。

冉致一收起空碗，又被要求推他下楼散步。

生个病就把自己当大爷，他的腿包得是挺夸张，可医生告诉她，他根本伤得没那么重。她不上当，拎起保温杯要走，他迅速抓住她的胳膊，把她拽回沙发，握住她的腰。

冉致一吓了一跳，想挣扎又不敢太用力：“你活腻了吗？放手！”

他诚恳地说：“反正闲着也是闲着，没事作个死也挺好的。”

“啊？”

他把下巴垫在她的肩头，闻她头发的味道，突然改变态度，撒娇似的细声呢喃：“哄我。”

还说她变脸快，他才是不按套路出牌，她恼火：“你是小朋友吗？”

“本来想对你再冷漠一点的，又怕你走了就真不回来了。”

“我看你跟人聊得挺开心的。”

"我时不时也想闹一次脾气，让你心急哄我。"

"那真要让你失望了，我可一点也没有着急。"

"是，是我在焦虑，是我在想你。"

"少胡说了，这半年多没联络，你不是都过得好好的吗？"

她以为自己掩饰得不错，可语气里的抱怨还是流露出来了。

他摩挲她的头发，声音过电似的滚过她的耳畔："就算我在胡说八道，就这一回，哄哄我吧，让我得意一下，不行吗？"

每次都说最后一次，每次他都用同样的招数。

冉致一却不争气地为此而心软，一点也舍不得推开他。

她双手环住他的后背，闻到他身上熟悉的味道，红着脸说："最后一次。"

冉致一推着洛拾安的轮椅从电梯下楼，晚风十分凉爽，烦躁感慢慢消去，她低头看洛拾安修得短短的头发。

他没怎么变，依旧玩世不恭，好像对什么都不在意的样子，唯独对捉弄她这件事情乐此不疲。

他背对着她，半晌才开口："对不起。"

"嗯？"

"吉他。"他迎着风说，"我不是故意的。"

"哦。"

"我知道你肯定很生气。那是你的第一把吉他，对你有特别的意义。"洛拾安低声说，"不管你信不信，它对我也同样重要。"

她顿了顿："嗯。"

她当时生气只是因为大半年不见，他突然出现却吓她个半死。来的时候她在飞机上哭了一路，到现在眼睛还又酸又疼。

他又说："不过，好像因祸得福了，我知道你如果来了就一定会对我发火，但是，那样也好啊，我想再听到你的声音，我想再看到你。"

她小声说："我知道。"

洛拾安在风里静默许久，咳嗽了起来，冉致一绕到他面前，用手背贴他额头，皱眉道：“洛拾安，你发烧了。”

他“哦”了一声，没在意，握住她冰凉的手指，贴在脸上。

他想见她想了很久了。

这双手掌很粗糙，手心的茧子不知道脱过几层，从十岁开始，洛拾安总看到她缠着纱布上学，她很能忍，带伤握笔也只是轻轻皱一皱眉。

他那么心疼，她却始终一声不吭。

梦里的姑娘已经长得亭亭玉立了，就这样站在他的面前，他可以感受到她的体温，也能听到她的声音。

真好，是冉致一，冉致一在这里。

冉致一感觉自己摸到了一团火，把手从他掌心抽走，急着要去找医生，却被他制止了：“别走。”

洛拾安害怕睁开眼睛还是梦，怎么也不肯让她走。

她挣不开，试图和他商量：“我不走啊，我只是带你去找医生。”

“冉致一，”他好像烧糊涂了，呢喃似的说，“我还是喜欢你。”

第二章

拜托你不要靠近我

六年前。

自行车停在路边，十六岁的少年站在一栋洋房前按了三分钟门铃，屋里的灯明明亮着，却没人理他。

他后退几步，踏过草坪中间的小径，找到一棵老杏树，杏树正对着的那扇窗户紧关着，窗帘没拉，有灯光从里面照出来。

他捡颗石子扔上去，玻璃发出细微的叮了一声响，他拉着长音喊里边人的名字，始终无人回应。

他不放弃："请问我们美丽、善良又才高八斗的冉致一同学在吗？能否劳您大驾，打开您封锁心灵的窗扉，跟我说句话呢？"

映在玻璃上的黑色人影动了一下，洛拾安扬起嘴角，弯腰找到一大把石子，一颗接一颗地往上扔。

冉致一在窗前翻漫画，跟他一起耗耐心。

漫画翻了三页，玻璃的响声戛然而止，冉致一以为对方放弃了，站起来拉开窗，一颗网球迎面飞来，正中她的鼻梁，她来不及呼痛便仰头倒在地上。

洛拾安"啊"一声，知道不妙。

十秒钟后，一只手攀上窗沿，冉致一淌着鼻血缓缓爬起来，咬牙切齿道："洛拾安！"

"抱……抱歉。"

他没有石头了，就在兜里随便找了个网球凑数，没控制好力度。

坦白从宽，他道出自己半夜上门的原因："我的英语书找不到了，你那本能不能借我？我急用，特别急。"

冉致一用手背抹了一下鼻子，使劲关上窗，顺带连窗帘都拉上："不借，找别人去。"

洛拾安依旧磨人，小石子一粒一粒地飞上来，冉致一去洗手间洗了一把脸，出来后仍然能听见他在喊她，跟叫魂一样。

她快被烦死了，即使不情愿，也只得转身翻书包。

洛拾安又扔完了石头，一摸兜，还剩一个网球，将它扔出去的瞬间，窗户终于打开了。冉致一吃一堑长一智，脖子一歪，避开攻击，往下看，少年九十度鞠躬，双手合十举在头顶，态度倒是很端正："冉大小姐，帮帮忙，我作业还没写呢。"

他放学以后跟程光出去打游戏，这会儿回家才想起来做作业，然后发现书落在学校了。

冉致一揶揄他："你什么时候对写作业这么积极了？"

洛拾安抬起头，说："我已经一个星期没交英语作业了。"

上高二后他们换了英语老师，很凶，昨天为了不交作业的事，在办公室教育了他一个晌午，他想起来就觉得耳朵疼，实在心有余悸。

一本书从上面扔下来，里面夹的白色便利贴在风中散开，一张一张，雪花一样落在他的周围。

洛拾安弯腰把便利贴捡起来，捋好。贴纸上都是一些重点句型，只有最后一张是冉致一画的小人，旁边有注释：洛拾安是个大笨蛋。

洛拾安挑挑眉，小声念叨："书呆子。"

四下空气寂静，夜晚特别拢音，随便一句小声的牢骚都像开了麦克风一样响亮，冉致一环着胳膊靠在窗前，冷冷地说："我能听见。"

洛拾安迎着她笑，好像故意的，踏上自行车一溜烟走了。

冉致一在另一扇窗前皱眉站着，直到看不到他的影子才坐下。

她有些生气。隔天要记得把院门关上才对，省得他再来烦她。

沈姨端着热牛奶进门，在地上捡起两个网球，冉致一看了一眼，说："没用，扔了就行。"

过一会儿她又拉住沈姨的衣角："算了，先留着吧，球是无罪的。"

沈姨把网球放进抽屉里，用手语问："刚刚为什么不让拾安进来？"

冉致一喝了一口牛奶："讨厌他。"

沈姨没有再出声，冉致一喝到一半忽然停了停，把手举得高高的："您好久没见洛拾安了吧？他现在比我高这么多，老是低头俯视我。"

沈姨不会说话，只是笑眯眯地看着她。

她继续自言自语："长得高有什么了不起的，亮一哥比他还高呢。"

她想长高，所以拼命喝牛奶。

第二天冉致一到班上的时候，英语书已经摆在桌面上了，她望向在后门与人谈话的洛拾安，高一年级的学妹来找他问题，他正耐心指点。

冉致一搞不懂这群学妹的想法，与其来这儿找洛拾安，不如去办公室问老师。

但是，就算不是问问题，她们也有其他理由上门，在那些奇奇怪怪的借口当中，显然请教功课是当中最冠冕堂皇的一个，不太容易被拒绝。

冉致一见怪不怪，收回视线，翻开书，散落的便利贴都被贴回原位，但原先她画的小人被撕走，代替的是他贴上去的另一张黄色便利贴，上面画了一个长发圆脸的Q版小姑娘眯着眼在笑，旁边注释：洛拾安在我眼里是最帅的。

冉致一恼火，把英语书卷起来朝洛拾安的后脑勺径直丢过去。

攻击正中目标，洛拾安的温柔笑容被打断，班上鸦雀无声，只有学妹吓得捂嘴尖叫，叫声夸张得好像刚刚冉致一扔的不是英语书，而是榔头。

"学长！拾安学长，你没事吧？！"

"没事，你先回去吧。"

洛拾安捂着后脑勺，拦住要见义勇为的学妹，转头对上冉致一生气的脸，她举着那张便利贴质问他："这是什么？"

他接过来看，对着她的脸仔细对比："你不觉得我画得很好吗？"

"我是问你那是什么意思！"

“你不认字？那我念给你听……”

冉致一迅速捂住他的嘴，他按住她的手指，她像被烫到似的把手抽开。

洛拾安依然在笑：“开个玩笑，你这么认真干什么？真没有幽默细胞。”

“开玩笑也要适可而止！”

“咦？”他别有意味地勾起嘴角，“我又没说这个小姑娘就是你，你对号入座干什么？还是因为我说出了你的心声，你不好意思了？”

“我……”冉致一一张脸迅速变红，指着他，半天说不出一句话，最后只能气势汹汹地把便利贴团成团扔进纸篓，指着他警告道，“不许在我书上乱贴东西！”

洛拾安乖乖闭嘴，捡起地上的英语书弯腰递给她：“好的。”

洛拾安被打这一消息不出一节课就传遍了整个学校，高一年级的女生们下了间操就跑来慰问，高二年级三班被围得水泄不通，当事人却在座位上专心致志地往冉致一的英语书上抹胶水。

众人奇怪道：“学长，你在干吗呢？”

他小心翼翼地铺平书页：“冉致一的书，打我的时候摔坏了，她让我粘好再还她。”

女生们打抱不平，故意说给那边的冉致一听：“这也太不讲理了吧！”

可冉致一正捂着耳朵背课文，两耳不闻窗外事，上课铃打响，众女生嘟嘟哝哝地退出班级。

洛拾安将完好无损的英语书还给冉致一后，又附赠一瓶无糖杏仁露，勉强哄得她没了脾气。

她叹了口气，说：“下次不许再这样了。”

他毕恭毕敬：“我知道了，我保证，那你对我笑一下行不行？”

“走开。”

程光在一旁看了好半天，等洛拾安回到座位后，忍不住感叹道：“冉致一可真是你的克星啊。”

洛拾安没说话，专心拧着六阶魔方。

女生们都看不过去，私下打听冉致一和洛拾安的关系，听不同的相关人士拼接叙述，得出这样的信息：这两人家里是世交，青梅竹马，父母交情不错，正因为这样，洛拾安才在学校这么照顾她。

洛拾安在振中很有名，温柔而且有耐心，各方面都找不出什么缺点，唯一的瑕疵就是有点“天然”。容易丢三落四，还有就是反应慢，明明考试成绩名列前茅，却连别人说他坏话都听不出来，每次都是旁边人看不过去替他出头。

冉致一第一次听到“天然”这个词，还是周年跟她说的。她反应过来后笑得差点被口水呛死：“振中真是人才济济啊，也亏你们能把智障形容得这么委婉。”

周年和冉致一完全不是一个意思。

太完美的人会让人不敢靠近，加了这个特质之后，与其说是缺点，不如说是萌点。

女生们不想再看冉致一和洛拾安在一起，都认为洛拾安只是性格太好才会不跟她争，而她仗着父母的关系才恬不知耻地靠近他。

总之，不管是学长无可奈何，还是冉致一本身就是个无赖，为了学长以后的安稳生活，她们打算亲自上阵，替他扫除冉致一这块碍眼的绊脚石。

与此同时，高二年级三班一片平静，中午大家闲得慌，外边下雨，没法打球，程光拿出扑克牌：“老规矩，输了的人要负责写三天作业。”

洛拾安掰着魔方，只用一只手抓牌，然后把牌面扣在桌子上，摸到哪张出哪张。

他记忆力好，脑子里像装了记牌器，赢了一局又一局。

程光正为输得太多眼红，想趁机报复，刚好洛拾安放在桌上的手机振动一下，他立刻把手机抢过来看，发出一声诡异的笑，众人都把脑袋凑过去看。

“哎哟，这不是高一年级的赵欣然吗？约拾安看电影呢！”

“我知道，我知道，新生里最漂亮的那个是不是？”

“拾安，你什么时候拿到人家联系方式的？”

洛拾安要他们还手机，架不住人多手多，一个传一个，有人替他答应了邀约，把时间定在这周末，一群人捧着手机笑，教学楼顶快被掀开了，坐在窗边小憩的冉致一被无故吵醒，迷迷糊糊地抬头看，像说梦话似的嘟哝：“洛拾安，你安静一会儿行不行？”

洛拾安的脸上终于变了色，把目光落到罪魁祸首程光的脸上：“还我。”

他们极少看到洛拾安真生气，可气场这东西真的很神奇，他说这话时并没发怒，音量也没调高，嘴角甚至还挂着笑，可刚刚抄起拖布杆准备大干一场的程光瞬间消停，只觉后背阴风阵阵，把手机拿回来放到他的掌心，赔笑道：“拾安，闹着玩的，别生气啊。”

程光和洛拾安离得近，比别人更了解他一点，他平常对什么事都无所谓，也不计较，只是千万不要牵扯冉致一。

手机回到洛拾安的手上，赵欣然正在快乐地向他报告，票已经买好。

他收起手机，看向冉致一，她又趴回桌上继续睡，他竖起拇指做了个噤声的动作，众人了然，安安静静地各回各位。

两个男生在底下说悄悄话。

“被学妹那么甜地喊‘学长’的感觉一定很‘苏’，怎么就没有人那么叫我呢？”

“别做梦了。去年没分班的时候我跟拾安同班，他代表新生演讲之后，学校掀起一场‘学弟热’，一群学姐有事没事往我们班里跑。可见重要的是人，跟你是学长还是学弟都没关系。”

“真气人！你这么一说我倒是很好奇，那群学姐都哪儿去了？”

“知难而退了呗。”男生A用下巴示意身后，B会意之后往后看，洛拾安的视线正在冉致一身上。

A和B相视一笑。

“不知道学妹们能坚持多久。”

放学以后在游戏厅，程光问洛拾安：“周末你去吗？”

“哪儿？”

“跟赵欣然看电影。”

洛拾安转动方向盘：“不知道，再说。”

“人家票都买完了，你不去，让人小姑娘面子往哪儿搁？反正你又没别的事做，就去呗。”程光眼看又快输了，拼命加油门，“说起来，她从哪儿要到你电话的，你不是都拒绝了吗？”

“前两天她说手机丢了，让我帮忙给她打通电话。”

“哇，套路真多。”

一局结束，洛拾安胜利，程光无奈地捶了一下方向盘，见洛拾安好像要走，赶紧阻拦：“我还没翻赢呢，你干什么去？”

他言简意赅：“找冉致一。”

“你怎么张嘴闭嘴都是冉致一，赢了就跑你讲不讲究啊？！”

洛拾安不回答，拎上书包就走，任凭程光怎么喊都不回头。

冉致一值完日又写完作业，才出校门，就被一群女生给拦住了，看样子好像都是新生，她疑惑地问：“干什么？”

领头的女生说：“有件事情想跟学姐谈谈。”

这种场面冉致一经历过不知多少回，早有心理准备，她看看手表，表示时间不多：“说吧。”

“你跟拾安学长是什么关系？”

还真是。

冉致一很无奈，从小学到高中，总有人问她同样的问题。

她突然觉得有必要在后背贴一张字条，就写——我跟洛拾安没有任何关系。

“普通同学。”

“那你干吗老跟学长在一块儿？”

“有吗？”冉致一撇撇嘴，仔细思忖，好像平常大家都互不干涉，她也很少主动跟他说话。

她想到这里更加确定：“我没有。”

众女生以为她装傻，更生气了：“每次我们一去找学长说话，你就各种让学长下不来台。”

冉致一很笃定：“那一定是洛拾安的问题。”

女生们争不过她，便改恐吓："你以后不许缠着拾安学长。"

这个笑话挺搞笑，冉致一嗤笑一声："我又不属蛇，拿什么缠？不如你们给我现场表演一个看看？"

"你！我的意思是让你尽可能离他远点！"

"那你们得去和他说。"

她只是阐述事实，女生们却觉得她在挑衅，有人作势要动手："那我们今天就替学长出气，让你以后再也不敢动他一下。"

三个女人一台戏，一群女人不讲理。

人多势众，有点不妙。

冉致一正在琢磨从哪里逃跑比较有效率，一双大手突然拎住她的衣领，把她往后一拽，她歪歪斜斜地撞进一个胸膛。

洛拾安护住她，冰冷的目光扫过在场众人，落在她耳边的声音却是温柔的："你们在聊什么，好像很开心，带我一个好不好？"

冉致一推开他，嫌弃地拍拍被他碰过的地方："她们让我离你远点。正好，你来了，跟她们解释一下我们的关系。"

女生们咬牙切齿，又对洛拾安站在对方阵地而郁闷："拾安学长，你站错位置了，我们在替你讨公道呀！"

"什么公道？给谁讨公道？谁让你们这么做的？"洛拾安致命三连问，一群女生都不再开口，一个推一个，谁都不承认。

他按着冉致一的肩，说："你们有什么误会吗？"

"学长！"

冉致一听得头疼，不想听她们再吵："洛拾安。"

"是。"

"我有纠缠你吗？"

"嗯……"这么简单的问题，他竟然作出为难的样子，故意引人遐想连篇。

冉致一揪起他的领子："你给我好好答！"

他笑嘻嘻的："那就是没有。"

"什么叫那就是？！"

他皱眉，一脸无可奈何的样子：“那你到底要我怎么说？”

“就说没有就行了，别夹带私货。”

“哦，”他恢复正色，“没有。”

“听到了吗？”冉致一看向那群女生，“我很忙，不像你们这样每天无所事事，洛拾安是洛拾安，冉致一是冉致一，请不要以他为理由来找我麻烦，再见。”

冉致一扔下这句话以后拨开人群走出去，洛拾安在身后紧紧跟着，扔下一群女生大眼瞪小眼，除了干跺脚没有任何办法。

才下过雨的天空特别干净，被洗过的空气理应让人呼吸顺畅，可已经走出了半条街，冉致一仍觉太阳穴阵阵刺痛。

她回头看，果然，洛拾安还跟在后面。

她快走他也快走，她转弯他也转弯，她站住，用长柄伞把他隔住：“拜托你不要靠近我。”

透明伞上还有水珠，少数被甩到他的身上，他皱着眉说：“可是，我也走这条街啊。”

冉致一语塞，憋了半天只能说出一句：“你真的很烦人！”

夕阳落在他的脸上，他没穿校服外套，只着一件白衬衫，领口的扣子没有系，黑色书包斜斜地搭在肩上。

他搓了搓头发，说：“我没要你背也没要你抱，再说我就是回自己家，也没给你惹麻烦，你的逻辑很奇怪。”

冉致一指着身后，试图让他回忆起刚刚那群凶神恶煞的女生：“这还不算惹麻烦？”

洛拾安顺着她的手指看过去，神色一变，“啊”了一声：“冉致一，快看。”

冉致一转头去望，以为是那几个女生追来了，却看到正在往山下落的太阳，洛拾安趁机收走她的伞，靠近她：“漂亮吗？”

她吓了一跳，跌跌撞撞地往后退，一脚踩进水坑里，白鞋变黑鞋，裤腿完全湿透。

冉致一深吸一口气，她上辈子到底是造了什么孽？

他伸手想把她拉出来，她却像看到瘟神一样迅速后退。

洛拾安低下头，嘴角耷拉下来："好吧，我确实又给你惹麻烦了，对不起。"

对不起这种话，说得越多就越无力。

冉致一捂着耳朵，表示不想听，她拦住路过的出租车，逃似的钻了进去。

冉致一从后视镜里看到洛拾安没有追上来，松了口气，一路上催着司机开快点，她现在只想尽快避开他。

她一向怀疑自己和洛拾安八字相冲，不然怎么可能一靠近他就倒霉。

工作室外，陆时一拦住冉致一，问她："你这一身的泥，是掉哪个坑了？"

"被狗追的。"冉致一鼓了鼓腮帮子，想跳过这个话题，"我爸在里面吗？"

"废话，老师走出过这个工作室吗？把表情调整一下再进去，不然他以为你不想干活，还得挨骂。"

陆时一拿自己的袖子给她擦脸上的黑泥点，她忽然想起来问："你这是工作服吧，多久没洗了？"

陆时一托着下巴陷入了沉思："我也记不清了，好像是上个月洗的。"

"那跟抹布有什么区别？"

冉致一追着他打，两个人闹成一团，沈亮一打开门呵斥道："来了还不抓紧干活，闹什么闹？"

冉致一立刻收手。

进门换好工作服，冉致一立刻进入工作状态，工作室里不允许说话，大家都各干各的，谁也不打扰谁。

冉致一的曾祖父原先在维也纳制琴，在同期的工匠中是非常出色的一个，冉家手工琴在世界上都算赫赫有名，传到冉爸爸这里已是第三代。冉家十二年前回国，同年冉爸爸收养冉致一，带着让她继承工作室的意愿，他把工作室也改名为"致一"。

“致一工作室”的订单一年到头源源不断，冉爸爸只挑看着顺眼的人接单，他讨厌现实中的小朋友，却把吉他当孩子，对未来的主人精挑细选。

沈亮一和陆时一都是冉爸爸的学生，沈亮一是沈姨的养子，和冉致一一样，从小在工作室长大；陆时一是上了大学才加入的，如今是第四个年头。前者性格跟冉爸爸有些像，极其沉默且严肃，陆时一则比较爱闹。

不算冉致一，冉爸爸一共带了十个学生，最器重的是上面两位再加一个去年因为嫁人去了暑江自立门户的江从一。

冉致一从小待在工作室，从懂事便开始学着分辨木头的品种，听过无数把吉他发出的声音。她从十三岁开始尝试做第一把原声琴，到现在一共做好九把，全部因为质量没有达到爸爸的标准而毁，现在做的是第十把。

冉致一乐感强，天赋比一般人高很多，又足够有毅力，所有人都说她天生就是当制琴师的料，因此，冉爸爸虽然一直不太喜欢她，却也没有放弃她。

沈亮一在十七岁时已经可以接定制单了，得到的都是客户的十分好评，冉致一很想打破这个记录，遂把所有闲暇的时间都送进了工作室。

“致一工作室”面积差不多三千平方米，附近人烟稀少，极安静，对街有一家咖啡厅，店长总是坐在门口打瞌睡，咖啡做得特别好喝，这边的人干活累了偶尔会去那里休息，有时也打电话让他直接送咖啡来。

这次来送咖啡的却不是店长，端着纸杯的纤长手指似曾相识，冉致一抬头看手指的主人，眉头倏地皱紧。

“洛拾安，你来干吗？”

“路上碰到店长来送单，我就顺便帮他拿来了。”

她正想把他轰出去，那边的冉爸爸却把他喊走：“拾安，过来，看看我这把琴怎么样。”

冉爸爸拨动琴弦，弹他最常弹的曲子，完后又把琴递给洛拾安：“你弹一下试试？”

洛拾安摆手：“我不弹吉他。”

冉致一闻声回头看他一眼，正对上他的视线，她用力瞪他，试图把愤怒从眼神传递过去，而他却仿佛接收不到，只一味地对着她笑。

沈亮一打断他们："致一，你下周就要收工了，集中注意力。"

"哦。"她乖乖收回视线。

冉爸爸和洛拾安聊了好一会儿后才继续工作，室内恢复宁静，半晌，冉致一以为洛拾安已经走了，一抬头，忽见他就坐在对面直勾勾盯着她看。

她吓了一跳，捂嘴把险些跳出来的心脏咽回去，低声吼："你还不走，在这儿盯着我看什么？"

他用手机打字给她看："我就看着，保证不出声。"

"出去。"

他又打一行："冉叔叔在那边，你太吵了容易挨骂。"

竟然还会找人撑腰！

冉致一对他亮了亮拳头，却丝毫不起作用。

工作室八点收工，众人换了衣裳就下班了，冉致一还要再过两小时。她白天上课不能来，晚上就想尽量在工作室多待一会儿。冉爸爸去休息室喝茶，往常这时候的工作室只剩她和沈亮一，现在还多了一个看热闹的。

一直到十点半，冉致一也该走了，洛拾安还在，干巴巴地坐在凉板凳上等到最后一刻，而且全程腰板挺得笔直，眼睛雪亮，一点犯困的迹象都没有。

他上课的时候要有这精神头就不至于总被老师骂了。

沈亮一换完衣服出来，过去喊冉致一，当事人正跟洛拾安僵持，像领地受到威胁的猫。

沈亮一命令道："致一，别闹。"

冉致一蔫了蔫，把视线从洛拾安身上移开，说："亮一哥，今天你别送我了，太晚了，一来一回的，等你上床都十二点了。"

天这么黑，他不可能让她一个人回去："没事，走吧。"

最近沈亮一赶工特别累，已经熬了几个通宵，眼下的黑眼圈遮都遮不住，冉致一过意不去，想让他休息休息。

"我没关系的，"她拽一下洛拾安的袖子，"我跟这个人一路回去。"

“对，”洛拾安趁机接茬，“以后我每天都来接她。”

冉致一瞪圆了眼睛，想问他说什么疯话，但洛拾安眼瞎，看不出她一脸的敌意，直接拉着她出门。

一出大门，她立刻甩开他的手：“谁要你送我，少拉拉扯扯的。”

他摸不着头脑：“奇怪，我只是顺着你说的，你怎么又不高兴？”

冉致一被那些女生拦路的火还没消，越想越气，一看见洛拾安就想骂人。

她加快速度跑起来，洛拾安跟她跟得紧，无端演变成赛跑，结果他还没怎么样，她就累得半死不活。

她不想服输，硬撑着跑到家门口，抬头看，洛拾安竟然连大气都没怎么喘，在她揉着生疼的肺腔痛不欲生的时候，他还有余力悠哉游哉地嘲讽她：“晚安，冉致一，明天也一起夜跑啊。”

他似乎从来就没正经事，最大的爱好就是给她添堵。

他心满意足便挥手告别，一步三回头，不小心撞上街边的电线杆。

这一下撞得冉致一心里真舒坦，憋了一晚上的火总算散了。

不愧是她家门口的电线杆，她长出一口气，爽。

其实冉致一跟洛拾安之间并没什么深仇大恨，两家父母是故交，她从小跟他一起长大，小学的时候关系还不错，一直到了十二岁上初中，全校开始疯传冉致一喜欢洛拾安。

她浑身是嘴也解释不清，每逢洛拾安走过便有人朝她吹口哨，只要和洛拾安站在一起就必受戏弄。谣言越传越厉害，越传越离谱，到了后来，便屡屡有胆大的女生拦住她回家的路。

自此她和洛拾安渐渐疏远，可他不懂她的难处，不知道青春期的少男少女应该有别，还和小时候一样跟她相处。

他喜欢和她说话，不管是运动会上赢了几个球，上课睡觉做了什么梦，或者是哪个女生又给他递了小字条，他通通都会告诉她。

所有的麻烦都由他带来，他却不自知。她也曾尝试跟他好好沟通，却找不出合适的理由，每次他问为什么的时候，她都不知道该怎么解释。

这要她怎么说才好？

"不想有人误会我喜欢你。"

这么羞耻的话，打死她一百遍她也说不出口。

总之，洛拾安是笨蛋。

洛拾安刚从浴室出来，接二连三地打喷嚏，不知道是冉致一在念经，还以为空调温度太低。

周末到来前，洛拾安去高一找赵欣然。他往门口一站，隔壁班的女生都趴在窗口看，赵欣然紧张地搓手指，低着头，一脸绯红，娇羞地叫了声"学长"。

男生当众叫一个女生出来谈话，仿佛高调地宣布什么，众人凝神细听，只见洛拾安优雅地掏出钱包："你那两张电影票多少钱？"

赵欣然连忙摆手："不用你付钱。"

洛拾安耐心解释："之前那条信息是别人抢了我手机替我回的，我其实没打算跟你去看电影。但是你都买了票了，我也不能让你受损失，反正那个电影我很喜欢，你把票卖给我就好了。"

赵欣然的笑容僵在脸上，指尖关节搓得发白："学长，你开玩笑吧？"

他笑着回答："没有哦，我是认真的。"

如果真的只是不想看那场电影，直接发信息告诉她一声就好了，当着这么多人的面，她的脸上过不去，试图挽回，笑着说："就不能将错就错吗？信息是谁发的都不重要啊，只要学长愿意出面就行。"

"我不愿意跟你去看。"

那个"你"字咬得很重，赵欣然干笑两声，硬着头皮问："那你想跟谁去看？"

"冉致一。"

惊呼声响起一阵又一阵，躲在屋里偷听许久的女生们都震惊了，赵欣然睁圆了眼睛："学长，你干吗老跟那个学姐待在一起啊？"

洛拾安听到冉致一的名字时，嘴角上扬："我想跟谁待在一起就跟谁待在一起，还需要跟你解释是什么理由吗？"

一句话堵住悠悠众口，洛拾安把钱放到赵欣然手里，又说："那天拦住冉致一的人里面也有你一个吧？”

“我……”赵欣然结巴了一下，“我只是替学长打抱不平。”

“你哪里看到我需要被抱不平了？”

“学长一点也不生她的气吗？”

“我为什么要生气？”

赵欣然被问住了。

洛拾安按着她的肩，指尖收紧，弯腰平视她，脸上的一贯笑容倏地冷却，温柔的语气里像掺了冰碴儿：“拜托你以后不要去找冉致一的麻烦，我的心情和她是串联的，她生气，我就要遭殃了。而且她这个人不爱记仇，所以她的仇向来是我帮她记的，你找她的麻烦，就是在找我的麻烦。不过，嗯……”他顿了一下，“估计你这次也不是故意的，所以就算了，说好了，下次可不许这样了哦。”

赵欣然回过神，明白了，他其实是来替冉致一讨公道的。

这跟传闻好像不一样，不是说他是逼不得已的吗？

打算潇洒离开的洛拾安在窗外看到熟悉的身影，停下来看，外面的冉致一和周年正结伴往小卖部去，她一贯走路不看路，只顾着看手上的东西，没看到脚下台阶，一脚踏空，摔了一跤。

周年伸手扶她，她揉着疼痛的屁股正准备站起来，忽听身后传来一声大叫，周年吓得手一松，她又坐了回去。

二人顺着声音望过去，三楼中间的某扇窗户正开着，里面的洛拾安双手拢成喇叭状，很紧张地朝这边喊：“冉致一！你摔坏了吗？哪里疼？我这就来救你！”

路过的人把他从窗台拉下来，提醒道：“学长，这是三楼！”

冉致一黑着脸，跟周年说：“快走！”

她丢不起这个脸。

振中的消息网很灵通，洛拾安的这段话很快传遍女生圈，校园网上有人发帖议论这件事情，留言板上放眼望去全是痛哭流涕的表情——

“学长不会真的是心甘情愿被那个冉致一缠着的吧？”

"啊！救命！我不能接受！"

这时某知情人士匿名发言，表示知道一点小内幕，众人催他回复，过几分钟后，那人一口气发出一长串内容。

这人说自己和洛拾安小学初中都同班。小学时冉致一被欺负，洛拾安就私下调教那些故意捣蛋的男生，动辄调教得鼻青脸肿；初中时冉致一是班花，有学长经常找借口跟她说话，后来那些学长也都被调教得鼻青脸肿。当时周围都疯传一句话："只要惹上冉致一的人，最后都难逃鼻青脸肿。"

评论区沉默许久之后才有人出来怀疑真实性："不可能！敢胡说八道就别匿名啊，有种报上名来！"

那人弱弱地回复："我不敢，我撤了。"

评论区一时炸开了锅，所有人都在攻击这个爆料的人，那人气急了，再次跳出来："我有证据！"

于是大家都等着他放证据，可是证据还没放上来，网页突然崩了。

不管怎么刷都登不上去，众人在家里急得砸键盘。

嘈杂的世界变安静，陆时一关掉网页，大功告成后揉手指："这样可以了吧？"

洛拾安把事先说好的报酬交给陆时一，后者感谢老板慷慨，顺便叮嘱："千万别告诉致一我帮你干坏事啊！"

"放心。"

送走陆时一，洛拾安转过头给冉致一打电话，铃声才响就被挂断，他锲而不舍，那边干脆关机了。

于是他改打冉家座机，这回通了，他很有礼貌地说："沈姨，我是拾安，麻烦叫冉致一来接一下电话，我有十万火急的事情要找她。"

两分钟后，冉致一的怒火从听筒中传来："你有病吗？！"

洛拾安握着手机，拉开窗帘站在窗前，往冉家的方向看，他的视力范围无法抵达那个距离，但他总是下意识地朝那边看。

"我发信息你为什么不回？"

"不想回。"

全是废话她怎么回？鬼才想知道他在男厕所门口见到的瓢虫背上有几颗小圆点！

“我知道你嫌打字累，就打电话跟你直接说了。”他轻声笑，“我手里现在有两张电影票，你明天跟我一起去看好不好？”

“不去。”

“别这么快拒绝呀，再考虑一下嘛。”

“说了不去就不去，你烦不烦人？”

“你怕烦啊？那我就每天问你二十遍，直到你答应了为止。”

冉致一控制住自己想要摔电话的冲动，努力心平气和地跟他说话：“你到底怎么样才肯让我清静清静？”

洛拾安忍不住笑出声音来：“陪我看电影，未来一个星期我保证一句话都不跟你说。”

“真的？”她半信半疑。

“绝对不骗你。”

看一场电影一百多分钟，换一星期的天下太平好像还挺划算。冉致一考虑了一会儿，忍痛答应：“成交。”

与她通话一小会儿，已经够他高兴两小时了，冉致一肯定不知道自己的声音有这么大的魔力。

洛拾安按住疯狂上扬的嘴角，坐在书桌前看陆时一在刚刚黑掉网页之前帮他查到的那个匿名人的账号，发给程光：“找找这个人是谁。”

三分钟后程光回复了一个眯眼观察的表情：“你又要干吗？”

洛拾安：“谈谈。”

程光：“你肯定又有什么坏主意，缩小一下范围。”

洛拾安：“振中的学生，小学和初中都跟我同班。”

程光：“等我消息。”

周六下午，洛拾安去工作室接冉致一，敲着玻璃提醒她时间到了，她看一眼手表，然后跟爸爸请假。

冉爸爸点头之后她去换衣服，沈亮一知道她要跟洛拾安出去便皱眉："早点回来，别逛太久。"

沈亮一不喜欢洛拾安，可能和冉致一念初中时从学校传出的流言有关。他比冉致一大八岁，自小看她长大，冉爸爸没空管她，她的家长会一直是他出席。可能是家长当久了有包袱，沈亮一对她一直很严厉。

冉致一唯唯诺诺道："知道了。"

门外的洛拾安对上沈亮一审视的目光，顿了两秒钟后，朝他点了点头。

洛拾安骑车带冉致一去电影院："沈亮一跟你说什么了？"

"让我早点回来。"

洛拾安无缘无故地冷笑一声，说："你这个亮一哥，比你爸管得都多。"

冉致一不爱听人说沈亮一坏话："大哥那是为我好。"

"怕我吃了你？"

她脱口而出："说不上谁吃谁呢。"

洛拾安倏地在红灯前面急刹车，冉致一毫无防备地撞上他的后背，他转身说："行啊，要不你现在就试试？"

冉致一的脸顿时红了，别开视线看路边的树："你再闹我就不去了。"

洛拾安举手投降："别呀，电影马上开场了。"

他们看的是个悬疑片，很对冉致一的胃口，可当她中途抓爆米花时误碰到洛拾安的手后，就开始无心剧情了。

冉致一总觉得洛拾安在偷笑，或者他就是故意的，她想回头确定到底是不是自己的错觉，又怕难为情。

不行！忍住！千万不能回头！

凶手是谁她已经不在意了，只关心影片还有多久才结束，可是那几分钟太漫长，直到她急得快要起火，头顶的灯光才亮起来。

冉致一用手挡脸，低着头走，一出门便直奔对面洗手间。不能让他看到自己这个样子，不然就让他有机会嘲笑了。

电影看得稀里糊涂，到最后也不知道凶手是谁。

她无缘无故地生闷气，生自己的气。

冉致一的肚子忽然叫了一声，她想起自己早上没吃饭就去工作室了，午饭也没吃，这会儿特别饿。

洛拾安善解人意："我知道一家店的菜很好吃，而且赠送香草冰激凌，味道相当不错呢。"

听着是不错，可她不想跟他去吃，估计会影响胃口。

他接着说："这样吧，再加三天，换你陪我吃这顿饭，行吗？"

嗯……一顿饭不超过一小时，好像很划算。

她权衡一下答应下来："好吧。"

他把左手递给她："人多，你牵着我，免得走丢。"

冉致一拍开他的手，跟在他身后，他并没骗她，那家店附近的人是真的多，人挤人的时候她只能伸手抓他的衣袖。

洛拾安偷偷笑。

冉致一吃到好吃的心情就好，对没看完的电影后半段也不那么介怀了，洛拾安却问她对刚才的故事有什么看法。

冉致一的筷子僵住，想了半天，只想到一个点："男主角很帅。"

"嗯？"洛拾安支着下颌看着她，目光沉了沉，淡淡地扫过来，"你喜欢那种类型的啊。"

"那么帅，当然喜欢。"

"你喜欢脸好看的？"

"废话，你不喜欢？"

"喜欢啊。"他一直看着她，语气带着几分玩味。

他握着筷子的手指骨节分明，嘴唇红润，吃东西的样子很好看。

见冉致一不吭声，他又说："你看看我的脸，也挺帅的吧，比起镜头里的人离得那么远，看不见摸不着，我可是在你眼前，不仅能看也能摸，要不要试试看？"

冉致一别开脸："换个话题。"

看似张牙舞爪的冉致一其实十分单纯好猜，简直太可爱，洛拾安压了压嘴角："我本来问你故事怎么样，是你转去评价主角的脸的。"

"那你先说，故事好看吗？"

"还行吧，就是后半程有些失望，意料之内的结局很没劲，一点惊喜都没有。"洛拾安放下筷子，喝口水，"我看你当时一直在搓椅子，一定也是觉得没意思了吧？”

“我……”冉致一心虚，含糊地说，“嗯，是这样的，没错。”

她无地自容：“我饱了。”

回去时洛拾安推着车子跟她散步，难得她心平气和不和他吵架，他感喟：“想起小时候了，这条路以前我们总是一起走。”

冉致一踢着路上的石子没回应，他接着说：“明明什么都没变，又好像什么都不一样了。”

“听不懂你说什么。”冉致一拔腿开跑，“我到了，你回去吧。”

她跑到一半，转身竖起拇指在唇边，叮嘱他记得自己的承诺：“从现在开始计算，十天之内你都不许跟我说话，不许来找我！”

洛拾安挠挠眉心，无奈地说：“我记住了。”

第三章

谁说我在偷看你

周一，洛拾安一进班级就见程光对他使眼色："找到了，是六班的韩阳。"

名字很耳熟，洛拾安却一时想不起来是谁，问程光："你认识吗？"

"不熟，这种没啥存在感的人每个班级都有，我也是根据你给的信息一个一个排查的。他怎么惹你了？"

洛拾安放下书包："没有，只是想找他谈谈。"

程光"哦"了一声："那你自己去吧，我中午得去排练。"

"排什么练？"

"十月末的艺术节，我要上台表演的，你不知道？"程光说完又想起来，"啊，也是，那节课你睡觉了。我跟你说，我这次要演奏川叔的……"

洛拾安不感兴趣，也不想听，右手拇指抵在左手掌心，做了个制止的动作。

程光撇撇嘴，把作业本找出来放到来收作业的冉致一手上，冉致一突然开口，眼睛亮晶晶的："你喜欢川叔吗？"

程光四处望望，指着自己的鼻子："跟我说话？"

冉致一点头，手里那一摞作业本摇摇晃晃就要掉下来，他连忙伸手去接，才发现着实不轻："怎么这么多啊？"

"英语课代表没来，老师让我帮她收作业。"

"这么多你也不好拿，我跟你一起去办公室吧。"

“谢谢。”

走廊里，冉致一又问了一遍：“你喜欢川叔吗？”

“喜欢啊。”程光提起偶像滔滔不绝，“小时候我表哥特别喜欢川叔，每张专辑都买，我常跟表哥在一起，不知不觉也喜欢上了。我学了几年的架子鼓，教我那老师说我天赋异禀，初中我和几个小伙伴组过乐队，还得了奖呢。”

初中时冉致一和程光不同校，所以不清楚，进办公室把作业本放下，出来时她追问他：“后来呢？”

冉致一向来冷漠，在学校只见她一个人看书或者写作业，很少跟人主动聊天。

故此，程光有些受宠若惊，莫名有一种被老师点名回答问题的感觉：“后来大家都去了不同的学校，就断了联系。其实当时就是临时起意，合作唱了一首歌，跟正经乐队差远了。”

“你这次演出也选的是川叔的歌吧？”

“是啊，就是那首《未来旅行》，你知道的吧？”程光说起这里又叹气，“可惜，一直找不到合适的吉他手。”

冉致一很疑惑，下意识地问：“为什么不找洛拾安？”

“拾安？”程光拨浪鼓似的摇头，忽又笑，“他从来不愿意听跟音乐有关的话题，估计连吉他有几根弦都不知道呢。”

冉致一闻言顿足：“你不是他的好朋友吗？”

程光丈二和尚摸不着头脑：“这跟我们是不是朋友有什么关系？”

冉致一觉得洛拾安不说肯定是有自己的原因，她改口否认：“没，没什么。”

冉致一也喜欢川叔，新歌老歌都知道，每段歌词都记得，两人聊得投机，程光有点激动：“川叔出新专辑了你知道吗？”

冉致一点头：“当然知道，我正打算放学后就去买。”

“我也是，你平常都去哪家音像店？”

“西西特。”

“那今天一起去吧。”

“好啊。”

难得遇到有人和自己的品位相同，程光一高兴就忘了北，无端觉得身上发凉，一抬头，见洛拾安站在班级前门口，正朝他这边望过来。

冉致一从后门回座位，故意绕开前门的洛拾安，程光则硬着头皮走上前，接受对方的目光洗礼。

洛拾安：“你们要去音像店？”

离得这么远都听得到，程光不由得惊叹道：“顺风耳啊！”

“干什么去？”

“买川叔的新专辑，你肯定不会感兴趣。”

他确实不感兴趣，却一直皱着眉，程光被审视得一激灵，他需要有人替他分担压力，刚巧，传说中的韩阳在走廊经过，他替洛拾安叫住韩阳。

三人到安静的楼梯口谈话，洛拾安开门见山：“你的证据是什么？”

这个韩阳约莫一米七五的身高，戴方框眼镜，看起来规规矩矩。

本来他还想装傻，见洛拾安那样笃定之后有些慌：“我不知道你在说什么。”

洛拾安仔细瞧他一会儿之后想起来了，小学时这个男生和冉致一同过桌，跟她作过对，后来被教训了一顿才消停。

洛拾安挑了一下眉，两手插在校服裤子口袋里，突然笑了。

韩阳被他笑得头皮发麻：“没事的话我就先回去了。”

“喂！”洛拾安喊住他，竖起拇指在唇边，说，“下次不要胡说八道。”

程光在旁边当观众，结果入戏太深，韩阳还没怎么样，他倒先发抖了，他越发觉得洛拾安可怕，这家伙笑里藏刀，还总是藏一半露一半。

“你跟他很熟？”程光问。

“算不上。”估计他不敢胡说，洛拾安便放他走了，揉一揉手指关节，“眼中钉拔掉一个是一个。”

程光不自觉地搓搓身上的鸡皮疙瘩。

冉致一习惯放学后在学校写作业，快写完时程光来喊她，她换一根自动铅，说：“我还有五分钟。”

程光在她旁边坐下等她。

自动铅换了一根还是断了，冉致一认为不吉利，佯装从容地问程光："请问，你旁边那位可疑人士是什么意思？"

程光看看洛拾安，后者正坐在窗台上专心致志地拧魔方，程光只好替他回答："拾安跟我们一起去。"

冉致一说："你不是说他不听音乐吗，去那儿做什么？"

"是我让他跟我一起去的，反正闲着也是闲着，人多也热闹嘛。"

冉致一的指尖用力，又折了一根铅。

好在洛拾安只是在程光边上不吭声，这样她倒是勉强可以接受，只要不去看他，也可以假装这人不存在。

音像店离学校不远，有相同爱好做话题，这段路不难走，冉致一和程光很聊得来，聊到后面两人都忘记了洛拾安的存在，程光掏出手机问冉致一的微信号："我还有以前做乐队的视频呢，你加我，我晚上可以传给你看。"

冉致一念账号，刚念到一半，洛拾安忽然在旁边咳嗽，程光这才意识到跟前还有个大活人，很有眼色地转头请示："行吗？"

洛拾安微笑道："当然可以，我刚刚只是嗓子有些痒。"

程光"哦"了一声。

冉致一很不悦："你怎么什么事都问他？"

夹在两个冤家当中的程光为自己的处境感到头疼，幸好音像店就在眼前。

进店以后，冉致一和程光更合拍了，两人用一副耳机听音乐，情绪上来还击掌。洛拾安终于忍不住拽走程光："让我也听听。"

见洛拾安感兴趣，程光把整副耳机都让给他："这首歌的名字叫《遥远的城》。你好好听一下，特别好听。"

洛拾安"嗯"了一声，接过那副沉重的耳机。

节奏由缓入强，像火车在轨道上咣当咣当地前行。

词曲都是川叔做的，想说的话都藏在节奏里。遥远的城市不在故乡，也不在地图上，但是他向往着，寻找着，忽起忽落，即使找不到也心怀热情，怀揣满腹的想象力，用有限的生命寻找着。唱歌的人声音很干净，音乐的律动也掌握得很好，节奏打到最强的一拍，洛拾安却忽然摘下耳机，程光在旁边闪着星星眼追问："是不是很不错？"

"一般。"他把耳机挂了回去。

安利失败，程光哼了一声，取下唱片去付账："真没品位。"

洛拾安到别处上洗手间，为了眼不见心不烦。等他回来时就见程光站在收银台前，抱着唱片盒在脸上蹭，一副痴汉相："川叔真的太帅了！我要拿回去听一万遍。"

冉致一说："早年川叔的风格更明朗一些，想象力也丰富，近几年倒是开始走沧桑路线了。虽然很符合主流审美，但老实说，我还是比较喜欢他之前的风格。"

"这姑娘很懂嘛。"一个不到三十岁的长发男人排在冉致一后面，听她说完便接茬，"怎么说呢，年龄的问题吧。年轻时候热血，岁数大了就感悟人生，不过，我倒是挺喜欢他们的那种后摇感，不知道什么时候爆发，压到最后再一口气突破的那种爽。"

冉致一仔细品了品，觉得有道理，回头对他笑一下："你说得对。"

男人被女生明媚的笑脸惊艳到了，笑着弯下腰："姑娘，你叫什么名字？"

给冉致一找钱的店长瞪圆眼睛，打断他们："唐执，你稍微注意一下啊，人家还未成年呢。"

"我就问个名字，又没问别的。热爱音乐不分年龄，交个朋友嘛。"

店长铁面无私："你再问我就报警。"

洛拾安这时出现，拉上冉致一出门，将身后的争执声抛到一边。

她轻轻挣开他的手。

洛拾安握一握拳，什么也没说。

出租车上，程光拍大腿："啊，可惜我的唱片机快报废了，不知道能不能还原音质。"

冉致一说："你可以去我家听。"

"真的？"程光喜出望外，"方便吗？"

洛拾安在前排替她答：“她不方便。”

冉致一仿佛故意气他，将他的话当耳边风：“我家只有我和沈姨在，你随时都可以来，来之前给我发信息就好了。”

“太好了，我这周六就去。”

“啊，”冉致一撑着下巴，突然犹豫，“周六好像不行，我有份工作要收尾了。但是，周日可以。”

程光对洛拾安比了个胜利的手势，洛拾安偏头白他一眼，他蓦地顿住，拿起唱片盒，冲着外面的路灯照了照，说：“拾安，你转过来。”

洛拾安转头，程光看看封面，又看眼前的少年：“我怎么觉得，你跟川叔长得有点像呢？”

他说着又拿给冉致一看：“你看，像不像？”

封面是五个人的照片，川叔站在正中间，浓眉凤眼与洛拾安如出一辙。

冉致一看看洛拾安，后者转回头去不说话，气氛突然就沉重了。

程光在中途下车，剩下冉致一和洛拾安各自盯着窗外，一言不发。

冉致一看后视镜，在里面对上洛拾安的视线，她连忙别过头，挪了个位置，让镜子照不到自己。

车开到洛拾安的家门口，屋里走出一个漂亮的中年女人，四十岁出头，盘着头发，穿家居装也难掩干练气质，她朝洛拾安招手：“回来了。”

洛拾安眯着眼睛，不吃惊也不激动，冉致一连忙下车：“何月姨。”

何月打开院子门：“致一也在呀，好长时间没看见你了。”

洛拾安扛着书包，绕开何月往屋进，何月拦住他，瞪他一眼，笑着对冉致一说：“进来吃饭吧，叫峰哥和沈姐一起来。”

“不了。”冉致一摇摇手，“沈姨刚刚发信息催我回家，她一早就做好饭了。您待会儿过去坐坐，沈姨可想您了。”

“好，有空我一定过去。”

冉致一走了，何月打量洛拾安：“几个月不见，又高了，快跟你爸一样高了。”

洛拾安的态度不冷不热，嘲讽似的说：“都这么长时间不见，你还记得他的身高呢？”

何月工作忙，一年有四分之三的时间在加班或出差，另外四分之一在公司，好几个月也不回家一趟，母子关系很生疏。

洛拾安与冉致一同病相怜，没有过过几天父母双全的日子。

洛家没有保姆，清洁工每周来一次，洛拾安不习惯跟别人住一块儿，之前何月安排人照顾他，最后都被他找借口劝退了。

何月久给他做晚饭，洛拾安拿一本漫画在餐厅等。何月把饭菜端上桌，讨好似的找寻话题跟他说话："你什么时候喜欢上漫画了？"

"我不喜欢。"他翻一页，"冉致一喜欢。"

他之前看她在午休时看，一边看一边笑，他便去隔壁书店买了一整套回来补，想看看到底是什么能让她这么开心。

他把书合上，放到一边，接过饭碗，问何月："什么时候回公司？"

何月给他夹菜："这次可以待三天。"

三天已经算长了，洛拾安"嗯"了一声。

"后天晚上我请你峰叔他们吃饭，你和致一也早点回来。"

"嗯。"

"对了，你爸爸前几天给我打电话了，"何月轻描淡写地说这段话，却很紧张地看洛拾安的表情，"他挺想你的，要是你愿意，他想回来看看你。"

"我吃完了。"洛拾安打断她的话，把漫画拿回房间。

他坐在窗边往路上看，看到冉致一吃完饭去工作室，又看到冉致一回来，不记得中间等了几个小时，总之他一动没动，大脑一片空白，只有看到她的影子时才稍微清醒过来。

为什么他会这么想待在冉致一身边呢？

如果一定要追溯到源头，大概是基于某种逃避心理，只有和冉致一在一起的时候他才不会胡思乱想，只有待在她身边的时候，他才能忘掉某些事情。

冉致一并不知道洛拾安的烦恼，沈亮一见她一直哼歌，问她："今天为什么这么高兴？"

不被人骚扰当然很开心，耳根一清净，这世界上的一切声音都变得特别美妙。

“我买到川叔的新专辑了。”

“老师也买了一张。”

冉致一不惊讶，每次川叔出专辑，冉爸爸都是第一个买：“让我爸给川叔打电话，没准还能收到签名版。”

沈亮一说：“川叔过阵子会回来，你可以自己跟他要。”

“你从哪儿得到的消息？”

“下午何姨跟老师打电话，我听到的。”

这倒是有些稀奇：“何姨跟川叔还联络吗？”

沈亮一看她一眼：“何姨豁达，跟你们这些小屁孩的想法不一样。”

“你也就比我大八岁而已。”冉致一心情好了，胆子就肥了，竟然调笑起沈亮一来，“那你说，你将来如果离婚了，还跟前妻联络吗？”

沈亮一拧她脸皮：“我还没结婚呢，你就咒我离婚？”

冉致一疼得嗷嗷叫：“你松开，我就随口一说！哎哟，疼！”

他松手，把她推开：“我不结婚，所以也不会离婚。”

“为什么不结婚？”

这晚冉致一的话异常多，沈亮一迎着月光看她的眼睛，心里忽然一紧。他用手挡住她，不让她往这边看，语气老气横秋的：“大人的事情，你不要管。”

她揉揉脸，说：“下死手啊你，我回去要告诉沈姨。”

沈姨正好开门出来，笑吟吟地看他们。沈亮一见她指尖有创可贴，捧起来仔细瞧了瞧，沈姨用手语解释：“修花枝的时候不小心划伤的，没事。”

这对母子见面从来不寒暄，沈亮一话少，对自己妈妈也不例外，他点点头：“那我走了。”

工作室和这里离得虽然不远，但沈亮一和沈姨见面的机会并不多，见了也说不上几句话。

冉致一洗完澡上床，自顾自地念叨：“都是怪人。”

爸爸是，沈亮一是，沈姨是。

洛拾安也是。

周二中午，冉致一应邀去听程光练习，然后探讨如何帮他找到别的成员。

《未来旅行》是“川声乐队”发行的第一首歌，歌词以探索为主线，内容讲一个孤独的少年在梦里穿越到未来，看到自己有很多很多的伙伴，醒来之后决定提前去找到那些朋友。

每种乐器分工明确，依次加入然后合奏，开头和中间各有一段吉他独奏。

吉他手当然是最重要的角色，又要唱功好，程光找了好多天也没找到可合作的人，便打起了冉致一的主意：“要不你来给我当主唱吧。”

“我？”冉致一指指自己，摇头，“你还不如找洛拾安。”

程光放下鼓棒：“你怎么老提拾安？”

“我有提吗？”冉致一否认，“你听错了。”

教室门“吱”的一声敞开条缝，门缝外面是一双鬼鬼祟祟的眼睛，程光过去把门拽开，韩阳一个趔趄跌进来。

以这种方式登场的通常都是反派角色，程光叉着腰，审问这位不速之客：“你有事吗？”

韩阳推推眼镜框，拘谨地说：“刚听到你们聊川叔。”

程光听到“川叔”就两眼放光：“你也听川叔的歌？”

“听过一些。”没等程光开口，韩阳毛遂自荐，“你缺吉他手吗？”

“你会？”

韩阳点头，目光有些闪躲。

程光到音乐室和老师借了一把吉他，让韩阳试着弹，结果还挺满意，他打了个响指：“就是你了。”

弹得还算可以，只是和那个人比的话……

冉致一没做评论。

程光自来熟，迅速和韩阳混成了朋友，并向他强推川叔最新的歌，却发现他的眼睛总往冉致一那边瞟。

程光打他一下："别告诉我你醉翁之意不在酒啊。"

韩阳揉着被程光打到的地方："今天洛拾安怎么没跟你们在一起？"

程光把玩鼓棒："我也不知道他这两天怎么了，喊他他也不出来。男人嘛，每个月都有那么几天不想搭理人。"

韩阳站起来朝冉致一走去："你还记得我吗？"

正在看乐谱的冉致一闻声抬头，歪着脑袋看他好半晌："你是谁？"

"我们小学和初中都同班，小学时你还跟我同桌过。"

冉致一很努力地想，仍然记不起来。

韩阳舔舔嘴唇，没再说话。

周三，冉致一去洛拾安家吃晚饭，沈亮一和陆时一也在，"致一工作室"这晚全员放假来蹭饭，沈姨和何月一起下厨。

院里撑了烧烤架，众人围在周围坐。

洛拾安比冉致一回来晚，球拍和校服外套都随手扔在椅子上，坐下便直接拿肉吃，被何月拍了一下才去洗手。

冉致一怕洛拾安借口毁约，整顿饭都躲他很远，发现他只是呆立在一角不出声，手里拿一串五花肉，却只是看，不吃，也没有要来打扰她的意思。

他这样守约，倒是让她很惊讶。

说起来，川叔要回来的事情，他应该也知道了吧。

这些年洛拾安一直避开有关川叔的消息，现在突然被告知要在某天见面，他应该不太容易接受。

冉致一不讨厌川叔，小时候她常受他照顾，也不是不理解洛拾安的心情，要是她爸爸也和川叔那样以寻找梦想的理由抛妻弃子，她肯定也不会轻易原谅。

不过，她和自家爸爸的关系本来也不是很好。

冉致一坐在院里的秋千上，忍不住往洛拾安那边望，冉爸爸把他叫到跟前说话，也不知在讲什么，只听到笑声传来。

真奇怪，冉爸爸疼洛拾安胜过疼冉致一，冉致一亲近川叔胜过亲近自家爸爸。

她越想越出神，视线随着洛拾安移动。

他确实更高了，看过去与亮一哥不相上下，身材比例好得出奇，简单的衬衫长裤就特别顺眼。

她自小便常听班上的女生议论他，却很少仔细看他，主要是她每次看他的时候都能发现他也在看自己。

她不喜欢这种感觉，很微妙。

这会儿他在看别处，她才有机会观察他。

他把袖子挽到手肘，也许是常打球的缘故，小臂的线条很好看。

他的头发有些长了，刘海随意拨到一侧，侧面看他的下颌线跟眉骨都长得相当漂亮，鼻梁很挺。

他不说话时嘴角也是上扬的，所以面部表情总是很柔和。

她想起去年军训，他晒出一身小麦色，脸上轮廓更加分明，站在一群男生当中十分惹眼，学校的表白墙里挂的全是别人从各个角度偷拍他的照片，很多人都在问他的名字。

这样安静不说话的他，感觉确实还不错。

她看得正出神，当事人忽然转头对上她的目光，少年雪白的衣角折射出橘红色的光，眉梢晕染了太阳的颜色。

冉致一心虚得很，手忙脚乱地从秋千上面翻了下去。

沈姨递来一盘烤鸡翅，让她给洛拾安送去。

她拍落身上的土，拼命摇头：“我不去。”

洛拾安背过身，站在不远处，应该听到了这边的对话，即使看不到他的脸，冉致一也能感觉到，他的肩膀一耸一耸的，肯定是在偷笑。

她满脸通红，用力重复一遍：“绝对不去！”

好心情被冲散，冉致一纠结了半宿没睡着。

他该不会以为她在偷看他吧？要找个机会好好解释一下才可以。

有了吉他手，程光更想说服冉致一给他当主唱了，她不解：“你都没听过我唱歌，不怕我毁了你的演出吗？”

“长得好看就成功一半了，至于唱歌……”程光挠挠头，“我听你哼过，挺好听的。”

冉致一不习惯被人夸，更不习惯在很多人面前唱歌，而且她是真的没时间，这周六之前她要抓紧工夫把吉他做好给爸爸检验。

在程光的各种追问下，冉致一不得不说出理由，程光听完以后惊呆了：“你说‘致一工作室’里的‘致一’就是你名字里的‘致一’？”

冉致一不动声色，翻书预习下堂课要学的内容：“我以前没说过吗？”

“你没有！”

冉致一停下手，仔细想想，好像是没有。也对，这种话题一旦说起来就要解释一大堆，所以她很少主动跟人提。

程光以前听人说起过“致一工作室”的吉他都是精品，所以特别激动：“能让我参观吗？”

冉致一铁面无私：“抱歉，工作室禁止外人进入。”

“哦。”程光觉得遗憾，“那你做好的吉他能给我看看吗？”

她有些犹豫，可看见程光一脸期待，又不好意思太直接拒绝：“可以是可以啦，不过……”也不知道这次能不能达到合格标准，如果还不成，残次品她是不好意思给别人看的。

程光完全不在意她那声“不过”后面的话，转身便跟韩阳约好周末一起去她家，还不忘记在球场上跟洛拾安请示：“可以吗？”

洛拾安很平静：“你们都约好了，还问我干什么？”

“你不生气？”

洛拾安用力把球击回去，赢了这一场：“我为什么要生气？”

程光把球捡回来，扔到网对面，球落在地面，又弹回洛拾安的手里，他来回运了两下，发球，说：“我从来没想过要阻止冉致一交朋友。”

他这样说，发的球力度却不轻。

程光打得吃力：“那上次去音像店你还一副要吃了我的样子。”

那次，他只是有点嫉妒，她不和他说话，却跟别人聊得那么开心。

嫉妒归嫉妒，他也不是那么小心眼，不会阻拦她交朋友。

程光见他确实没生气，才稍微放心了一些。

他和洛拾安待得久了，知道这家伙对冉致一护得很严重。

这一年多来试图靠近冉致一的男生基本都被洛拾安无声解决，这一点，程光看得一清二楚。

他发自内心地感叹："我本来还以为你要把她身边所有异性都处理掉呢。"

洛拾安很轻松地又赢一球："我要处理的只是对她不怀好意的。"

程光急着抢答："我发誓我对她什么奇怪的想法都没有，只是觉得聊得来而已。"

快上课了，洛拾安收起球拍问程光："你要那个韩阳做你的吉他手？"

"主要是没有别人了，就只能跟他搭档。"

洛拾安"嗯"了一声，扛着球拍回教室。

程光被他这样模糊的态度绕得有点蒙："到底行不行啊？"

"随你。"

冉致一的第十把吉他仍然没有达到标准，弹出的音色不合格。正式上岗制琴师之前一定做过很多残次品这是肯定的，不可能立刻就成功。

沈亮一教训她："你太心急。"

当助手时的冉致一很出色，什么任务交给她都能好好完成，一到自己上手就出意外。冉爸爸也没指望她一上来就能独当一面，该告诉她的道理已经耳提面命无数次，剩下的只能她自己慢慢磨。他完全放手让她一个人做，只偶尔问一下她的进程，不对她的制作多插嘴，要让她熟悉制作的手感，记住失落的滋味，找出自己喜欢的节奏，慢慢感悟这个将陪伴她一生的工作。

要做出好作品的前提是要学会和时间慢慢相处，她却是个急性子。

冉爸爸老早就发现了她这个毛病，便叫沈亮一别管她，道理她都懂，只是急起来就总失手，要让她一个人认真磨，做不好就再做。反正时间有的是，她不是急吗？让她慢慢急。

其实也不必太着急，但急性子的人怕打击，沈亮一怕她这样下去早晚对这份工作失去耐性，冉爸爸听到以后更生气了："那就让她改了名字转行去！"

沈亮一知道老师只是嘴上硬气，让她改行是不可能的，老师这辈子都不会允许她改行的。

眼看好几个月的心血就这样废掉了，冉致一相当失落，沈亮一在旁边问："你还这么小，到底在急什么？"

冉致一从小就待在这间工作室，从来没办法自己做抉择，所有时间一分为二，一半在学校，一半在这里。她没空交朋友，没空去犹豫，未来的人生似乎都被人写好摆在书桌上，不管她愿不愿意看，它就在那里。

偶尔她也会怀疑自己对这件事情到底有没有很喜爱，可这是她留在冉家唯一的理由，从小冉爸爸就告诉她，要是她没法在十八岁之前做出一把好吉他，那她就不用待在这里了。

不在这儿待着，她还能去哪里呢？没有人需要她。

还剩一年半，她不能再慢吞吞了。

周日，程光和韩阳光临冉家，看到冉致一面前的吉他相当惊讶："这真的是你做的？你真的是制琴师啊？"

冉致一不觉得骄傲，反而很惭愧："还不够标准，从十三岁就开始制琴了！"

程光看不出那把吉他有什么不对的地方，觉得它跟市场上卖的没两样，所以无论冉致一怎么谦虚，他都钦佩不已。

韩阳在旁边附和："十三岁啊……"

"这人跟人真是太不一样了，我十三岁的时候天天为着不写作业的事被我妈打，虽然我现在也总被我妈打。"

程光自我感怀，又去问那边看漫画的人："拾安，你十三岁的时候在做什么呢？"

这会儿冉致一已经没力气去计较那位不请自来的客人要干什么，她摸一摸吉他光滑的侧板，喃喃道："我可能根本就不适合做制琴师。"

室内空气倏地寂静，刚才还在追问洛拾安的程光闭上嘴巴，总觉得，这种高深莫测的话题不太适合凡人讨论，他看看韩阳，后者也跟他同样想法。

明明大家都是十几岁，可冉致一好像比他们都成熟。

沙发上的人在沉默中起身，走到冉致一旁边席地而坐，接过那把吉他，调整了一个舒服的姿势，支起一侧膝盖抵住琴颈，在众人搞不清状况的时候，慢慢弹了起来。

川叔走后，洛拾安就再也没碰过跟音乐有关的东西了，突然听到他弹吉他，不仅程光，就连冉致一都有些蒙。

她忽地想到程光刚刚的问题。洛拾安十三岁的时候在做什么呢？

那年他和川叔一人一把吉他，在院子里和音弹唱，路过院落的人无不驻足细听。那时川叔的事业在低谷期，什么活动都接，有时候也会带洛拾安一起去。

洛拾安第一次演出的地点是在一家新开的餐厅，他很兴奋，翻墙来找冉致一，塞一张宣传单在她手里，千叮咛万嘱咐："要来哦。"

当时冉致一正在为学校的流言犯愁，故意锁了大门不让他进，可他仍然有办法。她恼火，抬手把宣传单挥落在地："我才不去呢。"

洛拾安很坚持："你必须来。"

那时她的身高还没比他矮太多，挺直了胸膛时勉强可以跟他视线平行，放起狠话中气十足："绝对不去！"

结果，那张宣传单在院子里待了一天一夜，直到沈姨发现以后捡回来。

夜里冉致一没有点灯，就那么枯坐在书桌边，满室昏暗，偏偏有月光落在那张宣传单上面。

她不记得自己有没有拿起那张宣传单，却记得某个灯火通明的夜晚，十三岁的少年站在一群年近不惑的大叔中央唱着最张扬的曲调，竟然一点也不突兀。

她的心也从没像那天晚上一样那么用力地震荡过。

那天他唱的第一首歌就是《未来旅行》。

此刻，十六岁的洛拾安弹唱着十三岁时唱的歌，声音干净，微风拂面，没有效果器和其他人的配合，仍然好听，只是好像缺少了当时无忧无虑的快乐。

一曲完毕，洛拾安自言自语似的："能弹出好音乐的吉他就是好吉他。"

冉致一这才意识到，他在安慰她。

因为不能与她说话，所以他借用这种方式。

沉浸在音乐中的程光从愣怔中回神，用力点头："对，对，对！拾安说得对！"

他终于明白了冉致一之前总问他为什么不找洛拾安："我怎么从来不知道你会弹吉他，还会唱歌？唱得这么好，埋没人才太可惜了。"

洛拾安扒开程光的手，将吉他放回原位，回去继续看漫画。

程光激动得像发现了无价之宝，却恼火自己太蠢，都没发现他千辛万苦寻找的人一直在身边。

旁边的韩阳倒是淡定："你都不知道吗？"

程光上下观察韩阳："你的意思是你早就知道？"

韩阳自然地说出口："他是川叔的儿子，不会唱歌才很奇怪吧。"

一道闪电从天劈落，程光震惊得跌坐在地拍了半天胸口，嘴里只念叨四个字："我的妈呀！"

程光记起来，川叔的全名叫洛川。

他再看洛拾安与川叔极其相似的眉眼，恍然大悟一般。

偶像的儿子竟然是自己的同学！

程光掐自己一把，疼，不是梦。

他坐在地上发疯，抓着洛拾安的裤脚质问："为什么从来没人告诉过我？"

洛拾安把他的爪子从自己身上扒开，看完一本漫画，又拿起第二本。

程光两眼放光："我准了，你来给我当主唱吧！"

洛拾安不吭声，似乎漫画看到精彩处，连灵魂都沉迷其中。

程光完全忘了来这儿的初衷，在他旁边絮絮叨叨一整天，到走也没得到一句回应。

往常要是有人在家里这么吵，冉致一早就把人撵出去了，可她只是坐在那里安静看着。

眼看天都要黑了，程光不情愿地出门，韩阳不忍再看他走弯路，贴在他耳边提了一个小建议：“你应该求致一。”

程光这才反应过来，深情凝望冉致一半晌，紧紧握住她的手：“致一，求求你帮我劝……”

后面的话没说完，一个网球迎面飞来，正中程光的脑门。

冉致一和韩阳转身看，洛拾安一只手插兜，一只手将两个网球扔起又接住，眼里寒光凝成利器射出来。

程光从地上艰难爬起：“你到底随身携带了多少网球……”

程光害怕他把剩下的球也扔过来，和韩阳抱着脑袋尖叫着仓皇而逃。

尖叫声渐行渐远，洛拾安也打算走，路过冉致一身边时却被她扯住衣袖。她不松手，他便不走，两人就站在门口僵持着，半天也没人先开口。

冉致一的内心陷入无尽挣扎，嘴唇都快咬出血来了，许久才结结巴巴说了一句“谢谢”。

洛拾安却不回应，冉致一下不来台，这样显得她特别自作多情。

万一人家根本没那个意思，是她误解了呢？

她再三确认：“你就没什么话要对我说吗？”

洛拾安摇头。

冉致一更郁闷了，甩开他的袖子，干笑两声给自己搭台阶：“我也不是，你别误会，我……”

洛拾安伸出右手打断她的语无伦次，做了几个手语。

为了和沈姨更好地沟通，冉致一和洛拾安是一起学的手语，以前他们拿这个当暗号，是想向别人证明他们关系好。

后来为了疏远他，冉致一再没这样做过。

她念出他要说的话：“约定的日子还有三天。”

她都快忘了的约定，他还记得，和小时候一样，他一直很听她的话。

虽说一直在长大，她变得似乎更多。是她心虚，硬将这段关系拐了个弯。

意识到这一点后，冉致一的心跳节奏变得和往常不太一样。她的手指慢慢收紧，低下头看拖鞋上毛茸茸的小猫图案。

她两手握拳在身侧，身子站得笔直，头低得与身体构成九十度直角。

像做错坏事之后下决心要和长辈认错的孩子，她用很低很低的声音倔强地开口：“算了，你说话吧。”

洛拾安没听清，弯腰凑到她跟前：“嗯？”

她面孔涨得通红：“我允许你跟我说话。”

洛拾安以为自己听错了，和冉致一认识这么多年，他从不见她服软，他试探地唤她的名字：“冉致一。”

“嗯。”

“冉致一？”

“嗯！”

“冉致一！”

“你复读机啊？”

“没事，就是想多叫你几声，把这几天的份都补回来。”

冉致一别开脸，说：“蠢死了。”

他长舒一口气：“总算可以跟你说话了。”

“只是暂时解除而已。”

“那可不行。是你先打破规定的，可不是我。所以你不惜打破约定也要听我跟你说话，是想听我说什么？”

真是，她想听他说什么呢？

是“不客气”吗？好像也不是。

天没有那么热，毕竟上午才下过雨呢。他用力拍一下她的肩，他的指腹有些凉，像冰块一样贴在她滚烫的皮肤上。

“冉致一会成为最好的制琴师。”

他这一下拍得可不轻，冉致一被拍得一哆嗦，混乱的思绪却瞬间就被捋平放好，她惶惶不安的心脏在那一刻忽然就安稳了许多。

从小到大，每次她在工作室里被爸爸骂哭，他就跟在她屁股后面不断重复这句话。苍白得像纸一样的劝导因时间的累积变得沉重，从前他常在她旁边念叨的时候她没在意，隔一段时间听不见，她竟然就没法放平心绪。

冉致一觉得更不好意思了，绞尽脑汁想转移话题：“你会去做程光的主唱吗？”

“你替他做说客？”

“就觉得你唱得还挺好听的。”

他弯腰看她，右手压在她头顶，看起来有些高兴：“你喜欢？”

冉致一很讨厌他用这个姿势跟自己说话，显得他身高相当优越似的，她更讨厌被人摸头发，感觉怪怪的。

她挥开他的手，转过身去整理被他揉乱的刘海：“我只是在阐述事实，跟我个人的好恶没有丝毫关系。”

“你喜欢的话，我可以唱，但有个条件。”他顿了一下，试图把她拉回自己面前，“把你的吉他送给我。”

冉致一看了他一眼：“你用普通电吉他就好了，我那个只是残次品，还是原声琴，硬要插电感觉也不会一样。而且就算是残次品，你要在我的琴上打孔加拾音器，把它搞得不伦不类的话，我也会生气的。”

“我没打算在上面打孔啊，曲子改一下就好了啊。”

“你干吗非要用它？”

“没有它的话，我唱不出来。”

冉致一偶尔会觉得洛拾安是太阳，而她身上装了太阳能，所以一靠近他就全身发热。

她说：“反正我留着它也没用，你想要就拿去吧。”

“那练习的时候你会来看吗？”

她埋着头，“嗯”了一声。

冉致一没有说实话，她其实很想听他再唱歌，她想看他踏上舞台。

洛拾安确定和程光合作的那天，韩阳有些怯：“要不，我退出吧？”

程光瞪眼睛：“你在说什么鬼话？”

韩阳看了一下洛拾安，洛拾安正在拨琴弦，头也不抬地问：“你想弹贝斯吗？”

韩阳试探地问：“我能留下吗？”

洛拾安却很疑惑的样子：“为什么不可以？”

“咦？你会弹贝斯啊？”程光问韩阳，“弹得怎么样？”

韩阳又挠挠眉心：“应该比吉他弹得好一些。”

程光觉得超级惊喜：“行啊，当然行了，本来我还想就差一个贝斯手了。不过，你有贝斯吗？”

韩阳松了口气：“我叔叔给过我一把。”

“你这不声不响的，还是个全才。我之前都忘了问，你的吉他跟谁学的，贝斯又是跟谁学的？”

韩阳瞄了洛拾安一眼，小声说：“就是我叔叔，他是乐队的贝斯手。”

“咦？什么乐队？有名吗？都唱过什么歌？”程光一股脑地问了一大串问题，韩阳挠着头琢磨从哪个开始回答，练习室内外不知什么时候挤满了人，嘈杂声打断了他们的谈话。

这里是靠操场边的一间杂物室临时改装的练习室，离教学楼远，是为了练习的时候不打扰到其他学生。

平常根本没人能发现，亏了洛拾安的加入，女生们的关注率直线上升，程光的亢奋劲再次燃烧：“那我们这个乐队就算成立了呀！是不是得取个好听的名字？”

冉致一揉着太阳穴，有气无力地“嗯”了一声。

洛拾安说要改歌词，这两天晚上都在她家待到十一点多，没灵感就要找她聊天，害她写不完作业，只能熬夜。

最近冉爸爸给她放假，让她过一阵子再到工作室去，她本来想趁机放空大脑好好休息，可洛拾安根本不给她这个机会。

跟洛拾安聊天特别累，比所有理科难题全部加起来都让人精神疲惫，毕竟他是那种连“猫耳朵到底是咸的好吃还是甜的好吃”都得跟她争论半天的人。

冉致一不仅晚上被折磨，白天他练习的时候她也要到场，他冠冕堂皇地扯了一大堆，说白了就是要让她当捧场的观众给他们提建议。

所有空闲的时间全部被他占领，她现在睁眼闭眼看到的都是他。

痛苦，太痛苦了。

艺术节一天天临近，冉致一盼着时间快点过去，这种苦日子她真是一天也过不下去了。

室内音乐声那么响，冉致一却趴在桌子上打起了瞌睡，洛拾安看到以后停下来，竖起拇指在唇边做了个噤声的手势，程光会意，放下东西悄悄退去，并把在门口堵着看热闹的人也叫了出去。

洛拾安将外套盖在冉致一身上，坐在旁边目不转睛地看着她。

韩阳回来取帽子，与洛拾安视线相对的时候犹豫了一下，他本来以为洛拾安不会同意他留下的，对方却什么也没说，这一点让他很不安。

程光发现韩阳每次看到洛拾安都是一副欲言又止的样子，心情有些复杂。

最开始程光还担心韩阳对冉致一有别的想法，但最近又发现韩阳看得最多的其实是洛拾安。

程光买一根冰棒，掰一半给韩阳："你跟拾安到底有什么前尘往事，方便透露一下吗？"

韩阳把冰棒敷在指尖的水泡上镇痛："为什么这么问？"

"你一双眼睛老围着洛拾安转……"

"那倒不至于……"正午太阳很晃眼，冰棒皮上的霜在指尖融化，韩阳小声说，"我跟拾安以前有过一些矛盾。"

"说说看。"

故事不复杂，是因冉致一而起。

韩阳和冉致一在幼儿园的时候就同班，冉致一性子古怪，总是独来独往，在小孩子堆里不讨喜。

冉致一第一次家长会是沈姨去给她开的，沈姨天生不会说话，没法跟不会手语的人交流，逢人便点头微笑，班上学生以为沈姨是冉致一的妈妈，私下嘲笑她是哑巴生的。

事情一旦起个头便不可收拾，班上的人抱团孤立冉致一，剩下一小部分没有主见却不愿意被牵连的，也只能站在大队伍中。

可冉致一从来不解释，只是日复一日地做自己的事情，对外界的一切都不关心。

她越不抗争，讨厌她的人就越恼火。于是，小孩子们恶作剧的程度系数逐渐提高，无聊的小孩们每天研究怎么才能吓她一跳，埋伏在湖面底下的暗潮在汹涌，由于当事人的无反应，使得表面显得特别平静。

韩阳也是其中一员，当时他不觉得自己在做过分的事情，只是好奇这个女生脸上为什么向来波澜不惊，换成别人不知哭了几百回，早就找家长来学校闹了。

他是第一个发现冉致一也会哭的人。

那天轮到他实施恶作剧，他胆子小，怕把事情闹大，只敢藏起她一本练习册。只是一本练习册而已，她找了一会儿就没找了，后排的男生笑话他太没用，他被奚落了一阵，红着脸，以倒垃圾为借口躲开了他们。

教学楼东边的墙角是摆放垃圾箱的地方，再往里走有几棵老榆树，韩阳听到有人哭，稍微往前走几步，便看到冉致一在抹眼泪。

他揉着眼睛，难以置信，原来无懈可击都是她装出来的，她也会躲在没人的地方哭。

他的心脏跳得厉害，不知道该怎么处理这个秘密，复杂的情绪涌上心头，他倏地发觉自己仿佛做错了什么。

有人抓着他的衣领把他拉去别处，在他还没反应过来的时候迎面给了他一拳，那人把他从地上拖起来，说："不许把这件事情告诉别人，知道吗？"

当时韩阳的脑袋是乱的，他也搞不清楚这位突然出现的好汉口中的"这件事情"具体是指哪一件，是刚刚落在他脸上的拳头，还是冉致一低低的啜泣声？

总之，为了保命，他决定一件都不说。

那天之后学校的怪事陆续发生，班上所有欺负过冉致一的男生都依次在校外受到了要挟，平均每隔一天就有两个人带着拳头印上学，不管怎么问都只说不小心撞的。

也有家长过来闹，可不管怎么都查不出来。后来韩阳从某人那里听到了一点原因："有人跟我说，要是我以后再敢这么做，他就让我在学校待不下去。转学也没用，他会跟紧我，让我再也没法上学。"

从此没人敢外传，更没人敢再靠近冉致一。

程光只顾着听故事，冰棒化了一手，他眯着眼睛思考半天，说："那个小孩是洛拾安吗？"

韩阳"嗯"了一声。

程光说："那你现在想干什么？"

挨过打心里应该有后遗症，韩阳再看到洛拾安应该绕着走，干吗还巴巴地凑上来？

他警惕道："你不会是来报复的吧？"

韩阳从兜里拿纸巾给程光，过了一会儿才说："我其实挺想跟冉致一道个歉的。"

一直想，一直没有机会。

程光擦干净手，把塑料皮扔向垃圾桶："都过去这么久了，她早就忘了吧？"

"好像是，所以我就没好意思提。"

但这件事对韩阳来说始终是个疙瘩，他也没想到自己的记忆力会这么好，明明一首诗都要花半天才背得下来，却把这件事情记了这么多年。可能是因为看过一贯坚强的女生流眼泪，心里的愧疚感日渐加深，并莫名其妙地转移成责任感，他总觉得自己多多少少应该为她做点什么。

不过，糟糕的是他这些年过去仍旧没长进，胆小怕事，不敢出大风头，在校园网上匿名发言，是想吓唬吓唬那群女生，让她们把注意力往别的地方转移一下，别总盯着冉致一不放。

他能做的也只有这个了。

可是，胆小的男生用来自我满足的英雄主义，不如真正站出来的人。他后来仔细琢磨过，第一个发现冉致一哭的应该是洛拾安。

所以这么多年过去了，他还在保护着她。

想到这里，韩阳补充道："还有，我要是说，我有一点崇拜洛拾安，你信不信？"

"崇拜？"

韩阳点头。

程光嫌弃了一下："你给我整乐了，你这是典型的受虐心理啊。"

“当然不是。”韩阳解释说，“小时候羡慕他有我没有的胆量，后来我们一直同班，初二那年，有一回我去看川叔他们的演出，洛拾安也在台上。你之前不是说十三岁我们都在做什么吗，我很快就想到那次演出了。洛拾安唱歌时给我的感觉，嗯……”

为了思考怎样描述才恰当，韩阳看了一下太阳所在的方向：“就像看一场追逐阳光的长跑赛，我好像是个旁观者，却也跟着热血沸腾。每天都能见到的人，却跟我不处于同一个世界，我当时真的很想知道，他到底看到了怎样的风景，才能生出那么一双明亮的眼睛。”

程光似懂非懂，倒是能感觉到韩阳燃起的点，接着问：“你就是因为这个才开始学乐器吗？”

“有一部分吧。”他揉揉鼻子，“后来每次想到那个场景都会挺兴奋的，想着如果有机会站到同样的地方，没准就能看到他眼里的景色了。”

程光环着胳膊看远方：“你这样说，我也能感觉到，那小子确实很让人羡慕啊。不管做什么都备受瞩目，我虽然名字叫程光，真正发光的却是他，想想就很不甘心。”

韩阳和他做一样的姿势：“可就是他身上的光才感染到我们。”

“说得也是。”

“我本来以为他会把我赶走的。”

程光宽慰他：“这个你放心吧，拾安这人看着精明，其实特别没心没肺，上午的仇下午就忘干净了，只要你不去故意惹他，陈年旧怨他不会特别放在心上的。不过，”他竖起一根手指头，“有一点，请你一定要记住。”

“什么？”

“千万别碰冉致一。”

第四章

离我远点，但别太远

日子一天天过去，乐队练习还算顺利，三个人配合得很好，几乎没有不融洽的地方。

洛拾安改了歌词，纠正了程光打错的几个点，稍微有一丁点的细节不对就停下来调整。

确实和韩阳说的一样，洛拾安在音乐方面有着极高的天赋与直觉，看上去对音乐不感兴趣，却比谁都认真，而且是意想不到的专业。

虽然被他挑毛病很痛苦，可程光和韩阳都心服口服。

这天练习到一半，洛拾安突然停下来，程光以为又什么地方做错了，却见他手上有血。

最近练习得太频繁，他的手指尖完全磨坏了，韩阳的情况也好不到哪里去，程光倒是稍微好一点。

冉致一拿药盒过来给他们轮流上药。

有人在外面敲门，程光去开，周年满身朝气，拎着奶茶进来：“伙伴们，我来送慰问品了！”

最近他们练习的时候都锁门，窗帘也拉得严严实实，就是为了防止再有一群人堵在门口。这几天已经没有女生再来看了，只有这个周年雷打不动地按时上门。

不过她不吵，来了也只是送奶茶，便没人好意思赶她。

上顿奶茶，下顿奶茶，程光喝得有点想吐：“你明天能不能换一样？”

“有得喝就不错了，还挑三拣四，烦不烦？”周年坐到冉致一旁边，“致一，你今天要杏仁的还是香芋味的？”

“有无糖的吗？”

“都是无糖的。”

“那就杏仁的。”

周年把奶茶给冉致一，然后又去给洛拾安挑，剩下的便放在那边，让韩阳和程光自己选。

这差别待遇要不要这么明显？

程光叼着吸管盘腿坐下，拍着周年的肩膀，语重心长道：“说吧，你来这儿的意图是什么？”

周年一脸天真无邪的样子：“我没意图啊。”

“少胡说八道。”程光不信，瞄一眼正老老实实坐在冉致一跟前的洛拾安，“你一天两趟往这儿跑，自掏腰包送奶茶，无事献殷勤，说没有目的谁相信？”

周年连连摆手：“不是，不是，你想歪了，我跟那些肤浅的女生不一样，我来这儿单纯就是看你们太辛苦了，想为你们做点什么。”

这么冠冕堂皇的发言一时半会儿还真让人挑不出错来。程光盯着周年看半天，也没在她脸上找出一点邪念。他“嘁”了一声，扔掉吸管，打开杯子盖，咕咚咕咚灌了个饱，说：“今天不练了，拾安，晚上我们去买队服吧。”

洛拾安专注地看着冉致一在他指尖上缠绷带，像欣赏一个艺术家在创造作品，对外界的噪音通通爱搭不理：“不去。”

程光把塑料杯放下：“但老师说了上台最好统一服装。”

“校服就行。”

“天天上学穿校服，你还没穿够啊？”

洛拾安看看冉致一身上的宽大外套，是简单的运动服样式，深蓝色，里面的衬衣是纯白的。老有人嫌弃振中校服太古板，偏他觉得好看，特别好看。

“好了，最近少碰水。”冉致一拿出新棉签，“韩阳，到你了。”

韩阳过来，洛拾安却不让座："他自己能上。"

韩阳怔了怔，附和着说："拾安说得对，我不严重，没关系的。"

冉致一踢了洛拾安一脚："你是自己离开还是打算让我踹你走？"

洛拾安噘了一下嘴，不情不愿地起身，随即拉了把凳子与冉致一并坐，环着胳膊看着韩阳。

冉致一摊开掌心，意思让韩阳把手放上来，韩阳刚要伸手，听到洛拾安咳嗽一声，吓得缩回去。他如坐针毡："还是我自己来吧。"

冉致一不耐烦："快点。"

韩阳硬着头皮把手递出去，只觉得洛拾安的目光灼得他滚烫。直到冉致一察觉不对，往旁边看了一眼，洛拾安的表情才迅速恢复正常。

程光没看见这边的暗潮汹涌，一直纠结队服的事情，劝不了洛拾安又改劝冉致一："致一，你跟我们一起去吧。你眼光好，帮我们参谋参谋。"

"不去，我晚上有事做。"她现在只想回家休息，补个好觉。而且她平常连女装都很少买，更别提挑男装了。程光睁着眼睛说瞎话，他怎么可能知道她眼光好。

程光哀求："致一同学，我的好致一同学……"

终于上完了药，韩阳像被解放的犯人一样快速逃离。

冉致一把药盒关上："我叫冉致一，不叫郝致一。"

程光振振有词："这代表了班级形象，到时候演出是要评奖的，要是我们因为形象差劲被众嘲怎么办？"

"对啊，致一，一起去吧，正好我也有东西想买。"周年出来助攻，挽着冉致一的胳膊说，"我知道有一家店卖的衣服特别好看。"

冉致一看着握在自己臂弯的手，掰了几下没掰开，被周年殷切的眼神打败，她迫不得已地点了一下头。

冉致一都答应了，洛拾安也没异议。

一队人浩浩荡荡地上街，程光全程亢奋得像打了鸡血一样，挑了一件又一件，冉致一觉得太浮夸，通通驳回。

程光对一件铆钉夹克衫情有独钟，又对着镜子琢磨衬衫扣子要松开几颗最酷炫，这回连周年都看不下去了："你穿那么别致给谁看？"

程光理由充分："站在洛拾安旁边，我不特别一点谁看我？"

嗯，很好，话糙理不糙。

再这样下去不知还要拖多久，冉致一在店里转了两圈，看得眼花缭乱，随手拿一件红色连帽衫："洛拾安，你去试这件。"

洛拾安二话不说便拎着衣架去试衣间，周年在旁边"咦"了一声。

洛拾安从试衣间出来，店员在旁边疯狂夸赞，冉致一上下打量他两遍，觉得这比程光挑的那夹克看着顺眼多了，点点头，上前帮他整理一下领口，点评道："好看。"

洛拾安的身材好，穿什么都好看，店员还要给他试别的颜色，冉致一摇头，把他往自己身边拽了拽，一副"我的东西我做主"的表情："我喜欢红色。"

洛拾安特别听话："那就这件。"

周年没忍住，在旁边又"咦"了一声。

冉致一开始感觉不对劲，连忙松手后退，并转头解释："我只是站在我的角度单纯地评价这件衣服而已，跟穿衣服的人是谁没有任何关系。"

周年："哦。"

"是真的！"冉致一强调。

周年面无表情："我也没说什么啊。"

对方越是这样说，冉致一就越不放心，她捂脸，再次后悔答应来这儿。

洛拾安的衣服已经定下来，程光和韩阳配合他买了同色系的，往街上一站，像三盏高低起伏的红灯，特别吸睛。

回家的时候天已经黑透了，冉致一知道，这晚的休息时间又泡汤了。

由于洛拾安和韩阳的手上伤得严重，练习停止，反正他们已经练得差不多了，后面只等正式演出就行。

离开练习室前，程光再次提议把乐队的名字定下来："没有名字的乐队感觉都没有灵魂。"

洛拾安一句话打断兴致勃勃的程光："只上台一次，算什么乐队？"

"真扫兴。"

程光嘶嘴，又征求冉致一的建议，冉致一忙着回班级，听到问话，脑中倏地闪出个词，便说：“叫拾光吧。”

韩阳在旁边接嘴：“拾安的拾？”

冉致一又道：“阳光的光。”

三人的名字刚好都包括在内，寓意也好，程光看一眼洛拾安，见他没意见，韩阳也同意，程光便打一个响指：“就这么定了！”

总算解决了这件事，然而，冉致一期待的轻松时光并没有来临。

距离艺术节还剩一个星期的时候，原定的主持人生病了，老师让冉致一替补上阵，发给她一本厚得可以拿去垫桌脚的台词本，让她临阵磨枪赶紧背下来。

冉致一绝望到想哭，为什么这种倒霉事总是发生在她身上？

再说，一个主持人这么多台词是闹哪样？不知道的还以为她要去演话剧。

中午，九班的盛然来找她，说是她的搭档。

主持人之间的互动环节需要默契，临时培养不容易，两个人找了间空教室排练，刚要渐入佳境，敲门声打断她的思路，只听声音，不用抬头她都知道是谁来了，指指门口：“出去。”

洛拾安买了杏仁露来，美其名曰是慰问，其实是监督。

他拉一把凳子坐在盛然和冉致一中间：“我只在旁边看着，不出声。”

洛拾安的眼睛亮得像摄像头的红外线，盛然觉得别扭，对冉致一说：“要不我改天来找你吧。”

眼看没剩几天了，还能改到哪里去？

“盛然留下。”

冉致一正憋了一肚子火气无处发泄，想态度好也做不到，她再次指向房门，重复道：“洛拾安，出去。”

洛拾安放下杏仁露，悻悻地走了出去。

真是的，每次都这样。她也想好好说话，谁让他永远不听，非得她发火才行。

晚上，冉致一和盛然一起去图书馆，那儿清净，洛拾安也不至于会跟来。可让她心情复杂的是，好像不管什么人碰到她都会提起他，就连盛然也没头没尾地说："你跟洛拾安的关系真的很好呢。"

冉致一的愤怒值直线上升："谁跟你说的？"

"他们都那么说。"

"他们是谁？怎么说的？"

"这个……"这还用说吗？是个人都看得出来。盛然被冉致一严肃的眼神震慑到了，有点害怕，小声说，"你不是天天都跑去练习室看他练习吗？"

冉致一下意识地反驳："那练习室里也不是只有他一个人。"

"那你是去看谁的？"

"我……"冉致一再次语塞，是因为发觉这声音不是盛然的，她抬头看，果然看见洛拾安居高临下地盯着她。

他什么时候来的？

冉致一的愤怒值冲破最高的红色数字，像扔进开水中的温度计一样炸开，她突然站起来，手边的英语书被碰落在地，夹在里面的黄色便利贴掉了出来。

冉致一手忙脚乱地弯腰去捡，她不确定洛拾安有没有看见，恼羞成怒，失去自控力，破罐子破摔："看谁都比看你强！"

如果冉致一知道这句话的代价是回家的路上洛拾安一直跟在她身后念紧箍咒，她一定不会逞一时痛快。

洛拾安一路上都低头看地面，用有些委屈的腔调，重复着："所以你到底是去看谁的？"

冉致一觉得自己捅了马蜂窝，两只耳朵嗡嗡响，她深深地希望有谁能给她一刀来个痛快的。

她心虚，捏着便利贴的掌心已经出汗，因此抓狂："不是你让我去的吗？"

"只是因为这样？"

"不然还要怎样？你以为我到底有多闲？"

他仍然不满意："那你刚刚为什么不直说？"

直说又要被人误会和他有关系，但这个原因她说不出口。

冉致一松开拳头，抬头看他：“洛拾安，算我求你了，我们以后尽量保持一些距离可以吗？”

她实在不想别人一看见她就提洛拾安，她讨厌那些玩笑。

洛拾安听到这话，终于不再嬉皮笑脸跟她闹：“你确定？”

她握紧了拳头，一声不吭。

他似乎真的生气了，转身离开了。

冉致一失眠了。

不知道洛拾安有什么奇妙的本事，总能占领她的梦境，她越想把他从私人地带赶出去，他就越是得意扬扬地对她笑，结果她只能翻来覆去地在床上滚。

明明她什么也没做错。一定是他对她下了什么诅咒。

洛拾安一点也不懂她有多心烦。

要说洛拾安离不开她的原因，其实她也不是不理解。

洛家的房子和冉家一样大，只住了洛拾安一个人，是人都会寂寞的。

川叔跟何姨相继离开后，洛拾安就完全变了一个人，他原来比谁都喜欢音乐，一心想做川叔的接班人，那会儿谈起理想的洛拾安两只眼睛都光彩熠熠，但川叔的背叛令这一切化为泡影。

失去信仰的洛拾安太寂寞，需要新的寄托才能活下去，所以他越来越黏她。

冉致一之所以可以理解，是因为她的状况也差不多，当初领养她是冉妈妈的决定，可妈妈去世早，冉爸爸不喜欢她，一年到头都住工作室，冉致一大多数时间都和保姆沈姨在一起。

沈姨在冉家工作十多年，亲手把冉致一拉扯大，却也仅限于此，可能是不会说话的缘故，沈姨的性子很寡淡，该做的一样不少，其他的一概不过问，就算是对自己的儿子也是一样的。

冉致一渴望家人，洛拾安也一样。

所以他依赖她，只是因为她最像他的家人。

他只有她一个家人。

冉致一只是替代品。

毕竟她和他认识很久了，虽然不敢说了解他的全部，到这个程度为止，她还是可以理解的。

他只是还没找到自己想做的事情，或者说，他还需要一个过渡期，让他跨过眼前这个坎。

作为从小一起长大的伙伴，她不介意稍微陪伴他一下，可这个距离完全超出了“稍微”的范围，她有些害怕。

他好像生气了，那他之后就不会再找她了吧？

那样最好了。

那样，最好了。

洛拾安真的很久没在冉致一身边出现。

说是很久，其实也就三天。只是包括冉致一在内，所有人都觉得这三天十分漫长。

周年很好奇：“你跟洛拾安吵架了？”

冉致一正在看台词本，听到洛拾安的名字就分神，周年在嘴边做一个拉拉链的动作，表示闭嘴。

过一会儿，周年实在忍不住，又问：“你们到底怎么回事啊？”

冉致一没理她，出去转了一圈躲清净，回来时仍见周年一脸求知欲。

周年的业余爱好是画漫画，专注于观察身边的人，目前冉致一和洛拾安就是她的素材最佳。

怕冉致一误会，她解释：“我不是故意八卦你，但你懂吧，创作者都这样，对万物感到好奇。”

冉致一不懂，也不想懂。她眼睛干涩，滴了两滴眼药水，靠在椅子上闭眼缓了一会儿，说：“我跟他什么关系也没有。”

周年在旁边撇撇嘴，又来了。

她是高二分班之后才跟冉致一同班的，就这短短两个月的时间，同样的话她已经听了不下十遍。

第一遍听着挺新鲜，后面她越听越觉得是某人在此地无银三百两。

但也正因为如此，周年才会对冉致一这个人产生浓厚的好奇心。长了一张好看的脸，又刚好是个极品傲娇，简直完美。

冉致一不知道周年的小九九，在对方反复追问之下，不得已只能补充："他只是太寂寞了。"

周年对这个和洛拾安气质严重不符的词汇感到可疑，五官几乎拧在了一起。

"寂寞？"

——行吧，我等凡人不懂你们这些神仙的想法。

演出如期开幕，万事俱备。

冉致一穿着一条蓝色连衣裙，周年帮她化妆，说是化妆，其实也就是修个眉毛，涂个口红，再把她的马尾辫放下来披在腰间，然后让她转一个圈。

冉致一的五官属于"浓颜系"，没有太多需要修饰的地方，她的皮肤干净得像画纸，稍微涂上点颜色就特别醒目。周年没出什么力，却对自己的杰作相当满意，她词穷，满脑子只剩两个字："好看！"

再高级一点就是："特别好看！"

冉致一觉得嘴太红，看着难受，趁周年不注意，偷偷用纸巾擦了一下。

周年拿出相机，一脸期待："致一，我待会儿能给你拍几张照吗？"

"给我？"

"嗯！"周年坦白，"我想拿回去当素材。"

"可以……吧。"冉致一皱一下眉，"拍过的照片让我看一下就行。"

"遵命！"

冉致一在后台见到洛拾安，还没做出反应，他已经先别过脸去了。她没来由的火气涌上头顶，也不甘示弱想掉头就走。

程光却先一步喊住她，让她帮忙想想待会儿开场他摆什么手势比较好。

周年在一旁对程光半敞的衣襟略表嫌弃："你那扣子要再解的话，待会儿上场就得有人报警了啊！再说你又没肌肉，露那扁平的胸膛和一排排骨给谁看？呼吁大家关爱智障儿童？”

后台变成养殖场，众人笑出一片鹅叫声。

程光不理她，臭美完后打量冉致一，“哇”了一声：“你今天可以艳压全场了。”

冉致一只顾着想别的，没出声，倒是周年很激动地举手：“漂亮吧，我给化的妆！”

程光记仇，得到机会就反击：“又没夸你，你激动什么？”

在程光和周年打嘴仗的间隙，有女生来打听洛拾安在哪儿，言语间不时瞄一下冉致一。

“不就在我身后……”程光转头看，也跟着挠头，“咦？人呢？”

冉致一刚刚看见他离开了。

她心里不舒服，烦躁地抓了抓头发，周年尖叫着按住她的手：“啊！我的杰作！”

是因为她在这里，所以他自动消失了。这样正好，眼不见心不烦。

演出开始，盛然来喊冉致一上场，她深吸一口气，挺直腰背上台去。

冉致一很漂亮，漆黑的长发配红唇，肩臂线条很流畅，因为不爱笑，偶尔扬唇便惊艳，灯光打在她脸上时衬得她异常好看。

底下观众小声议论——

“漂亮是漂亮，就是不好靠近，你见她对谁笑过吗？”

“攻略难度五颗星。不过就是这样才让人有挑战的欲望啊。”

“我劝你拉倒吧，等级太低根本近不了身。”那人指指座位最右边角落里站着的人影，“听听人家的设定，两代世交，青梅竹马，那才是男主角。”

演出进行到三分之一的时候，程光和韩阳已经急成了热锅上的蚂蚁：“拾安还不回来，快上场了。”

冉致一报完幕下来，查了查洛拾安的出场顺序，再下一个就是他了，她催程光：“打电话啊。”

“不接。”程光着急，“致一，你给他打一遍试试看行吗？他给你设置的特殊铃声，只要是你打过去，他不会不接的。”

冉致一听到这话，心中产生异样感，她搓了搓手背，进屋拿自己的手机，犹豫了一下，找出洛拾安的电话拨出去。

她很少给他打电话，以前几乎是被秒接的，这次却怎么也拨不通。

呵呵。她火了，这人到底怎么回事？

临要上场却脱逃！都已经到这种时候了，都已经……

啊，冉致一想到这里，心里突然“咯噔”一下。

他最初答应上场是因为要安慰她，拿着她的琴唱歌能让她好过一点。她之后猜出了他的意思，为他的自作主张生了会儿气，但也不是不领情。可她忘了问他是不是真的愿意上台唱歌，迈上舞台之前，他是否还会想起川叔的眼睛。

川叔离开之后，洛拾安心灰意冷地告诉她，他这辈子都不要再唱歌了。

时间虽然已经过去三年，但他当时的语气她还记得，怎么到这会儿却忘了呢？

他带着那么大的压力，连自己的原则都不顾了，只是为了安慰她，结果她却图一时口快用那么过分的态度对待他。

正常人都会不高兴吧。是不是因为临近舞台而让他想起了那些不愉快的记忆？

也许真的是她做得不对。冉致一扶着墙，在心里质问自己。

冉致一让盛然先在台上顶一会儿，她滑开屏幕，找到洛拾安的电话，再次拨过去，这次通了，她焦急地说：“你在哪儿？”

“你身后。”

冉致一猛地回头，差点撞上某人的胸膛，程光他们都去别处找人了，不知道他回来了，她拍着因为受到惊吓而起伏的胸口：“你去哪儿了？急死人了，别告诉我你现在不想上台了。”

洛拾安眨眨眼睛，他想说他刚才只是去别处转了转，顺便上了个洗手间，手机一直静音才没听到。可看她这么着急，他却起了捉弄的心，叹口气，说：“是啊，一想到要上台就觉得心绞痛。”

“有那么严重吗？”

他扶着心口：“有。”

“你少装，都到这个时候了，你就是咬着牙也得上去！”

他听到这话，赌了口气：“反正你也不想看到我。”

冉致一这才意识到，他还在为上次她说的话而计较。

小气鬼。她一边在心里念叨，一边背过身去。

她不想把事情搞得太麻烦，顿了一下，小声说：“你要是真的不舒服，我可以给你买药去，但是程光他们陪你练习了这么久，你总不能让他们白费心血吧。”

洛拾安的要求倒是不高：“不用买药，你哄哄我就行。”

这对她而言相当于趁火打劫，她想说：“愿意给你买药已经是天大的恩典了，你就谢天谢地吧！”

也想说：“洛拾安，你别太过分，你唱不唱歌跟我有什么关系？”

但是她不能那么说，不能那么说……

哎哟，真要命！做人怎么这么麻烦啊？

她搓着手指头，克制住自己的情绪，拼命战胜心里那只早就想喷火的小恶魔，几乎要咬碎牙齿，才从牙缝里挤出道歉的话：“对不起。”

洛拾安稍稍往前靠近了些。

她左手假装整理头发，其实是为了挡住泛红的脸：“我上次不是故意那么说的，只是被人嘲笑得多了，心里乱糟糟的，有点口不择言。啊，不过……不过我要表达的意思没有变。”她生硬地说，“就是说啊，我是说想让你离我远点啦，但也不用太远。”

洛拾安刚刚上扬的嘴角又耷拉了下来，两手比出一个测量的手势：“那要多远才合适？”

没有公式可以代入，也没有参照物可以对比，见她迟迟给不出方案，他有些着急：“你总是不说清楚，我怎么能明白？你刚说嘲笑，谁嘲笑你？嘲笑你什么了？”

冉致一被刺激，想跑，洛拾安早就猜到她会这样，绕到她面前拦住她，务必要她把话说清楚：“明明我们以前关系还很好，这两年你为什么总是避开我？是我做错什么了吗？你和别人在一起的时候都很正常，为什么偏就对我设立这么多规矩？”

他一股脑地问出许多问题，冉致一不知道从哪个开始回答：“你跟他们又不一样！”

“哪里不一样？我是比别人多了个鼻子还是眼睛？靠近我会让你做噩梦吗？”

他咄咄逼人地靠近，不管她转向哪个方向，他都像能预知到一样，先一步移动过去挡住她。她已经被逼到无路可退，捂住耳朵也能听到他的声音，闭上眼睛也能感受到他的气息，她贴在墙上，像一只被堵到绝境只能待宰的小动物。她的眼圈发红，说话音调都变了，却一点气势也不减，吼破了音：“就是不一样嘛！”

就算不做噩梦，做别的梦也很可怕呀！

如果被他知道，那张他随手画在便利贴上的画，虽然被她当面扔进纸篓，但那天晚上她值日，倒垃圾时有一团小纸球滚落在脚边，她明明嫌弃极了，却忍不住把它捡回去小心铺平放进书里，他会怎样嘲笑她？

她就是因为不想被发现，才用那么极端的态度作掩饰。

可是，这么可笑的理由，她要如何讲给他听？

刚刚表演完从舞台下场的同学都被这声怒吼吓了一跳，众人都看了过来。

洛拾安怔了一下，朝她伸出手，还未触碰到，身后有人轻咳一声：“那个，抱歉，打扰一下啊，”是程光和韩阳他们回来了，“拾安，该准备一下，马上上场了。”

他缩回手，“嗯”了一声。

冉致一抹了眼泪，作为主持人要先上台报幕，下来时与洛拾安擦肩而过。

她故意别开脸没有看他。

洛拾安拎着吉他在黑暗中上台，片刻沉寂后，程光的鼓声最先响起，幕布拉开的瞬间，洛拾安和韩阳先后加入。

歌词修改过，曲子调整得更适合原声琴，乐器的顺序也重新排过。

开场的吉他独奏被洛拾安挪到了二十秒处，此时韩阳和程光都静下来，洛拾安拨着琴弦，望着台下开口唱。

“在盛夏夜里睁开眼睛，这漆黑的夜晚和时光隧道也没什么不同，让我计算一下和你们相遇的地点和时间，糟糕，我等不及了，这一刻，已经是上一秒的未来旅行……”

第一小段唱完，程光的鼓声和底下观众的尖叫声一同响起，韩阳的贝斯声及时插进来。

虽然之前看过排练，但真正看到他们上场的感觉更惊艳，洛拾安好像还在生气，在中间合奏拨琴弦的时候特别用力。

有些人天生适合舞台，他一开口就让人知道，正中央的位置是他的。

冉致一就着鼓点，莫名其妙地哭了个稀里哗啦。

和十三岁那年的感觉一模一样，她被一种奇怪的感觉牵动着情绪，难受得快要裂开了，最糟心的是她也搞不明白自己难受的是什么，所以特别难受。

洛拾安没有跟任何人交流，专注地唱着自己的歌，情绪都在歌声里。

所有灯光都汇集在他头顶，舞台上的他那样夺目耀眼。

冉致一由着眼泪流到腮帮子，又沿着下巴落下，她目不转睛地看着他。

即使她很不愿意承认，但是，这晚的洛拾安帅炸了。

压轴节目还没出，气氛已经被点燃，闪光灯闪烁，男生和女生都在尖叫。

冉致一依稀听到身旁有人大声说话——

“真夸张啊，不知道的还以为是演唱会呢。”

“这叫青春啊，青春你懂不懂？”

音乐声一停，底下掌声雷动，所有人都在喊洛拾安的名字。

冉致一转身想走，却发现就连上台口都不知不觉聚满了人。她拨开人群往外逃，想趁洛拾安下台之前离开，避免与他碰面。

盛然在后面喊她：“致一，你往哪儿跑啊，该报幕了！”

冉致一管不了那么多了，可周围的人太多太挤，她才刚刚逃出来，洛拾安已经放下吉他追过来，不由分说地拉住她，看着她红肿的眼圈问：“你哭什么？”

她捂着眼睛：“我没有。”

“我刚刚回头的时候都看到了。”

“刚刚？在台上？”

“嗯。”

“胡说，台上灯光那么刺眼，你怎么看得到我？”

“很不巧，我就是看到了。”他掰开她的手，看着她的眼睛，声音放柔，说，“我错了，冉致一。”

看到他眼睛的那一刻，冉致一那些不明不白的纠结似乎都有了形状，她由难受变心慌：“你瞎道什么歉？”

“不管因为什么，把你气成这样，肯定是我做错了。”

“跟你没关系，我是刚刚不小心撞到墙，疼哭的。”

“哦，这样啊，那没有及时阻止你去撞墙的我真是罪该万死。”

他越温柔她就越生气，要是他就这样跟她吵，直接骂她不讲理，当着众人让她下不来台，然后再也不理她，她心里没准还能舒服些。就是他太温柔，以致她出的每一拳都像捶在棉花上，她赢不了他，也骗不了自己。

她这样一想，刚刚憋回去的眼泪突然像发大水一样涌了上来，手指已经捂不住，透过指缝吧嗒吧嗒地落在他手背上。

她一抽一抽地说：“就是因为这样我才讨厌你。”

洛拾安被她哭得心发慌，不停拿纸巾给她擦眼泪，她抓住他的手指头仔细看，发现他指尖不久前才好转的伤口又恶化了，看着就疼。

他只弹了几分钟，应该不至于这样，她质问他：“你又偷偷练习了？”

“你不理我，我闲着没事做。”他轻描淡写，“过几天就好了。”

她用手背抹一把泪：“我又该上台了，不能老让盛然一个人顶着。”

演出总算有惊无险地结束了，冉致一下台，扎起头发，拉着洛拾安的袖子：“跟我走。”

路上有很多人在回头看他们，可她突然不想那么介意了。这晚又哭又笑又念台词的，她太累了，没空去在意别人的眼光了。

穿过人群，她带他到医务室去找药擦。

她的动作很轻："疼吗？"

他容易知足，心里暖融融的，摇头，说："不疼了。"

冉致一的手也总受伤，对此有经验，最疼的是脱皮结茧的过程，等指腹的皮肤变厚以后痛感会变弱。她现在已经不怎么会疼了，但最初的痛感还记得。

她瞪他一眼："骗子。"

洛拾安三年没碰过琴弦，最初结的那层茧已经完全退掉，现在需要重新结。

她小心翼翼地帮他处理伤口，叮嘱他这两天注意点，别再让它恶化，他很听话地点头。

冉致一看了一眼他旁边放着的吉他，垂了垂眼睑："你今晚的表演很精彩。"

"真的吗？"

"是真是假我不清楚，我也没有仔细看，我只是根据那群女生的尖叫声推测到的。"

洛拾安已经习惯了冉致一的傲娇式挽尊，善解人意地回了一句："我知道。"

他碰了碰她的头发："我知道了哦。"

被他突然的触碰惊到，冉致一僵了一下，他倏地怔住，他想起来，冉致一最讨厌别人碰她的头发。

但是，真奇怪，她没有推开他。

努力讨好冉致一的过程真的很艰难，此刻她竟然窝在那里一声不吭给他摸，他又试探性地碰了碰，软软的，暖暖的。

他仿佛是抱着把她摸秃顶的想法，打算再次伸手时，她把他推开。他看了看掌心，说："那就继续做下去吧，做一个最棒的制琴师。"

冉致一不禁反问他："那你呢？你以后还继续唱吗？"

他收起笑容，没说话，冉致一知道自己管得宽了，合上药箱起身，他连忙伸手拉住她："冉致一，我们和好吧。"

冉致一听到这话就发怵，以为他又要继续刚才那个话题："我不是都道过歉了吗？你别没完没了的。”

他指的并不是这个：“我是说，我想你跟以前一样对我笑，愿意跟我一起上学，一起回家，一起做有趣的和无聊的事情。要是我做错什么了你一定要告诉我，只是千万不要不理我，别避开我，别假装看不见我。”

“别说得那么奇怪行不行？我以前也没有假装看不见你过。再说你那么大个人，我就是想假装也做不到吧。”她的声音越来越低，头也越来越低。

就是因为她想装也装不好，奇奇怪怪的情绪总是往外冒，所以总是很难受。

她却不可能离开他，因为他是洛拾安，谁让他是洛拾安呢？

她从有记忆开始就认识他了，所以做不到对他视而不见。

假如真的讨厌他到了极点，也不是没有逃避他的办法。之所以不那么做，是因为她不忍心。

冉致一知道寂寞的滋味，不想让他失去倾诉的对象，她认识他太久了，就算再不愿意，也看得到他的悲伤。

即使靠近他会很麻烦，她也忍耐着让他朝自己走来了。

而他知晓她所有弱点，却不能理解她的焦急，他不理解也是对的，要是有一天他很坦然地说他理解，那她才真的要挖一个坑钻进去。

这些话，要她如何对他讲呢？

她做不到，她讲不出来。与其说她讨厌他，不如说她只是讨厌那个没法对他视而不见的自己。

冉致一打开门要往外走，洛拾安刚要跟上来，又有些怯怯地后退，拉开一段距离。

他目测衡量，差不多五米，嗯，这样应该没问题了。

中间冉致一回了一次头，他吓得又往后退一大步，见她的表情还是很纠结，他极不情愿地继续后退。

已经快到十米了，这样她一定不会发脾气了。

冉致一的眉头不展：“你在干什么？”

即便是洛拾安，有时也不太能懂冉致一的喜怒无常：“是你让我保持距离的啊。”

走廊里没有人，每一句说话声都像落在山谷里，撞到墙壁再弹回来，冉致一的太阳穴被撞得突突跳。

“不用那么远，”她朝他钩钩手指，“近一点。”

“可以吗？”

“快点！”

她穿上了校服外套，两只手插在宽松的衣兜里，好像很不愿意的样子，却还是允许他缩短了他们之间的距离。

洛拾安的嘴角抑制不住地上扬。

她白他一眼：“你笑什么？”

他连忙掩住嘴角：“没有。”

那场演出之后，以各种理由来高二年级三班串门，其实只为了看洛拾安一眼的女生更多了。

他们的演出视频被放到了网上，洛拾安唱歌那段被单独截取出来，点击率成倍翻涨。

那首歌本来就是川叔的成名曲，被一个十六岁的少年翻唱得有滋有味，而洛拾安在舞台上的模样青春飞扬，特别有川叔当年的风采。

振中突然出了一个名人，学校上下都对这件事情议论纷纷。

程光和韩阳也借此有了名气，在学妹中风头很盛。

程光得意扬扬：“下次演出的时候应该再找一个键盘手，那就完美了。”

韩阳点头附和道：“有个会吹小号的也不错。”

“没有下次。”洛拾安转动手里的六阶魔方，打断他们，“这是最后一次。”

程光越过洛拾安的桌子，拽他的袖子：“别这样嘛，一点商量余地都没有吗？”

魔方的所有颜色都归位，洛拾安看了一眼课程表，下节课是物理。他翻书包，“啊”了一声：“我的物理书哪儿去了？你看见了吗？”

程光摇头，旁边的女生雪中送炭：“我下午没有物理课了，我那本可以借你。”

“那谢谢你了。”

女生快速跑回自己班，把书找来给洛拾安，借此与他说上话：“有道题我一直不会……”

两人叽里咕噜研究起那道题来，程光觉得自己碍眼，便拉着韩阳到一边去了。

一道题讲了快二十分钟，午休都快完事了，那女生还没回班。

周年捧着脸，胳膊撑在冉致一的桌子上，义愤填膺地说：“她怎么还不走？”

冉致一在白纸上画新吉他的设计图，若有似无地应了一声，其实根本没有听。

周年又说：“我看她明显有不良企图。”

“哦。”

她按住冉致一的笔：“你倒是上点心啊，你看他们离得那么近，你不觉得危险吗？”

冉致一活动活动握笔握累的手，满不在乎地说：“有吗？”

“你不怕拾安同学被拐跑？”

“我巴不得呢。”

周年泄气似的回到自己的座位，当事人都没劲头，她再怎么上蹿下跳也没用。

程光拍拍她的肩：“放宽心吧，没事的。”

这么久以来往洛拾安身边扑的女生一批接着一批，至今没有一个能战胜冉致一的，程光提醒周年撑着精神看好戏。

快上课了，那女生终于依依不舍地准备离开：“拾安同学，我们交换一下电话号码吧，我要是有不明白的地方就直接问你。”

洛拾安大大方方地拿出手机，顿了一下：“我是没问题啦，主要我怕冉致一生气。”

人在座上坐，锅从天上来，冉致一刚喝进去的矿泉水，此刻尽数喷了出来。

坐在前桌的副班长无故受累，一头板寸挂上了晶莹剔透的小水珠。他缩着脖子一寸一寸地转头，看着冉致一剩下的半瓶水说："要不这个也给我吧，再借我点洗发露，我就能洗个头了。"

身边有人助攻："看吧，都把冉致一气成喷泉了。"

冉致一扶着桌子弯腰剧烈地咳嗽，眼泪都咳了出来，红着眼睛，抬头质问洛拾安："你瞎说什么？"

洛拾安好像很奇怪："你不生气吗？"

"我气你个鬼！"

那女生听到这番对话，脸上青红交替。

洛拾安滑开手机屏幕，微笑着转回脸："既然冉致一不生气的话，我没问题。"

女生知难而退："还……还是算了吧。"

程光朝周年摊摊手。

看吧。

周年被这拨操作惊得目瞪口呆，发现了洛拾安的新属性："以前听人说他天然，我以为是天然呆，其实是天然'黑'啊！"

女生看了冉致一一眼之后才离开，眼神中有敌意。待教室归于安静，没了外人，冉致一遮住半张脸，她揪着洛拾安的领子，把毫无防备的他从座位上拉下来，冷笑道："你这几天好像很猖狂啊，是不是我太给你脸了？"

艺术节之后他就越发肆无忌惮了，俗称蹬鼻子上脸。

教室里鸦雀无声，只这两人在对峙，众人各干各的，假装看不见。

洛拾安被她拽得往前倾，一只手撑在桌子上，面孔与她贴得近。

他的睫毛轻轻扫了两下，眼睛一眨不眨地看着她，声音里带着些许得意："你刚刚不是说不会生气吗？"

冉致一被他盯得有一瞬间失神。

他的眼睛里有她见过最干净的颜色，眼睛仿佛用画笔精心勾勒。

冉致一的气势被压下来，硬撑着和他僵持："我气的是什么你不知道吗？"

论装傻没人比得过洛拾安："你不说清楚，我当然不知道。"

洛拾安似笑非笑的样子惹得冉致一暴跳如雷，上课铃打响，她只能松手，把他推开："今天不许跟我说话！"

这一幕班上的同学见得太多，已经见怪不怪了，但还是忍不住咧嘴，整齐地"咦"了一声。

周年前桌的男生把指尖拢在唇边，小声跟其同桌吐槽："我妈每次跟我爸吵架，让他晚上睡沙发的时候，就用的这个语气。"

被冉致一警告了的洛拾安失去了和她一起回家的权利，百无聊赖，被程光拉出去打发时间。入冬之后穿得太厚不方便打球，他们往校外走，琢磨着去找其他活动。校门口有个穿西装的男人拦住洛拾安，以某家唱片公司为名，递给了他一张名片。

那男人没做自我介绍，开口第一句话便套近乎："拾安，好久不见。"

程光在后面问洛拾安这是谁，那人又拿出两张名片递给程光和韩阳："我叫谢泽宇，是西创唱片公司的。"

程光还没接过名片，已经被"唱片公司"四个字砸得眼冒金星，洛拾安还在为冉致一不理自己而苦恼，他对眼前的人并不感兴趣，轻飘飘地打量了一遍，这个谢泽宇看上去三十岁左右，脸上挂着职业的微笑，他有了印象，"哦"了一声，如果他没记错，这应该是洛川的朋友。

他抬手阻止对方寒暄，绕过对方往前走："我爸不在这儿。"

"我不是来看你爸的，单纯为了看你。"谢泽宇跟上洛拾安，与他并肩走，单刀直入地表明来意，"在网上看到你唱歌了，正好我外出工作路过这里，顺便想来见见你。"

洛拾安从兜里拿出棒棒糖，拆开包装纸："有什么事吗？"

谢泽宇拉住他："明年夏天在暑江举办的少年乐队赛，你要不要来参加？前两名可以直通十月末稻壳音乐节，以你的能力一定可以拿下来。"

程光在后面大叫："真的吗？"

谢泽宇点头："当然了。"

洛拾安把棒棒糖扔进嘴里含了一会儿，才发现买错了口味，他想买橘子味，可这个是草莓味。他把糖拿出来，发现已经错过了垃圾桶，便问程光："你要不要？"

"哥，你要是不想走这几步路就直说，我帮你去扔，真没必要把我当垃圾桶。"

"那谢谢你。"洛拾安掏出兜里剩下的两块糖，都放程光手上，算是跑腿费，然后才腾出工夫拒绝谢泽宇，"不去。"

谢泽宇指了一下名片上的电话："不急着回答，你慢慢考虑。"

惊喜来得太快，一首歌就成名什么的，对程光的冲击力太强烈，他代替洛拾安，结结巴巴地说了声"好"，看着对方离去，手脚不知该往哪里放，跳起来喊："我的天呢，我没做梦吧？"

洛拾安随手把名片撕成两半，扔给程光："顺便把这个也帮我扔了。"

程光阻止不及，回头跟韩阳商量："我有预感，刚才那人不是骗子。你叔叔不是乐队的吗？你问问他，看他认不认识这个人。"

"知道了也没用吧。"韩阳把名片放到书包夹层里，"不管是不是真的，这事都得拾安说了算。"

可洛拾安显然对这件事情不感兴趣。

那个叫谢泽宇的人在一周后又来了学校一次，程光不顾洛拾安的脸色，主动跟对方搭了话，并把自己的电话号码留给了他。程光琢磨过，就算是骗子也不怕，反正自己身无长物，有什么可被骗的？但正如韩阳所说的那样，谢泽宇是专门奔着洛拾安而来，话里话外都在打听他。

和谢泽宇单独见过两回面后，程光被打击得灵魂失色，把原话传给洛拾安："那个姓谢的说了，只要你去，要是你不去，我们就是白给人家都不要，就是这么个意思。"

"你那么在意他干什么？"洛拾安无聊透顶，不知道从哪里找了根红线在跟韩阳玩翻绳，"想参加比赛就算不通过他做中间人也可以。"

"听说那个比赛关注度很高，把控得很严格，一定要有人推荐才能上的。"

程光趴在桌子上有气无力地控诉谢泽宇比骗子还可恶，又转头问韩阳："你叔叔怎么说？"

"这家公司在暑江，老板是从蓝音唱片出来自立门户的，好像实力还不错。”

“暑江，那么远？”

韩阳点点头：“近几年摇滚乐发展地都集中在暑江，也证明了他们是真的看好拾安。”

好苗子要从小抓起，他们不愿放弃这个机会。

羡慕归羡慕，程光回首敲敲洛拾安的桌子：“不试试吗？”

洛拾安没回应，又去看课程表：“我的英语书又找不到了，韩阳，你下节课不用吧？借我。”

韩阳奇怪：“你可真是丢三落四，怎么你的书总是不见？”

“我也不知道，可能是忘在家里了吧。”

“别以后高考忘带准考证。”

韩阳起身回班级去拿书，程光继续瘫在桌子上叹长气。

被程光这么一折腾，全校都知道洛拾安被唱片公司挖掘的事情了，很多人都在打听具体状况，只有当事人最不爱听。

一时间，不光是程光，好像全世界都来劝他：去吧，一定要去！多好的机会，反正又没什么坏处，万一获奖了呢？

洛拾安将这些人统统赶走，恨不得在桌上竖一块“免打扰”的牌子。

既然直接劝没用，程光便曲线救国转去求冉致一。

彼时她刚开始新吉他的制作，要在学校和工作室两头忙，重新开启了忙成陀螺的日子，听到这话很烦躁：“他的事跟我没关系。”

“洛拾安只有跟你在一块儿的时候才最话痨，再说，你不是天天跟他在一起吗？你肯定知道他的想法……”

程光说到这里倏地闭嘴，是因为不知道自己怎么就点着了炮筒子，冉致一戳折了自动铅，反问道：“谁告诉你我天天跟他在一起的？”

“上星期我还看见你跟他有说有笑地回家。”

程光的声音越来越弱，冉致一声色俱厉地打断他：“那是你看错了。”

“就算是我看错了吧，”程光仍然不放弃，改换第二招戴高帽，“您善有善报，劝劝他。”

“愿不愿意去是他自己的事情，你这么纠缠才有毛病。”冉致一拿橡皮擦刚刚分神写错的字，吹掉橡皮屑，“我到底应该劝他还是劝你？”

“我当然挺想去的，这个是不假。”程光倚在窗边，一只手按在冉致一的桌角，“但是，致一，你说实话，那天拾安在台上怎么样？”

冉致一的笔尖停顿。

程光又说：“我不知道他为什么这么抵触上台，但他是喜欢音乐的不是吗？他踏上舞台，拿起吉他，眼里的光比我们任何一个人都强烈。既然这样，身为好朋友，比起看他自生自灭，应该帮他坦率面对自己才对吧？”

冉致一换一根自动铅：“跟我无关。”

程光没办法，只能离开。

周年在旁边目睹，摇着头，悄悄拉住程光说：“你选择的时机不对，最近致一的心情好像特别糟糕。”

程光点头，撇撇嘴，一只手拢在嘴边小声说：“拾安那边也怪怪的，不管怎么劝都油盐不进。”

“他们吵架了吗？”

“怎么可能。你见过拾安跟致一顶嘴吗？”

“不过，”周年掰着手指头数了数，得出数据，“洛拾安已经整整十一天没有喊过冉致一的名字了。”

“哇，你这数字还真是张嘴就来啊，”程光佩服得五体投地，“你是有多无聊啊，一天到晚就盯着他们看？”

周年打开素材本做记录，程光歪头看一眼，封面上的五个大字让他狐疑：“天然与傲娇？”

周年捂住他的嘴：“别念出来啊！”

“这是什么？”

“秘密。”

另一边的冉致一尝试平心静气继续做练习题，可惜思绪已经被打断，她忘了刚才写到哪里了，她扔下铅笔做眼保健操，听到有人从身边走过，然后斜后桌的椅子被拉开，接着便是某人转魔方的声音。

她闭着眼睛深呼吸。

最近洛拾安好像在跟她闹别扭。

经过艺术节上谈话之后，她已经决定调整心态了，太把洛拾安排除在交际圈外，反而容易引人怀疑，不如正常一点，就当个很普通的朋友。

不就是一起上学，然后一起回家，说话的时候心平气和一点嘛，这么简单的操作，她可以的。

最开始的时候她还坚持得挺好的，直到不久前她呵斥了洛拾安。

她当时跟他说的是当天不许跟她再说话，没说过了那天不许跟她说话，可他好像记了仇，竟然就没再来找过她。

那天后的第二天早上，她在家里等了很久也不见他来喊她上学，以为他睡过了头，她去他家找他，可是院门锁得严严实实，等她险些迟到赶去学校才知道，他早就到了，而且比平常到得都早。

他好像在故意躲着她。

冉致一超级生气，本来想骂他一顿去去火，想想还是忍住了，毕竟是她先让他别跟自己说话的。

到了晚上放学，她的火气散得差不多了，决定等他待会儿来搭话就原谅他，她放慢速度收拾书包，可他一下课就被程光拉走了。

第三天如此，第四天如此，第五天……

至于程光上周看到的“她”和他有说有笑地一起回家，她也看到了，那个只是从背后身形看起来都跟她很像的一个女生。

冉致一的烦躁值和愤怒值都在直线上升。

她当然不是为了不能跟他一起上学而生气，只是觉得不平衡，在她为了他的事情各种纠结的时候，他倒是跟别人兴高采烈地开启游戏新关卡了。

稳重，稳重，不能发火。

冉致一把眼保健操的全套完完整整地做了四遍，跟周年借镜子照一下搓得发麻的眼皮，却不巧照到洛拾安的位子。她悄悄调整一下角度，发现他仍在转那个魔方，只是往常他用不了一会儿就归位，这回却半天都没转回去。

是最近发生了什么可以让他智商下降的事情吗？

镜子折射的光晃到洛拾安的脸上，他下意识地用手挡了一下，眯着眼睛抬头看，与镜中视线相对的下一秒，传来“啪”的一声，冉致一失手把镜子掉在地上，慌手慌脚地低头捡，语无伦次地跟周年道歉。

该死的！她到底在做什么啊？！

冉致一的心跳快得像踩了电门，在工作室干活也静不下心来，沈亮一在旁边监督时见她心不在焉的样子，弹了一下她的脑门：“清醒一下再做。”

她呼痛，到休息区喝水，冉爸爸和陆时一在聊天，说川叔过几天就要回来的事情。

冉致一惊讶：“这么快？确定了吗？”

陆时一给冉爸爸捏肩，听到声音回头看一眼：“就圣诞节前，在这边有场演出，顺便待几天。拾安没跟你说吗？”

她摇头，端着水杯坐下，眉头皱得更紧了。

“川叔回来住哪儿啊？”

“住他原来的家呗。”

“他跟何月姨都离婚了，再住一块儿不会尴尬吗？”

冉爸爸喝了口水说：“何月在家也不常待，估计是想让拾安跟老洛好好谈谈。”

冉致一点点头，若有所思。

川叔要回来了，洛拾安却什么表现也没有。

啊，并不是这样，冉致一想到他桌上那只已经很久没有颜色归位的六阶魔方。

想问问他最近的奇怪表现是否都因为这件事，她拿着手机编辑了一条又一条信息，想了一个又一个理由，却怎么都没有勇气按出发送键。

关于洛家的事情，冉致一知道一些。

三年的时间，这中间其实也没发生什么特别复杂的故事，所有的事在最初就埋下了伏笔。

洛川的乐队在洛拾安出生前就已经成立了近十年，年轻的时候意气风发，与何月结婚后在桩城买了房子定居，之后经历了漫长的一段沉寂期。洛川年轻时东奔西跑没攒到什么钱，婚后仍不愿向市场妥协做不喜欢的音乐，外界都说他江郎才尽，而坚持维系乐队需要一笔不小的开销，所以好长一段时间里，他们家的生活都是表面风光，实际艰难。

洛拾安九岁之后，何月为了支持洛川的梦想开始经商，“川声乐队”没有火，何月的生意却越做越好，长时间的疏远让心与心的距离渐渐拉开，拼命支撑了几年，仍是挨不过去，到了洛拾安十三岁这年，洛川留下一封信不辞而别，唯一一次回来是和何月办理离婚手续，前后只停留了几个小时。

何月平常不会表现出异样，只是深夜醉酒回家会伏在洛拾安的肩头痛哭。

冉致一知道，洛拾安恨洛川，因为一切都是从音乐而起，他不想走洛川的旧路，揭开妈妈的伤疤。

他重新拿起吉只是想安慰冉致一，他以为要放下很轻松，却没想到线头一被剪开，所有的珠子都会落下，耳边的旋律一旦响起就停不下来，真正让他痛苦的往事也随着那些叮叮当当的声音一件一件冒出来。

愧疚感湮没了夜晚，冉致一翻来覆去睡不着。

第五章

我允许你在慌张的时候往我身边逃

第二天冉致一起得早，在路上慢悠悠地晃了一阵子，看到洛拾安从屋里出来，她整理一下头发，放慢了速度，假装没看到他，从兜里摸出早就准备好的单词卡，煞有介事地念起来。

这是最后一次，最后一次！

她在心里提醒自己，这次如果他还不主动跟她说话，那她就真的不理他了。

她的神经绷紧，连胃都跟着疼，很想逃跑，但不能逃。

“冉致一！”

她悬着的心脏安稳落地，太好了，他喊她了。

她只是基于两家的交情，不想把这份情谊就这么莫名其妙地断送在她和洛拾安这里，遂大发慈悲，想最后给他一次跟她和好的机会而已。

一定要装作若无其事的样子，一定要保持平静，要让他意识到自己错在哪儿了，要让他接受良心的审判，感受人生的艰难。

听他又喊了两遍，冉致一才慢吞吞地回头：“干什么？”

洛拾安看一眼她紧紧捏着的单词卡，牵了牵嘴角：“这么用功，是因为快考试了，想临时抱抱佛脚？”

“才没有。”冉致一收起卡片，想走到对方前面去，但洛拾安的腿长脚快，走两步抵得过她迈三步。

最近降温降得厉害，天气预报里的大雪却迟迟没来，这种干巴巴的冷宛如她此刻的心情。

冉致一呼出一口白气，紧一紧校服外的棉外套，又把围巾拉高遮住半张面孔。

气氛异常沉默，她捏紧了手指数自己的心跳声，琢磨该怎么开口打破这个宁静。

可是，冉致一不擅长找话题，往常都是洛拾安喋喋不休，现在却一句话都没有，这么安静，她很不适应。

看来他一点反思都没有。

算了，不如直说。

“听说川叔要回来了。”

洛拾安“嗯”了一声。

冉致一绞尽脑汁后再次开口：“我前几天听程光说，有唱片公司的人来找你，被你拒绝了。”

“哦……”他仰头想了想，“好像是有过这么一回事，你不说我都忘了。”

“为什么不试一试？”

“没必要啊，反正我也没打算继续唱下去，更不想出名。”

他说得挺轻松，冉致一悄悄瞥他一眼，见他从兜里拿出魔方掰起来，咔嗒咔嗒的声音让人心烦。

如果三年前的洛拾安有预知能力，听到未来的他这么轻视自己的梦想，肯定气得坐上时光机来给他一巴掌。

但冉致一猜测，三年后的洛拾安只会故作轻松地嘲笑过去的自己小家子气，教育他只有最中二的人才把梦想挂嘴上。

路上有车，他却不抬头，眉心皱成一团，手里的魔方连一面的颜色都没对上。

一辆汽车飞速驶过，差一秒就要撞上他，刺耳的鸣笛声响起，冉致一用力把他拽到人行道内侧，魔方滚到街上被车轱辘碾碎，她朝他吼：“你活腻了？”

洛拾安两手空空，看了一眼碎掉的魔方，对自己差点没命的事情却不在乎，他揉一揉眉心："抱歉，昨天没睡好。"

冉致一凝视他，想问他是不是真的很瞧不起她。

她认识他这么多年，连他是不是有心事都看不出来，那就真的白活了。

她拉着他的袖子："跟我走。"

她虽然懒得替他操心，但毕竟都是因为她。是因为要帮她，所以他才触碰了自己设下的规矩。

舞台上的洛拾安比任何时候都要自信夺目，也比任何时刻看起来都要快乐，她不瞎，程光看得到，她也能看到。

强烈的快乐和舞台之下的落寞形成鲜明对比，所以他心慌了，再加上川叔的归来给他增添了焦虑，他现在一定处于混乱的状态。

这三年他都不碰和音乐相关的事情，大概就是害怕面对这种混乱。

团结友爱和互相帮助是中华民族的传统美德，冉致一身为他的青梅竹马，偶尔也要回报他点什么。

她拉紧了他的袖子，把他往身边拽了拽，让他离得更近一些，防止他再灵魂出窍冲出马路，血溅当场。

她说："我重新开始做吉他了。"

洛拾安看着她的手："我知道，三哥都跟我说了。"

"他什么时候和你说的？"

"上次我去工作室找你的时候吧，那天你提前回家了，所以没见到。"

"你什么时候去找过我？"

他挠挠眉心，没说话。

那天他刚听说洛川要回来的具体日期，心里有些乱，不知不觉就去了"致一工作室"，得知她不在时又有些庆幸。

他知道，在这件事情上，他和冉致一始终有分歧，她和洛川的关系好，一定是想借劝他上台的方式让他们父子和好。

他唯独不想跟她吵架，所以这些天他都尽量避开她。就算是冉致一也不会懂的，就算她是冉致一。

果然，冉致一停下来看他："我都重新开始了，你呢？"

洛拾安从思绪中抽身，佯装无事的样子："反正你不在意我的事情。"

“我确实不在意。”

他苦笑一声。

“毕竟我们什么关系都没有。”她自言自语似的，拉了拉书包带，“最多就是一个同路上学的关系。啊，不对，现在这个关系也差不多该解除了吧？”

他停下来，歪头看她，好像不懂她在说什么。

“你不是找到其他愿意跟你一路回家的伙伴了吗？那女生是一年级的吧？前几天有人把她看成是我了。”冉致一假装看指甲，“我说你这个人真奇怪，你是有多寂寞，就这么一小段路也一定要人陪着？我倒不是介意你和别人一起回家，不过啊……”

“等一下。”他拉住她，“我什么时候跟别人一起回家了？”

“上周三，我亲眼看见的。”就算不是一起回家，也是一起走了一段路。

他摇头：“我不记得。”

冉致一“啧”了一声：“我都说了你跟谁一起我都不在乎，但是撒谎真的很讨厌。”

“我没有说谎啊。”他是真的不记得。

“算了。”她甩开他往前走。

他没有追上去，停在原地，泄了气似的：“冉致一，最近我们还是别见面了。”

她胸腔一震，以为自己听错了，停下来，回头问道：“你说什么？”

他故作轻松，用开玩笑的口吻说：“我也不是每天都能做到很开心。”

小时候冉致一说过最喜欢每天笑眯眯的人，所以他总是对她笑，他不想把不好的情绪带给她。

况且，再说下去，无论从哪个切入点开始聊起，他们都一定会吵架。

冉致一宛如听到绝交宣言，木着一张脸，张张嘴，却什么声音也没发出来。

洛拾安疲惫地仰起脸，扯出一个生硬的微笑：“我只想在开心的时候去见你，所以最近先别再见面了，等我开心起来会再去找你的。”

他想用意念将那些断裂在地的珠子捡起重新串联，可每捡起一颗又会再掉一颗，这种时候不想再添新烦恼，所以一定要避开她。

就这么一小会儿，冉致一的心情起伏了好几回。她不由得想称赞一下洛拾安，如果是存心捉弄她，那他真的是很高明了。

这大概是她这辈子听过的最恶劣的玩笑。

的确，尽量不给人添麻烦是优点，可真要这么做，就应该演得再像一点才对。比起话痨，冉致一当然更希望自己的青梅竹马能和电视里演的一样是个寡言的酷炫帅哥，能说一个字绝对不说两个字那种，可那根本不符合洛拾安的人设。就像一天疯三回的精神病患者有一天突然正常了，最害怕的肯定是他的主治医师，因为担心他会在什么时候憋一个出其不意的大招。

此刻，冉致一就是这种心情。

只在开心的时候跟她见面，难过的时候便一个人躲起来舔伤口吗？

很明显，这是他的阴谋，他分明就是想让她以后只要见不到他就没法安心。

冉致一垂下头看着脚尖，听着他的脚步慢慢靠近，超过她，然后越走越远。

洛拾安说得对，是有什么变得不一样了。

不只她变了，他也变了。

小的时候说好要一起同甘共苦的，长大以后却禁止对方触碰自己的内心世界，她讨厌他，是因为他看上去离她很近，却总是这样越走越远。

看似是他围着她团团转，大家都觉得是她欺负他，可真正仗着手里掐着对方致命弱点有恃无恐的人，其实是他才对吧。

她真的很讨厌他。

“你心情好不好，跟我一点关系也没有！”她背对着他喊，“我才不会被你影响。”

洛拾安吓了一跳，驻足，转身，睁大了眼睛呆呆地看她。

她松开拳头，说：“所以，不用为难自己一直笑，就算是不高兴的时候，你也可以来见我。”

在大街上喊话太丢人了，路过的好多人都会看过来，这条路也许会碰到同校的人，搞不好明天又会有新鲜的八卦出炉。

这不是冉致一会做的事情，她一向以冷静自居，可谁让她碰见他了呢？

明知道只要牵扯上他就准没好事，但是，谁让他就在她眼前呢？

她转过身来，看见那个罪魁祸首正惊讶得张着嘴，像雕塑一样，连眼睛都不眨一下。

他愿意跟谁上学，跟谁回家，为什么烦恼，这些都跟她没关系。

所以，她绝对不会为他担心，她只是不想让他的诡计得逞。

他怀疑她被什么人附体了，试探地喊她的名字：“冉致一？”

她酝酿了一会儿，视死如归般下定决心，咬着嘴唇，抬起头来，命令他：“过来。”

洛拾安愣了一下才往前走，又顿住：“可你以前总让我离你远点的。”

“以前是以前，现在是现在。”

他仍然觉得难以置信，不知应该做出什么反应才合适。

她哼了一声，说：“你放心吧，我不至于那么没有眼力见，逼着你去做你不喜欢做的事情，我也没打算劝你跟川叔和好。”她的声音低下来，“我只是要跟你说说话而已，就像小时候一样。”

不想他离得太近，也不希望他躲得太远。

她偶尔会为自己的这种想法感到疑惑，大部分时间会假装糊涂。可无论如何，这种想法她永远不可能告诉他。

冉致一将围巾再次往上拉一拉，瓮声瓮气地开口：“洛拾安。”

“在。”

“你所有的一切我都可以不在意，只是你千万别不开心。”

他下意识地追问：“我不开心，你就会在意吗？”

他很紧张她的回答，她却扬起下巴，骄傲地说：“当然也没有。”

冉致一呼出的白气挂在睫毛上凝成了霜，她慢慢地往前走。

他还没来得及失落，她又说：“我不会故意去触碰你隐藏起来的内心世界，也不管你说没说谎，这一点你大可放心。只是你苦着一张脸，碍到我的视线了，虽然你说不来见我，可我们毕竟低头不见抬头见，你想躲我也躲不开，要是总有人因为你的事追问我，我也挺烦的。说到底我也帮不了你什么，但是，小时候你不是说过吗？每次在我身边的时候你都觉得安宁。”

霜花挡住冉致一的视线，闭眼时都有冰凉的感觉，她停下来用手背擦了擦：“这三年来你总是惴惴不安的样子，所以你总是往我身边跑，我都知道的。因为我们从小一起长大，所以你会觉得跟我在一起更安心。洛拾安，我们在一起十多年了，我有多了解你，就像你多么了解我一样。不管怎样，上一次你帮了我，现在轮到我支撑你了。我虽然不太喜欢你，但是，这点交情我们之间还是有的。”

她笑起来，转头用弯弯的眼睛看他：“如果只是偶尔，我允许你在慌张的时候往我身边逃。”

前一任英雄退役，会有下一任来接班。

他极少见她主动说这么多话。

洛拾安心底发热，早就冰凉的念想再次被灼得滚烫。

不愧是冉致一，只一句话就安抚了他惶惶不可终日的心。

他终于笑了：“冉致一，你什么时候变得这么温柔了？”

她很小声地说：“是你教会我的。”

他没听清：“你说什么？”

“我让你少胡说！”

“那你刚刚说的话可不能反悔哦。”

冉致一别过脸去挠了挠眉心，淡淡地应了一声。

洛拾安往前一步，帮她把挂在刘海上的霜花拿掉：“我知道了，冉致一，我会待在你身边的，未来的所有日子里，我都会待在你身边的！”

冉致一抽回手：“那就不必了。”

“都说了不能反悔的。”

“我说的是偶尔允许，偶尔！这位兄台，你听得懂人话吗？”

“我不管，反正你都说了允许，那就是一直允许，说出去的话，泼出去的水。”他拽着她的手腕，弯腰贴近她，“冉致一，你甩不掉我了。”

这话听着让人直打冷战，恐怖片里的诅咒一般都是这么开场的，冉致一心里发怵，使劲拽回自己的手，揉着手脖子飞奔进学校。

预告了好多天的大雪终于来了。

从小冉致一便认为冬天是从下雪之后才开始的，等雪化了，春天就来了。

冬夜黑得早，沈亮一不放心冉致一自己走，每天开车接她从学校到工作室，洛拾安不把自己当外人，竟然也跟着上车。

沈亮一有些不高兴，可不管他的表情如何恐怖，洛拾安都好像看不到似的，反而没皮没脸地道谢："谢谢亮一哥。"

沈亮一黑着脸，很想问他："谁是你哥？别瞎跟我套近乎！"可只要对上洛拾安诚恳的眼睛，再怎么不情愿也只能"嗯"一声。

沈亮一以为只是一天，没想到后面每天都这样，他不喜欢洛拾安，但看在老师的面子上也不好说什么。而且，那家伙总是笑，不管面对多么讨厌他的人都笑得出来，也不知道是不是缺心眼。

只要洛拾安在工作室，沈亮一的心情就不好，主要原因还是因为冉致一。

沈亮一不想让冉致一和洛拾安走太近，也明里暗里提醒过老师，可周围的人都不觉得怎样，认为他小题大做。

两个孩子从小一起长大的交情，关系好点很正常。

沈亮一很严肃："万一他欺负致一怎么办？"

陆时一听到这里咧着嘴笑："要欺负也是我们致一欺负别人啊，哥，你杞人忧天呢。"

沈亮一抿唇看向说话人，陆时一收起笑容端着饭碗到别的桌子去吃，避开这边阴沉得好像随时会打雷的天。

沈亮一的心情不好特别影响工作进度，以及工作室里的气氛，他平常的面色虽然也阴沉，但一级阴沉和九级阴沉的差别可不是一星半点，工作室内除了冉爸爸，人人自危，都怂恿陆时一想想办法。

沈亮一看着冉致一长大，眼看着自己精心培养的花就这么被人惦记着，感觉应该不怎么样。于是，陆时一身负重任，用委婉的方式驱赶洛拾安："你来年就高三了吧，不在家多复习复习功课吗？"

洛拾安亮出自己这回月考的成绩单，依然发挥稳定，冉致一第一名他第二名，两人的总分就差三分。

比起他的好成绩，陆时一更觉得神奇的是他的稳定性："你还真是坚持每次考试都在我们家致一名字下面，年轻人得到这么一点成绩就满足，有在这儿闲着的工夫不如回家多看看书，想想怎么把这三分超过去。"

凭陆时一怎么教育，洛拾安就是一声不吭，陆时一急得冒汗。

半晌，洛拾安抬起头，说："时一哥，你上回在朋友圈里说想要的那双限量版篮球鞋，我家里好像刚好有一双。"

陆时一的眉心一抖，深鞠一躬："少爷，有什么吩咐以后尽管跟我说，亮一哥那边我替你搞定，致一那边的消息只要是我知道的我全部告诉你。"

洛拾安露出暖融融的笑，说："谢谢时一哥。"

陆时一战败，出来以后被一群人围殴："你说你还能干成点什么事？啊？这么点诱惑都抵抗不住，还妄想当制琴师呢？活该你给沈亮一当一辈子助手！"

"哎呀，安啦各位，人家拾安也不是坏人。不仅聪明，性格也好，基因也不赖，不管从哪个角度来说都是个前途光明的好少年，对我们家致一又百依百顺，我这个当哥哥的都看在眼里，没道理不喜欢他呀。"陆时一前脚收礼，后脚办事，给众人洗脑，"我倒是想不通沈亮一为什么这么不喜欢洛拾安，毕竟连老师都没说什么呢。虽说当大哥的理应惦记妹妹，可是……"

众人拼命给陆时一使眼色，后者觉出不对，闭嘴，转身，沈亮一的冰块脸近在咫尺。

"说啊，接着说啊。"

陆时一倒吸一口凉气，撒腿逃跑。

任这边如何吵吵闹闹，洛拾安该来还是每天来，有冉爸爸的允准，谁都不能开口撵他出去。

时间一晃就过去了一个多星期。

平静的午休时间，食堂里，周年和冉致一聊最近新出的漫画，对面的程光和韩阳加入话题，洛拾安打完饭过来，在冉致一旁边落座，蓦地语出惊人："今天晚上我可以去你家住吗？"

这明显超出高中生接受范围的话题，惊得一群人目瞪口呆地朝这边看，半个食堂都鸦雀无声，众人咬着筷子凝滞在那里。

冉致一一寸一寸地扭过头："你刚刚说什么？"

洛拾安恬不知耻地重复一遍："我想去你家住。"

"我家又不是旅店！"

洛拾安把餐盘里的花椒往外挑，说出理由："今天晚上我爸到家，我妈不在，我跟他没法共处在一个屋檐下，拜托你帮帮忙。"

冉致一收回惊愕的表情："麻烦你下次把话说全，别让人往歪了想。"

洛拾安问："你刚刚想什么了？"

她轻咳一声："你去我家工作室住吧，那里地方大，大哥和三哥都在那儿，我爸也在，你和他们在一起有意思一些。"

洛拾安把盘里的鸡翅夹给她："他会找过去的。"

洛川肯定会和冉爸爸叙旧，工作室是他们最常待的地点。

"可川叔也不是不知道我家在哪儿，你就算躲到那里去……"冉致一说到这里顿住，见洛拾安委屈巴巴的表情突然不忍心再拒绝，就算看在鸡翅的分上也只得点头，她叹了一口气，"好吧，我待会儿给沈姨发信息，让她给你收拾一间房间出来。"

周年和程光对视，心想这段时间冉致一的脾气可真好，往常洛拾安这么挑战极限肯定已经挨骂了，然而最近冉致一几乎都对他百依百顺。

但愿太阳不会从西边升起，影响生态平衡。

晚上洛拾安先回冉致一家，因为猜到洛川这会儿肯定会在"致一工作室"，想尽量避开他："沈姨会给我开门吧？"

"嗯。"冉致一把围巾缠在脖子上，没头没尾地说，"我的吉他春天就能做好了。"

洛拾安笑着鼓励她："这次你会成功的。"

"我这次要做爵士琴。"

"你不是一直做原声琴吗？"

“突然想试另一种。”冉致一说，“我除了做自己的事情，一直有给亮一哥做助手，他做的爵士琴可是很有名的。经验我有，很多细节我都亲自试过，应该没问题。”

她整理好外套：“你弹原声琴虽然也不错，可是那把琴毕竟不合格，而且原声琴也不好一直用来弹摇滚，偶尔听听倒是挺新鲜的。我还是觉得爵士琴更适合你，不过分偏重金属感，音色的立体性也不差，你以前弹过的那些琴里，就属爵士琴和你的声音搭配起来最好听。”

洛拾安脚步顿住：“你是专门做给我的？”

“可不是白做的。”她说，“要是我这次能成功，你就要答应我再上一次台。”

洛拾安既吃惊又觉得不可思议：“你就这么希望我上台？”

她没有否认，却还是要解释一下：“别误会啊，我对你唱不唱歌不感兴趣，我只是觉得，既然你拿着那把残次品都能发光，如果用更好的琴，肯定也不赖。我没有在夸你啊，只是想趁机替工作室做个宣传，喏，要是将来你真的红了，记得帮我们打广告。”

要让他找到出发的时机，要让他重新找到信仰，就要把力量借给他。

像这样短期的痛苦是为了长期考量，冉致一觉得自己特别聪明。

她扬起一角眉毛：“看你这个表情，是在嫌我多管闲事吗？”

他摇摇头。

他只是非常震惊，冉致一这种除了工作和学习对什么事情都嫌麻烦的人，竟然会浪费宝贵的时间，这么认真地考虑他的事情。

她接着解释：“与其让你待在我身边逃避慌张，不如赶紧让你找到自己真正想要做的事，我可不想就这么一直当你的避风港。”

洛拾安转头看别处，这么纠结的时刻，他却还是抑制不住高兴的心情。

见他不说话，冉致一以为他在犹豫，她皱眉问他：“你过去难道就只为了川叔一个人唱歌吗？你不喜欢音乐吗？”

他陷入沉思，无论如何也没法开口拒绝她。

洛拾安慎重地说：“我可以再考虑一下吗？”

她也没想过要让他马上回答，只是想适当地提醒他要面对现实：“反正距离我做好还有好一阵子。”她顿了一下，仰头看他，“我会很努力的，你也努力想一想，我不会劝你和川叔和好的，可是做人要讲道理，音乐有什么错？空有天赋却无作为，已经相当于犯罪了，洛拾安，我不喜欢这样只会逃避的你。”

洛拾安的瞳孔收紧，这样的冉致一真可怕，她太了解他，知道怎么说话最能戳到他心里去，让他根本顾不得消极。

沈亮一的车停在校门口已经好一会儿了，见冉致一迟迟不过来，不耐烦地摁鸣笛，冉致一朝他点点头，对洛拾安说：“那我先走了，你注意安全。”

洛拾安“嗯”了一声，叮嘱她：“早点回来。”

这对话虽然没什么问题，可听起来总觉得有点奇怪，冉致一脸上忽然发热，含糊地应了一声后慌忙转身，脚下打滑，险些摔倒，洛拾安上前一步扶住她：“小心。”

沈亮一在车内看到这一幕，鸣笛声摁得更响了，冉致一站稳之后捂着耳朵跑过去：“知道了，来了！”

洛拾安不上车，沈亮一的心情恢复了一些，如释重负般叮嘱冉致一：“别总跟那小子在一起。”

“我也没经常跟他在一起啊，只是最近有些特殊情况，又刚好被你看到了而已。”

“冉致一。”

“啊？”

“不要跟大人顶嘴，也不要总找借口。”

“知道了。”冉致一揉着耳朵在心里喊“救命”。

冉致一最怕跟沈亮一单独相处了，也最怕他念她。

沈亮一和冉爸爸完全处于两个极端，一个总是在管她，一个永远也不管她。

小时候还好，可从她上了初中开始，沈亮一就变得特别凶，永远板着一张脸，她没法跟他好好说话，也越来越怕他。

她盼着这段路赶紧到，在那之前她都眯眼靠在车窗上装睡。

沈亮一真的以为她睡着了，伸手试了一下暖风的温度，开车时放慢了速度。

他们抵达工作室的时候，川叔已经到了，冉致一很高兴，隔着玻璃门便朝屋内招手，洛川迎上去，拉着她上下打量，抬手比一比她的身高：“长个子了，也漂亮了。”

陆时一在旁边接话：“三年一点都不长才奇怪，拾安比她高一头还多呢。”

冉致一踩他一脚：“你闭上嘴，没人把你当哑巴。”

陆时一疼得直咧嘴，洛川笑得前仰后合，笑完又往她身后看：“拾安呢？”

冉致一放下书包：“他没来。”

“这样啊。”仿佛在意料之内，也猜到洛拾安此刻会在哪里，洛川并没露出太失望的表情，反倒像是松了口气。

他不想气氛因此变尴尬，笑着转移话题，说起最近旅行遇到的趣闻，并把吉他拿给冉爸爸看：“过几天有场演出，你抓紧时间把琴弦给我修修。”

洛川看上去和从前并没什么太大的变化，依然幽默爱笑，四十多岁的人了，面容不带沧桑的痕迹，看上去也就三十岁出头，怪不得网上好多人都喜欢他的长相。

冉致一喜欢川叔，是因为就连冉爸爸这种冷性子和他在一起的时候都会变得开朗些。小时候她很羡慕洛拾安，因为川叔从不逼迫他做任何事情，他们一家人都那么自由，好像永远不会不快乐。

直到后来川叔悄无声息地离开，她才发现那只是表象。

川叔和冉爸爸聊天，冉爸爸笑得直咳嗽。

冉致一也跟着笑，心里却在想洛拾安此刻在做什么。

拥有过后又失去是什么滋味呢？如果被一直最崇拜的人欺骗，又会是什么滋味呢？

小时候何姨工作，川叔又不在家的时候，冉致一会把自己的肉丸子分给洛拾安。洛拾安吃了她的肉丸子便答应替她做一件事情，有时候是给她唱一首歌，有时候是陪她去荡秋千。

那时候的冉致一非常寂寞，也更坦诚，会送他很多好吃的作为报酬，换取他的陪伴，听他讲很多从川叔那里听到的故事。寂寞感在漫长的时光当中渐渐消散，等她反应过来的时候，他就一直在她身边了。

即使后来何姨的生意越做越顺利，洛拾安慢慢长大到不再需要人照顾，冉致一也没必要再偷偷往他的饭盒里塞肉丸子，他仍旧一直待在她的身边。因为不知道该给他什么回报，她变得逐渐抗拒这份靠近，付出一旦无法对等，被动的这一方就会患得患失，她不允许自己产生依赖，干脆焊死了可以望向他的那扇窗。

可是他就在窗外，日复一日地喊她的名字。

她想还他陪伴的恩情。

会想到这些陈年旧事也不是她本意，陷进去却出不来，冉致一的心情低落，直到有人提醒她已经九点了。

如果不工作就早些回家吧。

冉致一站起来和川叔道别。

沈亮一穿上大衣送她，川叔也一起出门，在岔路口分开的时候，川叔喊住冉致一，让她帮忙给洛拾安带句话。

“我大概能留下来待十天，就住在离这儿不远的酒店，每天晚上我会来工作室等拾安一个小时，如果他想见我，你叫他来这里找我。”

冉致一点头，目送川叔离开，和沈亮一踏着雪往家走。

她想来想去还是不太懂，自言自语似的：“川叔刚说他要住酒店啊，为什么不回原来的家去住啊？”

“不知道，别人的事情你少管。”

和沈亮一聊天太有压力，这个人是个话题终结者。

冉致一闭上嘴，跟在沈亮一后面，踩他走过的脚印。

空气里飘着雪，月色被薄云遮盖，街面只有微弱的光，沈亮一把她送到门口就走了，照例叮嘱她一句“早点睡”。

冉致一进门，换鞋，摘下围巾，抖落身上的雪。

洛拾安在客厅沙发上躺着，把书盖在脸上遮挡灯光，冉致一踢他一脚，漫画书滑落在地，他醒过来，睡眼惺忪地看向她，声音微哑：“你怎么才回来？我等了你好久。”

好像关在家里等主人的宠物。

冉致一蹲在他的身边：“干吗不到房间去？”

“我想等你回来。”

她捡起掉在地上的漫画，坐在旁边，翻看两页，好似无意识地开口：“我见到川叔了。”

“哦。”他坐起来伸了伸腰，往冉致一身边靠过去。她全身一僵，又被他按住胳膊。

他喃喃地说：“别动，困。”

“回屋去睡。”

“不要。”

冉致一忍了一会儿，没忍住，一巴掌把他从身上推开，嫌弃地擦了擦肩膀，翻了个白眼，转身上楼去。他麻利地跟上来，她打开卧室门，他也要往里进，她伸手拦住他：“你的房间在隔壁。”

“我知道，我刚才睡好了，不困，想跟你聊会儿天。”

“哦，这样啊。”冉致一微笑着慢慢抬头，用非常温柔的语气轻轻地说，“滚出去。”

洛拾安快快地离开。

冉致一找出便利贴，写了“敲门剁手”四个大字贴在门外，然后去洗漱。睡前在窗前做了会儿题，听到门口有脚步声，过一会儿又渐行渐远。想到洛拾安吃瘪的表情，她用书捂住脸，忍着不笑出声。

第二天，冉致一将川叔的十天期限告诉洛拾安，他应了一声，接过沈姨递来的牛奶喝了一口，吃完饭和冉致一去上学，什么也没说。

他并没表现出什么异样，冉致一却放心不下，或许是相处久了便会感同身受，她也有些不想去工作室，害怕川叔问她洛拾安的近况，她不知道应该怎么说才得当。

放学前，冉致一给沈亮一发信息，让他这几天都不要来接她了，以作业多为由，暂时都不能去工作室。

沈亮一：“那我直接把你送回家。”

冉致一："不用，你忙就好了，我和洛拾安同路回去。"

冉致一将沈亮一教育用的车轱辘话当耳边风，把手机塞回书包。

周年坐过来："致一，我今天能去你家住吗？"

最近怎么一个两个都要来她家住，她奇怪地问："为什么？"

"我爸妈今晚上加班，我忘带钥匙了。"

反正家里空房多，都住了一个洛拾安了，冉致一也不介意再多一个人，点点头："可以。"

"太好了，那待会儿我们一起走。"

程光也来凑热闹："你去哪儿啊，这么高兴？我也去！"

周年咋舌道："怎么啥事你都想插一脚，火葬场你去不去？"

"我都听见了，你要去致一家，反正拾安也在，带我一个嘛。这两天你们都不理我，无聊死了。"

程光又问洛拾安："要不，今晚上一起出去玩也行，我发现一个特别不错的台球厅，高一年级七班的林乐乐也经常去，她球打得可好了。你不是无敌特别寂寞吗？她肯定能打败你。"

洛拾安正趴在桌上睡觉，含混不清地说了句："不去。"

程光没完没了，兴致盎然："致一呢？致一也来吧，反正你最近为了陪拾安也没去工作室，干待着也没劲，出来换换心情嘛。"

"谁说我是为了陪他？"

周年瞪了程光一眼，心想他真是看热闹不嫌事大，明知道脚下有雷还胡乱踩。但话一出口就收不回来，冉致一一气之下应了下来："去就去。"

冉致一都去了，洛拾安肯定也会去，程光目的达成，暗暗地在周年面前为自己竖了个大拇指，气得周年超想把那根嚣张的手指头掰断。

傍晚下课，韩阳在路上看到他们一起走，觉得稀奇："你们这是上哪儿去？"

程光觉得正好，拉上韩阳："一起走吧。"

程光说的台球厅在一家商场顶楼，旁边就是游戏城，这里挨着几所中学，学生课间无聊便来这里找乐子，室内禁烟，吧台上放一张"未成年禁酒"的牌子，老板留着长发，长得还不错，看着轻浮却很严肃，正跟一个要酒的男生确认身份证。

没有想象中那般乌烟瘴气，冉致一觉得还可以。

程光的视线在屋里转了一圈之后落在一个正在角落里打球的女生，对洛拾安说：“就是她，林乐乐。”

洛拾安看了一眼，淡淡地说：“我认识她。”

冉致一不动声色地跟着看过去，女生微鬈的长发披下来，眉毛修得很细，穿着黑色贴身毛衣，嘴里嚼着泡泡糖，每吹起一个泡泡便进一球，十发可以中九发，却还不满意，朝吧台嚷嚷：“老板，你家球杆不好用啊！”

“那儿有一堆球杆，你自己随便选。”

老板哼着不知名的歌，往调酒杯中加冰块，顺便朝门边吹了个口哨：“你们几个，到底是进来还是出去，别堵在门口碍事儿啊。”

“快进来。”程光去拉站在最前面愣着的冉致一，刚碰到袖子就被洛拾安打了回来。

冉致一回过神，往里走，留下程光在原地往手背吹气，委屈巴巴，把手递到洛拾安眼前：“都红了。”

“你长嘴干什么用的？能说话就少动手。”洛拾安扔下这句话便走了。

韩阳垂下头没说话，周年稍微同情了程光一下，默默跟了上去。

冉致一边翻零钱边问洛拾安：“你刚刚在后面说什么了？”

洛拾安笑容璀璨，与方才判若两人：“我说我们也要靠边的位置。”

“哦，那就要靠边的。”

老板递来矿泉水，看看冉致一，觉得眼熟，拉长声线“哦”了一声：“你是上回在西西特的那姑娘吧！”

冉致一想了一会儿：“你是……”

洛拾安打断他们相认，问冉致一：“你觉得几张桌比较好？”

“两张吧。”韩阳说。

周年摇头：“忘了说，我不会玩。”

程光说：“先看一局熟悉规则，然后我教你。”

“那就一张吧。”冉致一说，“我也不会，观战就行。”

周年说：“让拾安同学教你啊。”

“我就是不想让他教我。”

“那我可以……”韩阳刚想说他可以教她，说完一半，又缩了回去，到了嘴边的话被强行转了个弯，“我同意。”

洛拾安不解：“为什么不用我教你？”

冉致一面无表情：“就是不想。”

他没纠缠，只是说：“那你不玩的话我也不想玩了。”

“都到这儿了，你们先别较劲。”

程光出来调停：“先要两张桌。”

程光付完钱先选球杆，刚好和林乐乐碰上，正要去打招呼，女生已经自动挪到洛拾安旁边：“学长，这么巧啊。”

“不是巧，是专门来找你的。”程光接话，“之前我就跟你说了，让你有空一定和拾安对一局，杀杀他的威风。”

“我们已经对局过了哦。”林乐乐往球杆上涂抹防滑粉，吐了吐舌头，“不过，是我输了。”

程光疑惑，问洛拾安：“你都没和我说过，什么时候的事啊？”

洛拾安挑好球杆递给冉致一，不经意地说：“想不起来。”

林乐乐放下球杆，把头发梳起来：“两个星期之前的星期三晚上。”

直到林乐乐拢起马尾辫，冉致一才想起，那天和洛拾安一路有说有笑地走，还被程光当成是她的女生就是这个林乐乐吧。

她们身高相似，扎高马尾，体型也差不多，从身后一看，真的很像。

哦，原来洛拾安那天是和林乐乐一起打球去了。

冉致一接到球杆便到旁边的沙发上坐下，拧开矿泉水喝起来，顺便发信息给沈姨说自己晚些回去。

林乐乐拉住要跟过去的洛拾安的袖子：“正好，你们那里五个人，两人一桌还多一个，我这儿只有我自己，学长，你来陪我打吧。”

上回是因为无事可做又被她缠得厉害，洛拾安才不得不答应跟她打一局，现在有冉致一在，他肯定顾不上别人：“松手。”

“上回输给你我可不甘心了，这两个星期我一直在练习，我说学长，你总得给我一个打败你的机会吧。”

洛拾安言简意赅："不能。"

程光已经在旁边开球并顺便给周年讲起了规则，听到这边的对话便起哄："拾安肯定是怕输了。"

激将法对他不管用，他仍然不答应，这边的争执声很快吸引了别桌的注意力，冉致一怕麻烦："洛拾安，你就陪她打一局吧。"

洛拾安皱一皱眉，看了林乐乐一眼："那就一局。"

林乐乐眯起眼睛笑道："如果是你赢了就一局，要是我赢了就再来一局。"

洛拾安掂了一下球杆试手感："可以。"

不用看，冉致一也知道赛局怎么样。洛拾安自小好动，对能玩的项目几乎样样精通。以前她跟他去爬山，下山之后在休息处发现一家露天台球厅，她觉得好玩，让他教她，结果他每局都可以一杆清，完全碾压她这个菜鸟。

在学校因为程光的那句话，她脑子一热就答应来了，到了这儿之后反而浑身不自在，一想起洛拾安叉腰神气地嘲笑她的样子，她就烦躁得想抖腿。

在她出神的这一会儿，洛拾安已经终结了比赛，林乐乐拽着他不撒手："再来一局！"

洛拾安不愿意："我已经赢了。"

漂亮女孩子耍起赖都像撒娇："我不管，我就要再来一局。"

冉致一捂住耳朵，避开那两人的谈话，朝韩阳走过去："教我。"

韩阳有些紧张："可是我打得也不怎么样。"

另一面的男生隔着两张桌子朝这边喊："致一学姐，想学球吗？那我教你呀。"

众人都停下手里的动作望过去，周年看看程光，程光看看韩阳，三个人一起耸耸肩，表示不认识，然后又齐齐看向洛拾安，后者也没什么反应。

男生自我介绍："我叫唐觉，也是振英中学的，读高一年级九班。"

冉致一疑惑道："你认识我？"

男生点点头。

冉致一虽然朋友不多，名字却常年挂在校园榜上，振中还真没几个不知道她的。

她仰起脸看他拿球杆的姿势，好像还挺老练的。头顶灯光映在她雪白面孔上，她歪一下头，确认道："你打得好吗？"

"还可以吧。"唐觉的脸红了一下，挠了挠眉梢，指指洛拾安，"也许比他好。"

"那你教我。"

韩阳和唐觉换位置，程光和周年发出唏嘘声，另一边的林乐乐趁机拉住洛拾安的手腕："看，学姐已经有人教了，你就再跟我打一局吧。"

洛拾安捏紧了球杆，若有似无地"嗯"了一声。

唐觉确实打得还不错，他调整冉致一握杆的姿态，帮她找好角度，她听得很认真，打进第一个球后很有成就感，问唐觉："你是学了多久才练到这个程度的？"

"我爸开台球厅的嘛，总看总看，自然就熟悉了。"

"这是你家的店啊？"

"对啊，虽然我最近没常来，不过，偶尔来一次还能碰到学姐也不错。"唐觉说着又突然笑起来，"你以后来这里报我的名字，可以免费。"

"不用了。"冉致一稍微分神就打漏了球，她没了耐心，"没法速成吗？"

"你想打到什么程度？"

"可以赢。"

"赢谁？"

冉致一不出声，唐觉挠挠眉心，善解人意地没再问，只是说："那你以后每天都来一个小时，一个月后就能有成效了。"

"每天可能做不到，我很忙。"

"那只在周六来？"

"周六……"冉致一闭上眼睛想一会儿，"也许可以。"

"那就这样定了。"唐觉很自然地拿出手机给冉致一，"电话号码存一下，方便联系。”

冉致一刚要过去拿，洛拾安忽然从中间插进来：“在干吗呢？”

她指指别处，示意他躲开，他岿然不动，她说：“好狗不挡道。”

洛拾安摊了摊手：“你要学，找我就行了，没必要舍近求远啊。”

“我要跟谁学，和你没关系吧？”

他咬着棒棒糖，半坐在球桌上，长腿点在地面，刚好把她和唐觉完美隔开：“有关系啊，因为我技术更好啊。”

冉致一冷笑一声：“你真有自信啊，老是一副天下无敌的样子，你这么厉害，为什么不去保家卫国，偏偏来干涉我？”

“那个技术含量太高了，我做不到。”洛拾安能屈能伸，态度散漫，“但保护你一个我还是有信心的。”

对于他的脸皮厚到刀枪不入这一点，冉致一觉得他太谦虚了，只要让专业人员把他的脸皮构成成分好好研究研究，批量生产，绝对能让防卫设施先进起码两百年。

比如现在，她榨干词汇量都不能让他的自尊心受到一点伤害。

话说回来，他有自尊吗？

洛拾安不慌不忙地从口袋里又拿出一颗糖：“你看你，没说几句话就奓毛，乖，吃一块糖顺顺毛。”

她气得跺脚：“我不吃糖！”

他点了点她鬓边的头发，让她别到耳朵后面去，他问：“那你想吃什么？我给你买。”

话题不知道怎么就转移到吃的上面去了，冉致一气得回头咬他的手，以为他会缩回去，结果他一动不动，就坐在那里给她咬。她用力，他也不吭声，她慢慢泄气，松开牙，把他推开。

“为什么不躲？”

“从小到大，你生气就咬人，咬不到就更生气，一生气就最低三天不理人，还不如让你咬一口比较轻松。”洛拾安撸起袖子露出小臂指给她看，“这里，这里，还有这里，你看见了吗？都是你的齿痕。”

“你胡说八道！连血都没出，怎么可能留疤？”

“你还想咬出血，好狠啊。”

洛拾安甩甩手，又装作很不经意的样子问唐觉：“被猫咬的话用打疫苗吗？”

唐觉被他这一招打得猝不及防，已经瞠目结舌好半天，听到问话也只是发怔：“应该……”

这种问题叫他怎么回答才好？

算了，唐觉认输，后退一步，正好店长有事情要出去，喊他看店，他对冉致一说：“我哥找我有事，我先走了，你们慢慢玩。”

洛拾安却好似很失落的样子：“他怎么走了呢？我还想跟他打一局。”

店长临出门前把音乐换成川叔的歌，还叮嘱唐觉不能换。

冉致一的嘴角抽搐，正生闷气，却发现洛拾安脸上的笑容在音乐响起的刹那僵了一下，又很快恢复正常。

她四处看，忽觉场上少了个人：“林乐乐呢？”

洛拾安说：“连输三场以后就走了。”

唉。不知道为什么，她这会儿的脑子除了想叹气，一片空白。

那边的程光三人正玩得热闹，冉致一有一杆没一杆地打着球，洛拾安被禁止上场，更禁止插嘴，所以只能在旁边观看，却也看得津津有味。

川叔的歌在循环播放，导致冉致一的心脏忽起忽落。

她用球杆敲一下发呆的洛拾安，说：“你的手还疼吗？”

他举起右手看了看，牙印还没消，红红的，有些肿了，冉致一有点愧疚，当事人却莫名地“咦”了一声：“冉致一，你的牙齿长得好整齐啊。”

这是应该在意的事情吗？

冉致一不自觉地舔了舔门牙。

大门忽然打开，进来一个人后场内的气氛变得不太一样了，冉致一回头去看，沈亮一的表情严肃，宛如得知自家孩子逃课出去胡闹的家长，正打算来把某人捉拿归案，众人相互低声询问这是来找谁的，直到沈亮一在人群当中发现冉致一，声音夹着寒风，贯彻整间房间：“致一，过来。”

冉致一下意识地站直，除了洛拾安，同行几人也都立正，冉致一帮他们介绍："这是我家哥哥。"

程光他们异口同声："哥哥好！"

沈亮一没多言语，看看手表："我送你们回家。"

程光和韩阳的家都在附近，所以不用他送，道别后便走了。车上，冉致一问沈亮一："我不是发信息让你不用来了吗？"

他去学校没见到她，便发信息问沈姨，沈姨便把这个台球厅的地址告诉了他。

"我不放心。"

沈亮一问周年家地址，冉致一替她回答："今晚周年和我一起住，直接把车开回家就行。"

车快到洛家门口，冉致一又说："前面不用停。"

沈亮一从后视镜看她一眼："川叔会住酒店，不回家。"

冉致一知道沈亮一不愿意让洛拾安住在冉家，关键时刻只能搬出他最怕的老师来解围："爸爸也答应了。"

沈亮一的目光在冉致一的脸上停留了一会儿，神色分不出喜怒，他转回视线，闷声开车，冉致一提了口气，直到下车那一刻才放松下来。

沈亮一走了，室内恢复了安静，洛拾安对冉致一道谢："谢谢你替我说话。"

她冷哼一声："我只是担心亮一哥生气而已。"

"你的亮一哥好像特别不喜欢我。"

"你多心了。"

冉致一拉上周年转身往楼上走："他对谁都是这个不冷不热的态度。"

各回各屋睡觉，冉致一洗漱完，惦记着洛拾安手上的伤，到沈姨那里找了盒药，去敲隔壁卧室的门，里面的人没动静，可能是在洗澡。

人不在就最好了，冉致一蹑手蹑脚地进去，能听到浴室传来哗啦啦的水声，她放下药，正准备离开，浴室门的咔嗒一声，她几乎是条件反射，迅速打开阳台的门溜了出去……

跑完以后她傻眼了，她为什么要躲？

这是她家，她进来一不是为了偷东西，二不是想偷窥，光明正大地说只是来送个东西就好了不是吗？

她一阵后怕，要是在逃跑的时候被抓住，好像显得她别有用心似的。

一阵凉风吹进卧室，洛拾安回头看一眼阳台的玻璃门，以及落在门边的一只棉拖鞋，嘴角扬了一下。

沈姨过来给他送牛奶，用手语问他怎么不关门，被风吹到会感冒的，洛拾安藏住笑容，走过去把鞋捡起来扔到冉致一那侧的门边，又把自己这边的门关上，说："刚才进了一只猫。"

猫？沈姨把杯子放到洛拾安手里，歪头疑惑地走了出去。

二楼这么高，那猫除非长了翅膀才能飞上来吧？

第六章
我讨厌无法对你视而不见的自己

“当事猫”冉致一同学沿着阳台回到自己的卧室，拍拍心脏，发现拖鞋少了一只，她一阵心悸，打开阳台门想回去找，见其只是掉在自己的门口，又松了口气。

还好还好，没有落在洛拾安那里，有惊无险，有惊无险。

可就算拖鞋没有落在那儿，只要洛拾安看到字条和药盒就会知道她去过，她这样躲其实也没什么意义。

不过，可以把难为情程度降到最低。

冉致一捂着脸扑到床上：“我到底在做什么啊？！”

她也感觉得到，自己一天比一天不正常。

听到周年正在房间门口小声喊她，她调整一下心态，佯装什么也没发生的样子打开门，又见对方神色凝重地看着门上写了“敲门剁手”的便利贴。

冉致一让她不用介意：“这个是给某人贴的。”

周年抱着枕头进门来：“我睡不着，能在你的床上躺一会儿吗？”

床够大，两个人睡也没问题，冉致一把自己的枕头往里面挪一下：“你先躺吧。”

周年拍拍枕头，躺进温暖的被子里，看着冉致一在镜子前面梳头发，虽然她以前听说过冉致一的家境不错，可冉致一身上并没有家境优越的气息，以致周年在亲眼见到才有实感。

床头柜上有两张合照，一张是冉致一和爸爸的，一张是冉致一和妈妈的，都是在她小时候拍的，和爸爸拍的那张十岁上下的样子，马尾辫，运动装，表情和现在没什么两样，和妈妈的那张看上去才三五岁。

周年趴在那儿看了一会儿："你家基因真的好强大，哥哥那么帅，爸妈也这么好看。"

冉致一放下梳子："亮一哥不是我亲哥，他是沈姨的养子，因为从小就在我爸身边长大，所以和我们家关系比较亲。"

"啊……"周年不知道自己是不是说错了话，琢磨怎么把这个话题跳过去，却见冉致一不是那么在意的样子，这才轻松了一点，说，"你这样说我就懂了。不过，你亮一哥跟你还挺像的。"

冉致一从另一侧爬上床，打了个哈欠："哪里像？"

"就是都冷冰冰的，有种不太好接近的感觉。"

"有吗？"

"有啊，连我都是鼓起好大勇气才敢跟你说话。"

这也不是冉致一第一次听到别人说她难接近了，没什么可解释的，她自己也知道那是事实，她想了半天，说了声"抱歉"。

"你不用道歉啊！"周年翻了个身，面向冉致一的侧脸，"我没有怪你的意思，我也是相处久了就知道你其实很好接触，骨子里比表面可爱多了。"

冉致一被周年说困了，意识渐渐模糊。

在周年问起怎么不放和爸妈的合照时，她已经完全睡熟了。

隔壁房间，洛拾安拿着那张字条翻来覆去地看。

字条是他洗完澡后在桌上发现的，旁边放了一小盒药，字条的内容如下：

"如果手疼就擦这个药。

还有，对不起，我不是故意的。

——冉致一。"

他看看手上的牙印，早就不疼了，红肿也消了，但是他觉得很好笑，他在浴室的时候听到房间窸窸窣窣地响，像是进了只老鼠，没想到是偷偷进了只猫。

爱生气，爱咬人，却会给他送药。

禁止他随意靠近，却会在他心烦意乱的时候安慰他。

洛拾安把字条放到枕头边，翻了个身。

要是能带只猫回家养就好了，团成团睡在他枕边，一伸手就能够到，平常故意离他很远，睡着时会往他怀里钻，毛茸茸的，暖洋洋的。

好想养猫，想得不得了。

第二天冉致一在楼下看到沈亮一坐在餐桌前看报纸，她揉着眼睛打了个哈欠："哥，你什么时候来的？"

沈亮一看她一眼："昨晚。"

"你没在工作室睡啊？"

"我这几天都在这儿住。"

"你之前不是说来回跑不方便吗？"

"亮一哥是不喜欢我在这儿，来监视我，"洛拾安很有觉悟，笑着说，"对吧？"

沈亮一握着报纸迎上洛拾安的视线，想说他倒是有自知之明，结果后者根本就无视他，只看着冉致一："你放心，我不会在意的。反正冉叔叔已经答应我住下了，别人也管不着。我会尽量降低存在感，省得亮一哥气坏了身体。"

沈亮一明显被气到了，却噎得说不出话来，报纸被撕裂一条缝，搁在桌上的手在微微颤抖。

冉致一让洛拾安少说话，他还是笑，根本没意识到自己做错了什么。

周年在旁边看了整场戏，有感而发。

"天然"真的很克傲娇！不管是哪一个品种的傲娇。

上学路上，洛拾安问冉致一："亮一哥是不是不高兴了？"

冉致一气得快裂开了："你的脑子是崭新的吗，没拆过封是不是？

你偶尔能不能也用用它？省得它闲置久了生锈。”

路滑，洛拾安把她拉到没有冰的地方走，又帮她把掖在围巾下面的头发拿出来。

冉致一接着说：“就算缺心眼不是你的错，丢三落四可以说成是有个性，可我能不能求求你学着看看脸色？”

冉致一对沈亮一直小心翼翼的，因为他生气就会牵连她，偏偏洛拾安最爱踩着她点火，还硬拉着她为伍。

洛拾安“哦”了一声：“我下次注意。”

冉致一听他答得这么敷衍，就知道他根本没有听进去。

她头疼。

后面几天沈亮一真的每天都在冉家住，还好他回来得晚，为了避免正面冲突，时间差不多了冉致一就赶洛拾安回屋，警告他：“就算有雷劈到房间里，你都不能出来。”

洛拾安抗议：“那跟坐牢有什么区别？”

“就那么一小会儿不让你出门你会死啊？！”

“会啊。”

“要死也死在屋里，记得留遗书说明原因，省得给我添麻烦。”

洛拾安眨眨眼睛，慢悠悠地说：“认识这么多年，我都没发现你竟然是一个这么恶毒的人。”

“少废话，赶紧滚上去！”

洛拾安不情不愿地回屋。

他听话，冉致一不让他出来，他就不出来，半夜倚在窗边看星星，越看越精神，拍一张照片发给她，几秒钟后得到回复：“赶快睡觉！”

洛拾安惊讶：“你没睡呀？”

冉致一：“被你吵醒了。”

洛拾安：“那要不要出来聊个天？”

冉致一发了个用锤子打人的表情过去，搞不懂大半夜要聊天的他又想作哪门子妖，结果他没看信息就从阳台直接过来敲她的窗户，冉致一惊得一个激灵，翻身坐起，深夜以为鬼叫门，仔细看是他穿一身单衣站在风中，她揉了揉太阳穴，怕他在风里冻死，放他进来："你到底要干吗？"

洛拾安坐在床对面的小沙发上："探险。"

冉致一给他提建议："想探险你应该先跳楼。"

"那会死。"

冉致一烦躁地抓了抓头发："你上回在学校三楼跃跃欲试的时候不还挺嚣张的吗？"她打开卧室门，给他最后求生的机会，"滚回你自己屋里去。"

洛拾安不高兴了："小时候我们还经常一起睡呢。"

冉致一真想把拖鞋甩在他的脸上，又怕他明天脸上带着鞋印上学不好交代："十岁之前的事情你就不要拿出来秀优越感了行不行？"

洛拾安盯着她看了一会儿，答非所问："你这件睡衣真好看。"

事实证明，这人有病。

她恨自己太宽容，允许他胡作非为，蹬鼻子上脸，她面带微笑："你信不信我现在就把你从楼上踹下去？"

"我是在夸你呀。"

"少来评价我！"

"有什么关系？"

"很有关系！"冉致一不耐烦了，拉着他往外推，"赶紧走，我困死了，明天还要早起呢。"

好不容易将洛拾安推出门，却迎面撞上沈亮一，后者面色很差："大半夜的你们吵什么呢？"

"哥……"

冉致一哑口无言，完了，这回真怼枪口上了。

"我们……"

在洛拾安开口惹毛沈亮一之前，为了赶紧解决这个尴尬的场面，冉致一立刻捂住他的嘴，抢答道："我刚才想起来有道题不会做，明天要交，就找他来讨论一下。"

她转头对洛拾安使眼色："现在讨论完了，赶紧回去吧。"

可冉致一没注意到自己这个行为只会更加诡异，沈亮一的脸由黑变紫，她硬着头皮把洛拾安推走，又装作打哈欠的样子往屋里进：“好困啊，哥，我先睡了。”

冉致一的睡衣领子被拽住，沈亮一冰凉的手指触到她的脖颈，她被冰得缩起脖子，刚才还凶巴巴的，这会儿却㞞到冒泡：“哥，你的手好冰。”

沈亮一拧着眉毛，像拎猫一样，把她拎到自己眼前，开启唐僧的念经模式：“女孩子家要注意一点，老是这么没有距离和男生相处对你不好。”

“我知道了，你少说我几句吧。”她搓着脖子上的鸡皮疙瘩，又搓搓沈亮一的手，改走乖巧路线，“你怎么这么晚才回来啊？”

沈亮一语气软了下来：“陪川叔还有老师喝酒了。”

“怪不得。”

“你真是……”他叹口气，拿她没辙，想骂她，又见天色确实晚了，只能点一下她的额头，“早点睡。”

总算渡过这一关，冉致一关上门，躺在床上叹长气。

某些人总是乐于给她添麻烦，再忍几天吧，再忍几天，川叔就走了。

不过，也不知道洛拾安是不是真的打算不去见川叔。

冉致一小心观察他的态度，一转眼，十天的期限就快到了，洛拾安还是没有要去的意思。

冉致一去工作室和川叔道别的时候，他并没刻意问起洛拾安的事情，只是给她两张演唱会门票，时间就在一天后的平安夜，演出从七点半开始，大概两个半小时。

川叔拍拍她的肩：“演出完我就直接走了，你和拾安一起来吧。”

洛拾安会去吗？

冉致一犹豫应该怎么跟他说，捏着那张票纠结了一宿。

中午教室里没几个人，韩阳来串门，程光说起川叔一天后的演唱会，又为自己没抢到票以及没钱抢票的双重悲剧痛苦捶墙。

韩阳悠悠地拿出两张票放在桌上：“票我有，两张。”

程光抢过来一张，眼睛放光：“你这个土豪深藏不露啊！”

“不是，”韩阳说，“我叔叔给的。”

“你叔叔到底是何方神圣？”

韩阳挠挠后脑勺，小声报了个名字："韩东升。"

"'川声乐队'的贝斯手韩东升？"继洛拾安是川叔儿子的信息后，程光欢天喜地地迎来了第二次惊吓，"你怎么一直不告诉我？"

"这也不是什么特别需要宣扬的事情啊。"

程光先骂韩阳对朋友不够坦诚，然后虎视眈眈地抓着票不撒手："要是你送我一张，我就原谅你了。"

"我本来就打算送你的。"

"好兄弟！"程光拍拍他的肩，"我收回之前骂你的话。"

韩阳看向洛拾安："拾安呢？我听叔叔说，川叔回家了，他应该有留给你票吧？"

洛拾安趴在桌上睡觉，没出声，冉致一走过来，把票放到他桌上，自己留一张，说："在我这里。"

程光超激动："那就好了，一起去啊。"

周年噘着嘴："你们孤立我！"

洛拾安终于被吵醒了，抬起头，平静地说了句："我不去。"然后把票拿起来瞅一眼，问周年，"你要吗？"

周年遗憾地摇头："其实我晚上要去奶奶家，哪儿也不能去。"

洛拾安站起来，举着票在空中晃，问屋里其他人："那还有人想要票吗？"

冉致一踮脚把他的胳膊压下来："晚上七点半开场，你要么就去，要么就扔，就是不可以给别人。"

"你呢？你去吗？"

"我是肯定会去的。"

"那我就回家睡觉了。"洛拾安把票随意对折两下塞进兜里，坐回座位，"今天他应该不在了，我回家住。"

冉致一转身走开，面色平静："随便你。"

韩阳凑近程光小声问："他们这是在吵架吗？"

程光摇头："你问我，我问谁去？"

本来是件开心的事，却闹得不欢而散，身为围观群众就算想要调解也不知道应该先哄谁。

最后一节自习课洛拾安没上，连假都没请就直接回家了，大概是不想和冉致一起争执。实际上她也没想跟他吵，去不去都是他自己的事。

演唱会的地点离学校很远，放学时间不好打车，冉致一正琢磨该怎么办，就听见沈亮一在门口喊她："致一，过来。"

他从车上下来，没穿大衣，只穿了一件深蓝色外套，宽肩长腿，路过的女孩子都朝他看。

冉致一说："我现在不回家。"

"不是去听川叔的演唱会吗？"沈亮一接过她的书包，打开车门让她进，"我送你们，都上车吧。"

程光眉开眼笑："谢亮一哥！"

冉致一系好安全带，突然想起来问："我爸呢？"

"他在时一的车上。"

"陆时一那马路杀手……"冉致一脸上冒黑线，"亏我爸也敢坐。"

听一场演唱会竟然全家出动，程光在后排伸着脖子问："你们一家都是川叔粉丝啊？"

"是世交。"冉致一纠正程光，但仔细想想也没错。她和爸爸都喜欢川叔的歌，至于沈亮一就不清楚了。他没夸也没贬过，反正有人放就听，有演出就一起去看，毕竟他的老师喜欢。

程光突然觉得很好奇："你们的名字都带'一'字啊，巧合吗？"

冉致一说："我妈取的。"

"你们拜师还要改名字？"

沈亮一语气平静地说："我和从一还有时一都是老师从孤儿院带回来的，就顺便改了名字。"

沈亮一没说冉致一也是被领养的，怕这个身份让她在学校受欺负。

程光觉得自己多话了，看看韩阳，两个人都闭上了嘴。

没有人再说话，空气凝固，冉致一捏紧了手指，靠在窗户上想事情。

原本的名字啊，如果她不叫冉致一，给她一次重新选择的机会，她会想要一个什么样的身份？

冉致一不记得过了多久，有人在耳边喊她的名字，声音忽远忽近，她慢慢睁开眼睛，意识到自己刚刚睡着了。路上红灯，沈亮一把她推醒："致一，清醒一下，睡着了容易出汗，待会儿下车被凉风吹到会感冒的。"

冉致一应了一声，端坐了起来，搓了搓脸。

沈亮一的车里有股让人很安心的暖香味，她坐久了就犯困。

她以为快要下车了，却发现沈亮一用了导航也是一直在附近的街上绕圈。

没错，沈亮一是路痴，但他很讨厌被人揭穿，冉致一闭嘴不吭声，哼着歌看手机，假装看不见。

沈亮一终于找到了入口和停车的地方，带他们进场，周围人声鼎沸，陆时一打完电话过来找他们，沈亮一往他身后看，却找不到冉爸爸："老师呢？"

"他说不想跟我们在一块儿，先走了。"陆时一摊摊手，"我估计他是怕待会儿放得太松，掉了长辈的威严，理解一下，我们老师可傲娇了呢。"

排队验票，程光和韩阳站最前面，陆时一和冉致一站中间，沈亮一在最后搂着冉致一的肩，防止她被人挤到。

程光的亢奋劲越来越强："奇怪，你们都全家出动了，洛拾安作为亲儿子竟然不去。"

陆时一在中间说："他肯定是不想看见川叔啊。"

"他们父子俩有什么深仇大恨吗？"

趁陆时一口无遮拦之前，冉致一掐他一把，他憋回去，哼唧一声揉着腰，转移话题："马上排到了，都把票拿出来吧。"

进场的时候他蹙眉看着冉致一说："我好歹是你哥，你就不能尊敬尊敬我？"

"那你倒是干点值得让人尊敬的事啊。"

陆时一掐她的脸："让我看看你这张嘴，回去就找胶水给你粘起来。"

"别闹了。"沈亮一呵斥一声，把陆时一的手拽开。

冉致一趁机藏到沈亮一身后对陆时一吐舌头，后者朝她亮了亮拳。

观众里多大年龄的都有，熙熙攘攘挤满了整个会场，难以想象三年前川叔的演出还在小酒吧里无人问津，这会儿已经一票难求了。

他们找到所属的区域占好位子，演出就要开始了，灯光暗下来，全场肃静，在音乐响起的瞬间热烈欢呼。

程光和韩阳的位子在中间，沈亮一受不了音响太吵也和别人换了座位，陆时一也不知道去哪儿了，这里只剩冉致一一个人。

近距离看，冉致一更确定了，川叔的作曲风格在悄然改变，好听，可是缺点什么。

大屏幕里的川叔在和观众打招呼，这么热闹的场子，她不应该有烦恼的，可她始终没法平静。

演出过了大半，还剩最后几首歌，冉致一的心里越来越慌。

直到有人用荧光棒打她一下，熟悉的气息越靠越近，洛拾安在她耳边说：“还在发呆？”

冉致一摸着头，怔怔地看着眼前的人，支吾了一下：“你……你怎么来了？”

洛拾安双臂撑在栏杆上，把荧光棒交到她手里：“这个，进场的时候有人硬塞给我的，你要不要？”

一曲结束之后的间隙，冉致一听见他慢条斯理地说：“本来想回家睡觉的，可怎么也睡不着，想想还是来了。挺好，还赶上了最后。”

下一首歌的音乐接着开始，冉致一看着前方，余光忍不住往洛拾安脸上瞄。灯光和白雾混合在一起，眼前的一切都变得不太真实，洛拾安的眼睛比灯光还亮，最后一首歌开始时，他蓦地浅笑出声，拢起指尖，穿透音响，大声对冉致一说：“你记得这首歌吗？”

这是三年前川叔复出时唱的第一首歌，她当然记得。

洛拾安接着说：“他做这首歌的时候，我就在旁边看着，他每弹一段就问我好不好听。我当时多高兴啊，你还记得吗？我帮他和音，问他下次演出可不可以带我一起去，他说好，结果第二天他就走了。”

洛拾安说到这里突然停下，仿佛力气被抽空，紧紧握着的拳头慢慢松开：“他一直知道我在哪儿，学校，我家，或者你家，想找总归是能找到的。他明知道我不会去找他，也没想过来见我，美其名曰交给我决定，其实只是逃避而已。他铁了心想跟这个家划清界限，又备受良心谴责，就用这种方式抵挡舆论，看，他能做的都做了，都是我的错。”

冉致一静静地看着他。

“这就是他追求的东西吗？”

最后一句话他说得很轻，冉致一却听得特别清晰，寂寞在他脸上停留不到十秒钟，他倏地换上明媚的面孔，伸手指着舞台对冉致一说：“我唱得比他好，你信不信？”

冉致一的心脏倏地变快，凝视着洛拾安的眼睛，对了，就是这双眼睛。

十三岁那年同在观众席下，她之所以身心震荡，并不是为了川叔的歌，而是因为洛拾安的眼睛，是他踏上舞台时，由于自信而光芒四射的眼睛。

好像他身上那股毫无顾忌地往前冲的劲头又回来了，她仰着脸，捏紧了胸襟的衣服：“那也要你试过我才知道啊。”

演出结束，乐队全体成员面对观众谢幕，洛拾安粲然地笑了：“那就赶紧把你的琴做好吧，我会证明给你看的。”

洛拾安从程光那里拿到谢泽宇的名片，主动联络他，答应参加夏天的比赛。

何月知道了很高兴，但她人在国外，不能面对面鼓励他，连过年都没回来。

寒假期间洛拾安恶补了这几年落下的音乐知识，偶尔跟韩阳和程光碰面，找地方一起练习。

亏得他这样忙碌，冉致一才能专心工作。

一转眼冬天过去，开学，大雪融化，春天悄无声息地降临。

冉致一在图书馆写作业，洛拾安和谢泽宇通完电话进去找她，把椅子转过来骑着坐，下巴垫在椅背上：“你的琴一定要按时做好啊。”

“用不着你说我也会好好做的。”冉致一皱眉说。最近确实不太顺利，可能还要拖几个月才行，她本来就够烦躁了，被他一催更焦虑，佯装镇定地问他，“倒是你，那个谢泽宇真的靠谱吗？”

凳子腿有一条有毛病，前后晃悠，像木马一样，洛拾安摇了一会儿，说:“他是老洛的朋友，三年前我和老洛跑演出的时候就见过他好几次了，那时候他还在蓝音，老洛复出也是他帮了不少忙。”

冉致一翻书：“那你要是去了，一定会碰到川叔吧？”

“谢泽宇跟他在蓝音的上司跳出来自立门户了，我要去也是属西创，老洛还在蓝音。听说他们之间有些矛盾，这两家现在属于竞争对手，管他呢，我就是去参个赛而已。”

“比赛赢了的话，你就会留在暑江吧？”

“还不知道，走一步算一步吧。”洛拾安停下来，盖住她的笔记本，“你这么问，是不是因为舍不得我啊？”

“我烧香拜佛求你留在那里永远也不要回来。”冉致一瞪他一眼，“把你的爪子拿开。”

洛拾安收回手：“编一句好话让我高兴一下都不行吗？”

冉致一摆摆手，让他哪儿凉快哪儿待着去。

彼时已经进入四月，全城回暖，天气改变心情，洛拾安被冉致一羞辱了一顿也不长记性，一觉醒来都忘了，照样吃饭、睡觉以及骚扰冉致一。

谢泽宇因工作的关系又来了一趟桩城，顺便检查洛拾安他们排练得怎么样了。

饭桌上，洛拾安低头剥虾，头也不抬地说：“什么怎么样了？”

“五月的初赛，你没准备一下吗？”

洛拾安把剥好的虾仁放到冉致一的碗里，他擦擦手，拿起筷子夹一块肉：“有在练习，不过，只是初赛，不用那么紧张。”

“也别太小瞧这边的初赛，明天开始要好好准备起来了，我有个朋友在这儿开音乐教室，我给你一个地址，明天你们直接去找他排练。有个人指导还是有好处的，旁观者能更清晰地帮你指出毛病。还有，”谢泽宇写了个电话号码递给洛拾安，“如果要签约，得让你妈妈抽空和我见一面。”

程光和韩阳都伸长了脖子看，一起举手：“我回家就告诉我妈。”

“你们不急，等到这次比赛拿奖之后再见就可以。”

程光和韩阳面面相觑，尽管谢泽宇说得很礼貌，但他们还是感到了不对劲。仔细想想，就明白了，先签了洛拾安是怕他跑了，避免夜长梦多，或者等他曝光之后有别家出来抢人，而他们两个可签可不签。要是这次拿不到奖，还不如不签。

程光受到了打击。

本来谢泽宇这回就是专门叫洛拾安出来谈话的，而他们自告奋勇跟着来了，结果却被无形地羞辱了。

谢泽宇安慰他们两人："公司不是我一个人说了算，我说签谁就能签谁，只要拿出成绩来就能让人信服，所以你们要加油了，争取在这场比赛拿到好成绩。"

谢泽宇说完又看冉致一："你也是主唱吗？"

"不不不！"冉致一疯狂摇头，她也很想知道她一个不相干人士为什么在场。

洛拾安只说晚上有好吃的，让她一起，她没多想就来了，然后就是这样了。她在旁边不仅插不上话，也不太好意思动筷子。

洛拾安剥的虾已经堆了半碗，见她一动不动，便推推她的胳膊："你怎么不吃？"

谢泽宇看看冉致一，又看看洛拾安，后者替她回答："她是主唱家属。"

冉致一的眼睛瞪圆了，在桌子底下掐他，他按住她的手，解释说："我的意思是我们关系好得像一家人一样，你别自己想歪了迁怒我啊！"

冉致一想骂他，咬了咬牙，拼命忍住，干笑两声拿起筷子。

说白了她就是一个来蹭饭的，反正蹭都蹭了，先吃饭，多吃点把脸皮增肥也许就不在意了。

回去的路上，和洛拾安分开之后程光还是愤愤不平："这算什么？"

北方的春夜很凉爽，韩阳搓着手，劝他别生气："来之前不就猜到会是这种情况了吗？再说人家说得也没错，不拿出成绩来凭什么让人家对我们刮目相看啊？"

"既然这样干吗还让我们和洛拾安组合？直接选两个更牛的人来就

得了。”

“是拾安自己说的，只和我们组合。”

程光顿足：“你怎么知道的？”

“之前他们打电话的时候我刚好听见了。”

谢泽宇当然想那么做，事实上他连人选都安排好了，但洛拾安答应签西创的首要要求就是自己选成员。

程光满腹牢骚都被这一句话给消灭了，韩阳在附近的店里买了两杯热奶茶，和程光暖手：“拾安嘴上不说，该争的都替我们争了。与其在这儿埋怨不公平，还是琢磨琢磨怎么不拖他后腿吧。”

程光不再吭声。

另一边，冉致一埋怨洛拾安：“下次请不要把我带到这种聚会上，我快尴尬死了。”

他们的影子被路灯拉得很长，洛拾安走在她的左侧：“是你说不放心谢泽宇靠不靠谱，我才带你看看他本人啊。”

冉致一摊开手，一脸问号：“你做梦呢吧？我干吗要操心你的闲事？”

“你上次就是那么说的。”

“我那是随便一问，随便你懂吗？”

“不懂。”

冉致一明白了，对洛拾安不能太掉以轻心，哪怕她只是随便问声好，他也会将那句话转弯十几次，最终总结为她在关心他。她放弃跟他交流：“你这个智商也就配说说梦话了。”

洛拾安垂眸看地面的影子，嘴角漾出浅浅的温柔笑意：“好的，那你以后一定要常来我的梦里听我说话。”

“哼。”

两人就这么安静地走了一会儿，冉致一忍不住偷偷看他。

从侧面看，他的鼻梁和眉骨搭配得刚刚好，睫毛的长度恰到好处，利落的发梢和雪白领口之间的颈部线条也好看。

冉致一从未在这么近的距离打量过他，感觉怪怪的。

他的头发才理过不久，耳根后面的发茬短短的，不知道他平常都去什么地方剪头发，给他理发的是什么样的人。

他头发的触感是什么样的。

他这么爱打球，应该会常出汗，领口却这么干净。

他用什么牌子的洗衣液？有橘子味，真好闻。

如果这一幕在画里，能创造这一幕的画家一定拥有神来之笔。

意识到她在看自己，洛拾安转过脸来迎接她的视线，她慌了神，迅速别开目光。

“你刚才在看我吗？”

她不动声色：“没有。”

洛拾安挑挑眉毛，看了冉致一许久，只看到她努力平静的脸，看不到她上衣口袋里捏得关节发红的手指。

他“哦”了一声。

洛拾安没想到，谢泽宇给他们找的老师竟然是唐执。

程光见到他后“啊”了一声：“你不是那个那个，台球厅的老板吗？”

唐执叼着烟，穿破洞牛仔裤搭宽松背心，半长的头发别在耳后，玩着鼓棒，烟雾熏得右眼睁不开，只眯着左眼看他们：“还记得我呢，那就好说话了。”

他边说边往他们后面看：“今天那小姑娘不在啊？”

程光说：“你说致一吗？她忙着呢，没空来。”

唐执有些吃惊的样子：“致一，你说她叫致一啊？”

程光贴在韩阳耳边碎碎念：“这谢泽宇靠不靠谱啊，找个开台球馆的给我们指导，他咋不在大街上随便拉一个人来呢？”

“台球馆是我爸开的，我只是偶尔在这边没什么生意的时候过去给他帮帮忙，而且你别小看我哦，好歹我玩这东西也十多年了，更牛的不敢说，至少比你们有经验。”

被听到了。

程光尴尬，嘿嘿一笑：“我就随便说说，您别在意。”

洛拾安和韩阳都带了各自的乐器来，程光的鼓没法扛，便在唐执的教室里挑了一架。

挑鼓棒的时候，程光的心里没来由地觉得自己和队员都格格不入，他入门晚，开窍晚，不像另外两人从小身边就有老师，论专业性，他或许连韩阳都不如。

三人合奏的还是艺术节上演奏的那首曲子，唐执听完愣了一会儿，问洛拾安："你什么时候开始学吉他的？"

洛拾安想了一会儿，说："不记得了。"

他从小摸着琴弦长大，手指在什么时候该碰哪根弦都是下意识的动作，从来没专门思考过这种问题，每一个音调都是自然流出的。问他什么时候开始学，他好像并没有特别学习过。

唐执忽然明白谢泽宇为什么专门大老远来挖人了，这已经不是天赋的问题了，这是天才。

吉他入门看似简单，越往后越磨人。

有种天才，抓住乐器之后肉体不受控制，灵魂会牵引着他融入音乐，不亲眼看到绝不相信，这种人天生闪光。

这首歌搭配原声琴更考验唱功，一点瑕疵都会影响效果，洛拾安却一点不露怯，从头到尾没有一个音调让人不舒服。唐执在这个圈里混了这么多年，没见过几个年纪轻轻就这么强的人。

还有这曲子改编得自然又耳目一新，做这件事情的人，这年还不到十七岁，一脸的吊儿郎当相。

唐执最讨厌这种人，随便遗落的笔墨已经够别人研习半年，是技术派如何修炼也追不上的开挂型选手。

老天赏他这碗饭，他注定要走上这条路。

"呵。"唐执勾唇笑一声。

相对比，程光的技术稍微差些，还总抢节奏。韩阳还可以，但没什么明显优势。不是说他们太差，只是光线弱的星星和太阳站在一起注定会被忽略。

不过，年轻人不怕打击，有的是时间追赶，唐执给他们指导了几天之后发现他们的进步空间都很大。他觉得欣慰，点了一根烟，谈起自己年少轻狂的时代。

程光活动一下手腕：“唐老师以前也做乐队吗？”

“不是以前，我现在也做。我也是跟你们差不多年龄开始的，只是一直没火起来，现在大家都改行了，偶尔和队友聚一聚。”唐执抖一抖烟灰，看看墙壁，“上了年纪要想想安定了，我也得结婚娶媳妇不是？”

“不到三十岁就老了？”

“跟你们比可不就老了吗，干了十年还没做出成绩的事，队友都想放弃了我也没辙，而且……”

香烟就快燃到底了，唐执拉过烟灰缸不再说话，程光追着问：“而且什么？”

唐执却不想继续说，再说就矫情了。他把视线转移到坐在一旁专心擦拭吉他的洛拾安身上：“把你的琴给我看看。”

洛拾安看一眼他的手，显然有些嫌弃，唐执“嘁”了一声，掏出纸巾把手擦干净：“这回行了吧？”

洛拾安把吉他递给他。

“木质不错啊，琴弦做工挺好。”唐执在琴头看到一条细波浪，“哟，这是‘致一工作室’的琴？难怪。”

“嗯。”

程光觉得神了：“你怎么看出来的？”

“这‘一’字形细波浪就是‘致一工作室’的标致啊。”唐执翻过来掉过去地看，“‘致一’的琴轻易买不到的，我有个朋友在‘致一’工作，我排了三年的队才从他那里买到一把爵士琴，打了对折还是贵得吐血，现在还在家里供着呢。”

此“致一”非彼“致一”，不过也差不多。

程光说：“有那么夸张吗？”

“冉家祖上做小提琴，近几代改做吉他，在国外很出名的。他们家的技艺是一代传一代，一代比一代精，我买到的只是冉师傅的学生做的，要能拿到他本人做的才更牛呢。内行人都说冉峰的吉他不是乐器，是艺术品。不过，排队等他制琴的都是大人物，特别舍得砸钱的那种，我们这些人就算了，估计这辈子都竞争不起。”

程光长了见识，他一直知道冉致一一家很厉害，从来没想过这么厉害，便趴在琴上多看了几眼，顺便跟唐执说：“你拿的这把是他女儿做的。”

“就之前那小姑娘？啊，对了，你说她叫致一对吧？我还以为这么巧，原来她就是冉致一啊。怪不得呢，十六岁就能做出这么好的琴。”唐执念冉致一名字的时候很顺口。

程光问他：“你听说过她？”

“我不是说有朋友在那边工作嘛，总提起她来。”

唐执掏出纸巾把自己的指纹从琴柄上小心擦掉：“不过，拾安，你这么小，家里就愿意出血给你买这么贵的琴？”

程光劝他别擦了：“你这皱巴巴的卫生纸别是上厕所使剩的吧？还不如手干净呢。这是致一送拾安的，没花钱，她说是残次品，反正搁着也没用，就给他了。而且拾安家里也不缺钱啊，他那一个月零花钱比我数学卷子都厚。”

“残次品？”

“对啊，冉爸爸说质量不过关，不过老实说，我也搞不懂哪里质量有问题。”

一直没出声的洛拾安终于开口了：“冉叔叔的乐感是一顶一的，他对音乐有洁癖，追求那种极致干净纯粹的声音。”

“不愧是‘致一工作室’啊。”

唐执吹了个口哨，一回头，发现程光还在撅着屁股看：“你有空胡说八道不如赶紧回去练习，这都快半夜了！”

“明明是你喊我们聊天的！”

“我喊你聊天你就聊，我让你好好练习你咋不听呢？”

程光撇嘴，这人比教导主任还不讲理。

洛拾安和冉致一两头忙，能在一块儿说话的时间只剩上学的路上。

可冉致一大部分时间都在背单词，争分夺秒这个时间观念被她贯彻到底，洛拾安看到红灯就把她拽住，绿灯开始再拉她走，他担心她在别的地方也这么走路，就拿走了她的单词卡："少看一会儿又不会死。"

冉致一伸手去抢："还我！"

他把胳膊举高，冉致一够不到，他用另一只手把她推到安全距离外："你好好走路，到学校我就还你。"

冉致一又跳了两下，还是够不到，哼了一声，只能作罢，气鼓鼓地说："你最近练习得怎么样了？"

"还算顺利。"

"在桩城的初赛就在一周后吧？"

"你来看吗？"

"没时间。"

洛拾安早就猜到她会这么说，没有太失落："也行，反正初赛后在这边还有两场赛，晋级去暑江前一天是我的生日，到那时候再一起庆祝。"

"你好像很有自信啊，确定自己一定入选？"

"不然呢？"

冉致一没法反驳。

洛拾安又说："所以啊，你要给我准备什么礼物啊？"

"你想得美。"

"要是你不知道该送什么可以来问我喜欢什么啊。"

"哪有人这么上赶着跟人要礼物的，你这人到底有没有羞耻心啊？"

"那是什么？"

冉致一彻底服了。

两人一前一后地走，这一次是冉致一在后，洛拾安的校服袖子撸到手肘，半截手臂都被晒成小麦色。

他平常在后面的时候也是这么看她的吗？

她在他眼里是什么样子的？

过一会儿，她开口："那把琴，我会在你出决赛之前做好。"

他顿足，回头看她："瞧，你不是也相信我能出决赛？"

"别人说和自己说当然不一样，做人要懂得谦虚。"

他们一进学校门，就看到操场上有人在笑，冉致一借着这笑声作掩饰，快走几步：“因为这次不能有闪失，所以最近我会非常忙。相对的，你要是赢不了，我可跟你没完。”

她跑起来，好像着急去赶作业的样子，其实只是不想在他身边待太久。

洛拾安朝她背影扬声道：“好啊。”

冉致一在走廊的转角喘粗气，拍着无法平静的心跳。

最近她越发觉得自己奇怪了，总是观察一些细微的地方。每次和洛拾安相处都让她感到特别辛苦，所以她拿背东西来掩饰。

一定是因为和他在一起太久了，如果看不到他也许会好一点，如果不在他身边，一切都会归于平静。

幸好，比赛结束他就会走去更远的地方了，到时候，她自然会变回原来的样子。

就因为不能专心，吉他的制作才不顺利，再这么下去她就要失约了。

她不允许自己这么没出息。

比赛快开始了，唐执逼着洛拾安他们加大练习强度。

平常从晚上六点一直练到半夜十一点半，到了周末更是全天无休，从早上八点一直到晚上十二点，除了洛拾安还有精神，另外两个已经快断气了。

程光瘫在椅子上半死不活，举起发抖的两只胳膊：“你们看见我的手了吗？它不听我使唤。”

韩阳想喝水，却拧不开瓶盖，虚弱地说：“我也是。”

“我已经没力气回家了，这一天天的来回奔波，谁受得了。”

“唐老师，明天能不能给我们放假啊？”

唐执在旁边刷微博：“不可以，赶紧收拾收拾回家，明天早点来，敢迟到一分钟我就再增加一小时练习时间。”

程光破罐子破摔：“那我不回去了，我现在哪还骑得动自行车，我宁愿死在这儿。”

洛拾安用打车软件叫车：“今天都去我家住吧。”

程光精神一振："方便吗？"

"方便，明天可以直接在那儿练习，唐老师也不用老盯着我们，有空过去看看就行。"

唐执放下手机，敲着烟灰缸说："行是行，但是，练习的时候很吵的，你爸妈会受不了吧？"

"没关系，我家只有我一个人住。"

"行吧，那我明天上午去看你们。"

出租车来了，韩阳和程光跟着洛拾安一起回家，认识他这么久，他们从来没去过他家，知道他家有钱，住的地方肯定差不了，他们都有些小激动，疲惫什么的都忘了。

车开到眼熟的小区，程光"咦"了一声："你和致一住这么近啊？"

"嗯。"

地方到了，程光和韩阳换了鞋，有些拘谨地四处望了望，房子的大致格局和冉致一家一样，只是又大又空，满屋的黑白色调，家具该有的都有，可屋里就是一点生气都没有，虽然温度计显示二十七摄氏度，却让人觉得有些凉。

"那个，拾安……"程光开口又停下，因为发现有回音。

有点恐怖，洛拾安一个人住的时候不害怕吗？

洛拾安带他们到右手边的卧室，打开灯："这间。"

墙上的图案是黑白条纹，床是黑色的，柜子是黑色的，窗帘也是黑色的。

床够大，睡两个人不成问题，洛拾安指指柜子："那里应该有被子，自己拿，旁边就是浴室，我的房间在二楼，待会儿你们自己过来取换洗衣裳。"

韩阳木讷地点头，洛拾安交代完后就出去，脚步声渐行渐远，程光贴在门上听，直到完全听不见声音才松了口气。

他咧着嘴，小声对韩阳说："我觉得我今天晚上要失眠了。"

"我也是。"

住在这种遍地花朵的小区，室内却冷得像冰窖，待在这种环境下，就连日常话痨的程光都变安静了。

两人失眠到凌晨四点才有困意，睡了不到四个小时，又被来查岗的唐执从床上拽了起来，硬撑着困意洗漱完，紧接着又要开启魔鬼式练习。

吃完饭，洛拾安带他们上自家二楼，在一间神秘的房门外掏出钥匙。

唐执环着胳膊说：“自己家的屋子还上锁啊？”

“这以前是我爸的练习室，好久没人用了，除了小时工来打扫，大部分时间都锁着。”

程光的哈欠在进门的瞬间憋了回去，困倦被一键消除，同行三人都吓傻了。整个二楼除了洛拾安和何月的房间，剩下的几乎全部打通做这一间屋子，装修风格跟外面完全是两个世界，墙面像一张巨大画布，上面布满了奇思妙想的颜色，屋里各项设备比唐执的教室都齐全，而且几乎是顶配，电吉他和木吉他有好几把，架子鼓有两套，还有闲置的贝斯，再加上音箱和电脑什么的……

程光掰着手指头计算这得值几位数的钱，惊得舌头打结：“你……你……你家有矿吧？！”

“这些都是我爸留下来的，以前他们每天都来这儿练习。韩阳，你叔叔应该也来过，那几把贝斯他肯定也用过，你可以拿走。还有程光，你不总说你的鼓不好用吗？这两架，你看你喜欢哪个。不过都放了三年了，也不知道还好不好用。”

鼓皮保养得很仔细，没有一点损伤的地方，乐器周身也没灰尘，果然是有人一直在打理。程光和韩阳互相看了一眼，两只眼睛像汽车转向灯一样冒光：“可……可以吗？”

洛拾安点头：“留在这里也不好办，看着心烦。我妈让人每周来打理一次，也得花不少钱，与其搁在那儿浪费，不如废物利用。”

唐执的视线落到墙上一排照片上，都是洛川和队友们的合照，他这才意识到：“拾安，川叔是你爸爸吗？”

洛拾安“嗯”了一声。

“怪不得。”

唐执既觉得惊喜，又仿佛理所应当，洛拾安一身天赋果然不是凭空而来。

他沿着墙一张一张地看照片，从川叔二十岁开始看到四十岁，照片中央的男人风采依旧，与洛拾安有着说不出来的相似。

这墙面仿佛每一处都有故事。

“所以，你是为了追随川叔，才想唱歌的？”

“我没想追随他。”洛拾安拉开窗帘，让阳光照进来，“我是要超过他。”

唐执转了转眼珠，倏地笑了，拍拍手，喊住正忙着拍照发朋友圈的程光：“来，来，来，练习了，练习了，虽然是初赛，但这是你们的出道战，好好干，将来要是哪天火起来了别忘了哥哥我啊。”

唐执看好洛拾安，也相信青出于蓝。

洛拾安的初赛在周六，冉致一嘴上说没空，却还是腾出时间到场了。赛场设立在中心广场，开放观赛，不收门票。可红线外的观众稀稀拉拉的没几个，听说是少年赛，大家都没太看好，只当某中学的文艺表演。出场选手的实力确实参差不齐，眼前这组就很弱，冉致一看了一会儿有点儿困，看看四周，不见洛拾安，估计他还有一会儿才上场。

如果都是这种水平，那洛拾安要赢就太简单了。

冉致一去附近的商场转了一圈，回来时广场周围忽然聚了很多人，熟悉的曲调随即传来。

果然，洛拾安开口惊艳四座，原本昏昏欲睡的评委都精神了起来。

冉致一扔下矿泉水瓶子拔腿开跑，人多的地方挤不进去，靠近舞台的地方被围了个水泄不通，她只好转身找个有台阶的地方踮着脚看。

气氛一下子变热了，前排观众在点评——

“这小子唱得不错啊。”

“啊，我想起来了，主唱是前阵子在网上走红的那个高中生吧，真人比视频里长得帅啊，比川叔当年好看。”

“怎么扯上川叔了？”

“你不知道？川叔亲自下场点赞了那个视频呢，有人开玩笑问他这是不是他儿子，川叔也没反驳啊。”

“哇，真的假的？！”

评委全给绿灯通过，结束后让洛拾安作自我介绍，他先介绍了程光和韩阳，然后才说自己。

他的话不多，评委问一句就说一句，态度松弛得当，答完下台给别人腾地方，印象分应该不错。

冉致一朝着他离开的方向追，拨开层层人群，快到跟前的时候看到几个女生正拉着他说话，她顿住，忽然开始混乱，不明白自己为什么要追过来。

是为了告诉他自己来过了吗？好像有点多此一举啊。

她离开了那里，回到工作室继续做该做的工作。

冉致一提醒自己要心无旁骛，洛拾安要走的路已经摆在眼前，她也必须要给自己找到一个答案。

可是，她有种丢失了什么的感觉。

夜里，玻璃窗再次被小石子敲响，冉致一伸手去拉窗帘，想了想，把手收回来，纠结了半天，再次伸出手，然后再缩回来——几次循环，直到窗外没了声音。

她忍不住把窗帘掀开一角往下看，不见洛拾安，她又拉开窗，探出身子找，却一点影子都没看到。

她怎么就确定一定是他呢？

距离盛夏已经没剩多久了。

她想问问他之后的打算，却不知道该怎么开口，总觉得自己的慌张没来由。她能做的都已经做了，剩下的路就算没有她，他也可以好好走。

他们的交情仅此而已。

在她胡思乱想的间隙，手机响了一声，是洛拾安传来短信：“你今天来看我的演出了吗？”

冉致一毫不犹豫地说了谎：“没有。”

洛拾安：“可我明明看到你了啊。”

冉致一：“我今天一直在工作室，一定是你看错了。”

她放下手机，关灯上床。

麻烦的事情还是越少越好吧，她做不到一心多用，她不在意他是来是走。

不在意，她一点也不在意。

春天来得快去得也快，窗前的杏花好像没开几天就落了，这当中冉致一的窗户又响了几次，每次她都控制自己不去理。

等她控制不住的时候，玻璃便不再响了。

陆时一见冉致一总是发呆，关心地问："拾安昨天又去找你了？"

她露出厌倦的表情："嗯。"

"那你把大门锁好不就行了？"

"那样他会翻墙。"

陆时一撇撇嘴："你这不对他挺不错的，还担心他摔坏。"

"我是怕墙被他翻坏！"

"所以你就把大门随时打开，欢迎他光临？"陆时一嗤笑一声，"小偷要是遇到你这样的住户肯定很高兴。"

冉致一憋得脸通红，一下起身："我不跟你说了！"

不是陆时一想的那样，绝对不是。

这段时间程光和韩阳都住在洛拾安家，三人一路往返学校，为了证明自己从来没有期待和他见面，冉致一趁机提出以后不要一起走了，洛拾安犹豫了一下，答应了她。

毕竟之前他太闲了，所有注意力都放在她身上很正常，现在他每天要练习还要上课，那么忙，肯定没时间再纠缠她。

多年来困扰她的烦恼终于被解决了，她一身轻松。

原本应该是这样的。

事实上，最近她总是提不起精神，睡眠质量也不太好。

周年问她是不是太累了，要懂得劳逸结合，她打了个哈欠，摇头，说："春困秋乏，正常。"

洛拾安倒是收了性子变得更认真了，桌上的六阶魔方搁在一角，许久没碰过，程光的扑克也不掏了，两人坐一起更多时候是聊音乐。边上的人插不上嘴，只能暗暗给他们打气，可是，这样的洛拾安比平常更让人忍不住侧目。

冉致一的座位离他不远，稍微留意便能听到他的声音。

洛拾安的声音比较特别，唱歌时很清澈，讲话时有轻微的鼻音，压低声线更明显。冉致一觉得他笑的声音最好听，微哑的尾音当中带阳光，贴近时听像过电，仿佛灵魂被拉扯着在振荡，从头一直麻到脚。

所以她很讨厌他靠近她讲话。

斜后方的细语声未间断，洛拾安并没有笑，安静的教室却将他的声音拢住，压低，又随风吹到她耳边。

周年把练习册当扇子："夏天好像快来了，连风都是热的。"

"嗯。"

"致一，你是不是热坏了？脸好红啊。"

"嗯……"

风又吹开洛拾安桌上的书，夹在里面的杏花标本飞到冉致一的桌上，他追上来，捡走杏花时轻飘飘落下一句"对不起"，略带磁性的低沉和轻微上扬的语调，让冉致一把脸埋进臂弯里，只觉连头发丝都是烫的。

然后，杏树结了果子，夏天就这样来了。

"拾光乐队"后面的比赛进行得也很顺利，练习比之前更辛苦，洛拾安连敲冉致一窗户的时间都没了。因为原声琴不是所有曲目都适用，洛拾安后面换了家里闲置的电吉他，冉致一知道以后也没说什么。

不想被他落下，冉致一把重心完全放在工作室，不许自己再胡思乱想。

冉家的大门一直没关。

唐执的指导很有效，程光和韩阳进步飞快，"拾光乐队"里的几个少年都很受关注，确定七月便可去暑江参加正式比赛。

虽然之前做过心理准备，真的确定要出发时，程光却开始担忧了："之后再遇到的选手是不是都很厉害啊？"

唐执点头："那当然了，正式赛出场的都是从各地挑选的佼佼者，你们这才是第一关。"

"会上电视吧？"

"高兴吗？"

"高兴是高兴，就是紧张，你说我要是出名了以后是不是得设计个签名？"

"您先好好看看眼前吧，兄弟。"唐执敲一下程光的后脑勺，"来，先琢磨琢磨怎么出赛。这回来参赛的都是新人，规定第一场赛有原创的唱原创，没有的话翻唱也可以，你们怎么看？"

他们才组合没多久，肯定是选翻唱，程光提议："川叔那首《撞三回》不错，节奏什么的我都喜欢。"

韩阳凑过来："什么是《撞三回》？"

"川叔很早之前写的歌啊，风格很不同，所以听的人不多。"

唐执找出歌来放，想听听感觉，洛拾安打断他，说："我想自己写。"

"时间太紧了吧，有把握吗？"

"有。"

唐执瞄他一眼，有条不紊地说："后面每期都按照主题要求作曲，用了一个想法就少一个，会越来越难的。"他摁灭烟头，吐出最后一口烟雾，"话说，比赛完了之后，你们就要开始活动了吧？那短期内就回不来了。"

程光挠挠头："不是毕业之后再琢磨吗？"

唐执哼了一声："你想啥呢？摇滚乐这几年衰落，在关注的人里年轻人的比例并不高，所以那帮人才想办法搞了这场少年赛，就是想把大众的眼球吸引过来。能进决赛的都是备受瞩目的选手，要重点打造的，不趁热打铁地开始活动，等你凉了谁还理你？"

看到程光发愣，唐执踢他一脚："你别告诉我你想家。"

信息量太大，程光忽然觉得自己的责任重大："我们这是要扛起时代的包袱吗？"

唐执躺在地板上，跷着二郎腿："哪一代年轻人不是在扛着包袱走？问题不是扛不扛，而是能走多远。我们这群人是战败了的，接下来就看你们的了。"

程光听到这话很兴奋："唐老师真觉得我们可以进决赛？"

"难道你打算初赛就被刷下来？"唐执瞪了他一眼，"再说，到了暑江之后谢泽宇会帮你们打点，只要你们正常发挥别露怯，决赛是肯定能进的。不过，最后能不能拿冠军就得看你们的运气了。”

“这么好？！”

唐执指指洛拾安：“因为你们大少爷说了，不拿出成绩不签约。”

嗯？

这个程光和韩阳都是头一回听说。

仔细想想，洛拾安完全没必要这样，一定是因为谢泽宇之前在餐桌上说的那番话，他才选择和程光、韩阳共进退，而谢泽宇担心猪队友拖他后腿，咬牙决定暗箱操作，一路推他们上位。

这些话洛拾安从没说过，程光原本心里还有些不平衡，这会儿却被他感动了，同时又有些情绪复杂，这个谢泽宇到底是多瞧不起他？

“让他把好心收回去吧。”洛拾安忽然开口，“我们是要靠自己赢的。”

唐执抓了抓头发：“有志气是好事，但是，拾安呐，你没必要这么计较，这东西不是非黑即白，你也不用太要强。这个圈子比你想象中难混，有人推一把总比没有好。”

洛拾安把吉他小心翼翼地放在旁边，席地而坐，胳膊搭在支起的膝盖上，靠在窗边：“我不是要强，只是觉得不会输罢了。”

唐执被说得哑口无言，这小子平常看着不声不响，骨子里面狂到家了，恐怕谢泽宇想把他掌控在手里的想法有些不现实，他就不是个会老老实实听话的人。

一旦洛拾安露出锋芒，抢他的人一定少不了，西创未必是最好的选择。而且蓝音那边又有洛川在，怎么看，无论是亲疏还是利害，他都会选择另一边。

唐执开始替谢泽宇感到担心了。

“拾安啊……”

洛拾安似乎看出了他的想法，不动声色地接他的话：“不过，我很感谢他把唐老师送到我们身边来，这段时间我们能有进步都多亏了你的指点，要是这次真的能拿到好成绩，看在你的面子上，我们也会兑现诺言的。”

该说的都被他说了，唐执一句台词都不剩，只好摊摊手，说：“话都说到这份上了，我倒是想问一句，拾安，你干吗舍近求远找谢泽宇跟我呢？洛川和蓝音，哪个不比我们强？”

“上回说过了吧，我要打败他，哪有人会找对手作指导的？”

“他不是你爸吗？”唐执被说糊涂了，突然眉心一沉，蹦出一个危险的想法，“难道你不是他亲生的？”

唐执被洛拾安看了一眼，收回视线假装找烟，这个问题其实程光也一早就想问了，韩阳似乎知道什么，但始终不说。洛拾安看了看手指，最近茧子已经磨厚了，不会起泡脱皮，也不怎么疼了。

洛拾安将需要讲个三天三夜的陈年往事总结成一句话：“他骗了我和我妈。”

三人听得一脑袋糨糊，异口同声地说：“你能说得仔细点吗？”

窗外的阳光刺得眼睛疼，洛拾安仰头看天花板上那幅看不懂的画，大脑有一瞬间的放空。

他慢慢开口：“我小时候家里情况不太好，我爸养乐队开销大，那几年他又在低谷期，各方面都捉襟见肘。但是，那几年家里其实还挺快乐的。后来没办法，我妈去工作，我爸到处跑小演出，什么活动都接，再后来，日子慢慢变好了，然后他们分手了。我爸走得很仓促，根本没通知我，直到最后接到消息我都想不通他们为什么会离婚。”

“所以，你怪他？”

洛拾安摇头：“上一辈的人大抵都有自己的考量，我是晚辈，没法置喙。”

他一直没想过会怨恨爸爸。

直到一次何月喝醉回家，说出了他们离婚的原因，原来洛川离开之前只说了一句话，他说他不快乐。

何月说完便哭得稀里哗啦，可洛拾安什么都做不了，只在旁边安静地看着她。

他说他不快乐。

她喃喃自语：“其实我不怨他，我就是觉得自己没用，十四年呐，我让他不快乐了十四年。”

十四年，何月每次提起洛川都眼里有光，幼年洛拾安失眠，洛川在外彻夜演出，两母子蜷缩在狭小的单人床上，何月无数次在洛拾安耳边碎碎念：“你爸爸很棒哦，他是妈妈的英雄。”

为了这句英雄，洛拾安崇拜了洛川十多年，他将英雄当成自己的梦想，他将那个影子当成自己的向往。

就算英雄不辞而别，洛拾安心里有怨言，但他也相信洛川总有一天会回来的。

可现在英雄说他不快乐，他间接否定了何月十多年的仰慕，否定了洛拾安的梦想。

他怎么可以这么说？

但是多奇怪，洛川脱离家庭之后竟然真的找到了自我，“川声乐队”重新翻红，洛川再次变得声名鹊起，于是，他更有理由指责上一段婚姻带给他的束缚。后来洛拾安和何月一起在网上看到一段视频，是洛川在某次演出之后接受的一段采访，镜头里的英雄一如多年前意气风发，何月感动得眼圈通红，揪着洛拾安的胳膊说：“你爸好棒！”

十多年前他为了她抛弃光环，所以她觉得足够，十多年后他收回一切找寻自我，她支持他的追求。

至此，洛拾安仍然保留一线希望。

直到记者问起洛川这十年沉寂的原因，他回答：“因为灵魂戴着镣铐，所以不快乐，一心只想着如何逃开。”

镜头外的洛拾安和何月的笑容都僵住了，仿佛空气都凝滞，连呼吸都觉得疼。

为英雄的成功而喜悦什么的，真像个笑话。

洛拾安这才知道，原来英雄不是一时迷惘才离开，为了这次逃亡，他已经策划了十多年。

这个家里过去那么多年的快乐都是假象，他们从没让他体会过幸福的时光。

真的，这世界上没有比这更讽刺的事情了。

难为情，无比难为情。

洛拾安怎么可能不恨他？

“我宁愿那个人在最初就离开，也不想他陪我演这十多年的戏，到最后一刻毫无预兆地抽身，然后对全世界说，其实他一直是假装快乐。呵，他倒是得了一个潇洒的名，那我和我妈算什么？”

洛拾安指着满屋的乐器说：“公司赚钱之后我妈特别高兴，她拼死拼活地工作，就是为了支持他的梦想，直到他走后三年多，她都没舍得把这一屋子的东西扔掉，结果又因为没法面对，假借工作太忙，一年到头也不回来一趟。”

整个空荡荡的房子只剩下洛拾安一个人守，他恨死这一屋子东西了。

洛拾安转身开窗让风吹进来：“要走还不如走得干净些。”

这么一会儿工夫，唐执已经吸完了好几支烟，他可以理解洛拾安的心情。

另外两位听众则全程鸦雀无声，半晌，程光用胳膊肘碰韩阳：“你都知道？”

韩阳用力摇头：“我只知道一半。”

故事有些沉重，他们尽量想把话题转移到选哪首歌来，程光决定善解人意一回：“要不，我们换首歌吧，选别人的。”

“不用选了。”洛拾安倚在窗边，眼中光彩熠熠，“我就是要自己来写。”

第七章

我才不在意你是来还是走

“若发现你没有依赖我，那我的慌张和守护都不会被你察觉，那是我的维护自尊心的方法。我宁愿让你觉得我冷漠，也不要听你说对不起。”

不久的将来，周年的处女座漫画第二卷封面会出现这样一段话。

学期末，冉致一的制琴工作终于进入尾声，每天都在高度紧张中度过。有几次她路过洛拾安家，从敞开的窗户听到乐器响，觉得恍惚，好像时间回到了好多年前。

洛拾安已经有一阵子没找她说过话了，本来她不以为然，周年却总在她耳边念叨：“最近拾安同学到底是怎么了？”

冉致一揉揉眉心：“去问他，别问我。”

周年找不到素材，缺少灵感，有空便在座位上画冉致一。画她正面的、侧面的、端坐着看书的，还有撑着腮帮子打盹的。

可总画一样的太没劲了，冉致一又成天面无表情，不利于发挥想象力，周年停笔，试图激发冉致一的情绪：“就连程光最近都很安静，致一，你不觉得无聊吗？”

冉致一戳了戳自己笔下的练习册：“你没看见我多忙吗？”

周年仍然喋喋不休，冉致一伏在桌上假寐，风吹得人很舒服，她撑不住困意便睡着了。梦里，洛拾安在叫她的名字，她惊醒，午休还没结束，教室里很安静，除了她只有周年在座位上画画。

她到走廊去活动一下坐得发麻的腿，倚在窗台揉脖子，洛拾安在操场上和韩阳打网球，边上有女生疯狂地给他加油，场面夸张得宛如在参加什么国际大赛。

冉致一不想继续看下去，可她移不开视线。

为他加油的人里有林乐乐，冉致一记得她。

那样开朗活泼的女孩子，冉致一羡慕她，羡慕她敢在阳光下喊他的名字，羡慕她敢把心情写在脸上。

洛拾安打赢之后下场，林乐乐递上饮料，他放下球拍，忽觉脖颈被某道视线盯得发烫，他转身朝教学楼的窗户看过去，却只看到一闪而过的衣角。

冉致一躲在窗边的墙后，捂着通红的脸。好险，差一点就被发现了。

洛拾安推开林乐乐的饮料，捡起球拍去水房洗脸。脖子后面被凉水冲过还是烫，不是物理上的烫，他拧上水龙头，一只手撑在水池边，一只手按在脖颈处。

他想起前几天去“致一工作室”，在门口碰到陆时一，对方拦住他：“你还是别进去比较好，致一正挨骂呢。”

“发生什么事了？”

“活儿干得不顺利，老师和大哥正轮番修理她呢。”

“很严重吗？”

“我也不是很清楚，这段时间我忙着写论文，每次过来都看见气氛很凝重，就不太敢靠近。致一的压力真的很大啊，听说你们快考期末试了吧？再这么下去，搞不好又要失败了，而且她还是头一回尝试爵士琴。我说你啊，这几天最好别招她了，让她一个人安静待着，别总烦她。”

被陆时一这样一说，洛拾安才发觉冉致一最近都怪怪的，可能真的是压力太大了。

因为这几个月他一直催她一定要按时把吉他做好，为了在他离开前赶工，她才这么烦恼。

他不想给冉致一压力，可现在什么都做不了。

“回班吧。”他对韩阳说。

冉致一还在看书，永远也不疲倦似的。

她眼下的黑眼圈很严重，估计每天在工作室都待到很晚，回家没空读书的话就要尽量在学校把功课做好

只和她说一句话，应该不会耽误她吧？

洛拾安捏紧了手指，靠过去："在写什么？"

他发梢的水滴落在她的笔记本上，她像踩了弹簧似的从座位上跳起来，以防备的姿势贴在墙上："你……你吓死我了！"

洛拾安觉得冤枉："我只是想跟你说句话。"

冉致一揉着耳朵："别在我想事情的时候突然跟我说话。"

"你最近好奇怪啊，"他笑她，"冉致一，你该不会是背着我做了什么亏心事吧？"

她支吾了一下："你少胡说八道，不专心练习，找我做什么？"

他弯腰，伸手去戳她的笔记本："已经练习得差不多了啊，精神过度紧张也不好，就想来看看你在做什么。"

她坐回去，像模像样地重新拿起笔："在做题，在复习，好多好多事情要做，所以你不要再给我添乱。"

洛拾安收回手，坐在她对面的椅子上："好吧，可是我现在有件重要的事情和你说，你要不要听？"

"说。"

"我可能要转学了。"

她顿了顿："转学？"

他抽出她的笔，在练习册旁边的空白页画一只吊眼梢的猫，它蹲坐着，尾巴竖在背后，舔着爪子，好像旁若无人，却随时对外界保持防备。

他一边画，一边轻描淡写地说："也算不上是转学，艺考的话应该比完赛就要准备了，之后要忙着活动，就没必要再回学校了，文化课会直接在那边补习。"

"这么突然？"

"你也知道，乐队在暑江一定比这边发展好，我本来是想比赛之后就回来，等高中结束再去那边。可参赛之后如果不趁热打铁开始活动，一年后可能就错过时机了，竞争大，机会少，就算我无所谓，也得替韩

阳和程光考虑。”

冉致一含混不清地“哦”了一声。

啊，对，是这么一回事。

冉致一这才想起来，重点不在提前不提前，重点在他们一定会分开。

信息量太大，冉致一缓了缓，想想，又补上一句：“跟我没关系。”

他或许是想活跃气氛，说：“搞不好你的愿望要实现了呢。”

他是指她之前说的烧香拜佛求他永远也不要回来。

她抬起头，象征性地翘一下嘴角：“一点也不好笑。”

他僵了僵：“对不起。”

她胸口发闷，喘不上气，却不认输：“别瞎给我道歉。”

他停顿许久，说：“对了，你的琴做得怎么样了？”

冉致一还没回答，洛拾安又说：“不用太勉强，就算这次不成功也没关系，我不介意的。”

她看他的眼睛：“不介意？”

“对啊，我没关系的。这段时间这么忙，还让你这么赶工，肯定很累吧，别太为难自己，就按照你自己的节奏来就行，我也不是非得带上它才能去参加比赛。”

哦，原来他没关系啊。

他在她空洞的眼神前挥了挥手：“冉致一？在听吗？”

她拍开他：“我又不聋，当然听得见。”

她只是不知道该做出什么反应而已。

她深呼吸，胸口发闷的地方不但没有得到纾解，反而更不舒服了，便靠在椅子上说：“好啊，既然你都这么说了，那我就不做了。之前和你做约定也只是随口一说，我其实挺后悔的，多谢你先提出来，啊，总算轻松了。”她故作轻松地甩一甩胳膊，“你不知道，我这几天真的特别纠结该怎么办，毕竟都快考试了嘛。”

他笑着说：“对啊，轻松一些，没关系的。”

她发觉自己的声音在发抖，她不敢看他的眼睛，赶紧站起来：“周年，陪我去洗手间。”

刚好这时程光从外面进来："拾安，唐执哥说他帮你打听到了一家琴行，放学以后我陪你去。"

哦，看来他早有打算。

搞什么嘛，果然每次都是她自己在烦恼。

是她把自己的地位摆放得太高了，以为自己可以成为他的力量，然而，他并不在意她的东西。

只是一把吉他而已。

因为他是洛拾安，不管拿着什么样的乐器都能做出好音乐，世界上又不是只有她一个制琴师。不对，她现在还算不上是制琴师。

没什么大不了的。

如果感情可以控制，可以像讨厌的人一样由自己来决定就好了。

从洗手间回来，冉致一拿起橡皮去擦那只猫，才擦掉一只尾巴，她突然反悔，拿笔重新补回去，却画不出原来的样子。

她擦了画，画了擦，直到练习册被擦出一条裂缝。

冉致一捂着脸，对自己下暗示咒语，她会一直讨厌洛拾安，永远永远讨厌下去。

怎么好像一切又回到原点了呢？

冉致一的心一沉到底，搞不懂他在想什么，更不明白自己在做什么。

整个下午她都提不起精神好好听课，明明已经没有时间可以浪费了，却不能集中注意力。

放学后，周年让冉致一陪她出去买包装礼物用的盒子，感觉到对方心情不好，周年拐了个弯试探她："觉得跟我逛街很没劲？"

冉致一无精打采道："没有。"

周年故意叹一口气，说："距离拾安同学出发已经没剩多久了啊。"

冉致一挑出一根红色缎带缠在手上，上面有一闪一闪的小星星，她没回应，不想再继续这个话题，便问周年："你买这些东西做什么？"

"拾安同学马上就要出发了，班上同学要帮他开送别会，我想给他们送点礼物，帮忙打气。"

竟然还跟他有关系！

周年接过冉致一挑的缎带，又拿了个同色的盒子比了比，中午洛拾安和冉致一的对话她都听到了，她无意识地说："要在暑江上大学的话，肯定是选那边的林大，这下我可能又要和拾安同学当校友了。"

玻璃门上的风铃响了两声，几个女生手挽手走进来，冉致一贴着货架给她们让路，看到自己麻木的表情映在里侧的咖啡色玻璃上。

她平静地呼吸，平静地捡起被人碰掉在地上的小猫挂坠，擦擦上面的灰，觉得有些可怜，便拿去收银台付款。

这只猫和洛拾安画的那只不一样。

他画的那只骄傲极了，眼睛只看着前方，这只却像是贴在门缝边等着主人回家的可怜宠物。

周年还打算再说下去，冉致一伸手做了个阻止的手势："算我拜托你，你以后不要再在我面前提洛拾安的名字了。"

"为什么啊？"

冉致一闭眼思考一会儿，想到了一个很好的诠释："你知道恐惧症吧？洛拾安就长在我的恐惧点上。"

周年想到以前看过的一个英国喜剧节目，五个人身上都有莫名其妙的恐惧症，冉致一这个绝对不算最奇葩的。

可她还是很想问："所以，为啥？"

"你认为洛拾安是个什么样的人？"

周年被这个反问搞得措手不及，转了转眼珠："你问的是谁的角度啊？"

"以你的角度来说。"

周年仔细想了想，一条一条列出来："挺好说话的，几乎不怎么跟人发生争执，好像对什么都不太在意的样子，偶尔又很固执；丢三落四，有时候看起来很缺心眼，又不会看脸色；明明是个三好学生，又很吊儿郎当……"周年越说越分裂，神经快要炸开了，她捂着脑袋想撞墙，"不行，我也搞不懂他是个什么人。"

冉致一付完钱，把小猫吊坠挂在书包拉链上："你前面其实说对了，洛拾安就是对什么都不在意，也不会撒谎。"

“怎么说？”

“举个例子，初三那年他没交寒假作业，老师问他为什么，换一般人肯定会编个离奇的理由，不管是忘带了还是生病了，就算是过年带回老家没拿回来也行啊。可洛拾安就直接说没写，以至于老师就算有意包庇都做不到，只好罚他去扫一星期操场。”

“这是什么操作？故意叛逆？”

“不，他只是单纯的智障而已。”冉致一说，“他就是这样，越熟悉的人越搞不懂他的脑回路，万事都不在意，我在他眼里就跟一个解闷的道具没什么差别。你说他只有在我面前才话痨，是因为我们一起长大，在我身边他会觉得安宁。这份安宁就跟你看到家门前那棵树一样，只是个标致，你看到它就会安心，可一旦你找到更有意思的东西之后就会把先前的安宁抛到脑后。”

周年瞠目结舌好半天。

是不是学霸都喜欢把问题复杂化，拆成一条一条讲？

“我听不太懂。”

冉致一垂下眼睛，睫毛在颤抖。

她不知道自己为什么说这么多话，也知道自己说得不是特别明白。

洛拾安是从十三岁开始突然缠着她的，在这之前他们虽然关系好，却保持在一个恰当的距离之内。川叔走后洛拾安失去了音乐和家人，无事可做之后，只能找她填补空虚的心。现在他找到了该做的事情，她自然让了出来。

周年从没见冉致一这么烦恼的样子，拉住她的手：“致一，对不起，我是不是惹你不开心了？”

“不是你的原因。”

“我说句心里话，我觉得这道题你还没有解完，提出假设的下一步应该是去求证，而不是直接得出结论。虽然你分析得好像很有道理的样子，可没有求证过的题解不觉得有些苍白吗？”

冉致一抬头看她。

周年冲她点头：“不如去问问洛拾安怎么想的。”

书包上的猫咪吊坠蹦蹦跳跳，脖子上挂着的铃铛发出悦耳的声响。

冉致一慢吞吞地往家走。

自己能想明白的事情，为什么要多此一举找当事人求证？

在别人不想说的时候去问，显得她特别纠缠。

况且，这种话冉致一绝对说不出口。

她从来没在意过他是来还是走，只是有一点点不开心，要是他不想要她的琴，于情于理他都该提前告诉她一声。

本来她都已经快做好了，这一次的状况虽然特别多，中间换了几次材料，还被沈亮一和爸爸轮流骂，到了目前也不确定结果怎样，可这次她比往常付出的心血要多太多了，而且她做这些都是为了鼓励他。

看他一切都好，她当然为他高兴，却发现他即使没有她的鼓励也没有问题，半年多的坚持都没有意义，到头来还是她内心澎湃得太过，人家根本对这回事不在意了，就像之前说好一起回家，他不也是提前解除约定了吗？

虽然这两件事不一样，但是好像也差不多吧。

还是他对她的技术感到失望，不相信她能做出好琴来？那他之前鼓励她的话都是昧着良心说的吗？

那他真的是太过分了。

她有时会怀疑他是故意的，恶作剧般敲完门后转身就跑，然后躲在角落里看她是不是会朝门外张望。

如果张望就是她输了。

她不想认输，却不知不觉走到了他的家门口，她犹豫了半天，还是按下了门铃。

她按完之后又后悔，话筒里却马上传来回话：“谁？”

她磕巴了一下：“是……是我。”

“冉致一？”

“嗯。”

“我马上来！”

就找他说说话，也没什么特别的吧，应该不至于被怀疑。

冷静，她不断告诉自己，先慌张的人才是真的输了。

洛拾安从屋里出来，打开大门，侧过身子让她进："你怎么来了？"

"很稀奇吗？"

洛拾安心算了一下她主动来他家找他的次数，近三年内好像没有，点点头："和六月飘雪的概率差不多，感觉很不吉利。"

其实之前她也来找过他，就是他没去找她上学那次，只是当时他不在家。

冉致一当然不会告诉他。

他警惕地问："所以，今天有何贵干？"

冉致一让大脑飞速旋转，找了个比较合适的理由："我忘记作业是什么了。"

"今天没留作业啊。"

汗珠自额心溢出，冉致一僵了僵："啊，是吗？"

"老师说要期末考了，给我们一点放松的时间。"

"对哦，那……那我走了。"

冉致一转身，发现对方没有喊住她，一步，两步……十步，二十步，他一直没有喊她。

如果是以前，他肯定会跟过来的。

冉致一想到这里拼命摇头，就这么回去她肯定睡不着，为了睡眠，她折回来："为什么不要我的琴？"

"啊？"

"是因为你觉得自己现在的状态恢复了，所以我对你而言就不重要了，对不对？"她吓了一跳，急忙改口道，"我指的是我的琴。"

洛拾安怔了怔，拍拍她的头，她缩了一下，没避开，他笑了，放缓了口吻说："你是专门来确认这件事情的吗？"

她撇过头，样子还是倔强的："也……也不是，主要是我这个人很较真，凡事都要搞得明明白白，就算丢一块橡皮我都会纠结好几天，拍破头皮也要搞明白到底被扔到哪里去了。何况……何况这对我很重要。"

她的声音越来越小，我的例子虽然奇怪，勉强也解释得通，“约定好的事情，你擅自毁约，我当然会不开心，而且，这是对我技术的侮辱。”

洛拾安压了压嘴角，以防自己笑得太夸张会惹她生气，解释说：“那是因为陆时一说你做得很不顺利，总是挨骂，我担心你压力太大才那么说的。”

她半信半疑：“真的？”

“当然是真的。”洛拾安说，“我当然打从心底里希望能拿上你做的吉他上路，只是不想给你添麻烦。”

“你给我添的麻烦还少吗？”

“就因为以前添了太多，现在不想再继续添下去了啊。”

看他的样子不像装的，冉致一心里好受了一些，她如释重负，解释说：“我平常也总挨骂，是时一哥大惊小怪了。主要是这回选的木材太贵重，我爸和亮一哥都担心我做不好才一直在旁边监督我。”

她说完这句话，脸慢慢变红。注意到这一点的洛拾安，心跳跟着漏了一拍。

他轻咳一声，指着院内秋千说：“这个你还记得吗？”

她又没有得痴呆症，当然记得：“十岁那年川叔给我绑的。”

“你好久没坐了吧？过来坐，我推你。”

冉致一“嗯”了一声，慢慢走过去坐下。

洛拾安推得稳，边推边说：“谢谢你，冉致一。”

她没有推脱，坦然接受了他的谢意。

“你确实应该谢我。”

他停下来，按住她的肩膀：“你今天来找我，我真的很开心。”

他的手好温暖。

冉致一不想搞出夸张的架势，也不知道该对他说些什么，又或许是离别还没有轮廓，此刻都只是作假设，所以她也不知道，离开了洛拾安后，她的生活到底会产生怎样的变化。

应该会轻松很多吧。

看不到就不会胡思乱想，看不到就不会为他不开心而烦恼，看不到的话，就不会有那么多麻烦了。

看不到的话……

她从秋千上跳下去："我回家了。"

期末考试结束，冉致一有些担心这回的成绩，之前在时间上的分工还很明确，但最近她太专注于工作室了，精力有些不足。

该做的事情都做完了，冉致一正出神时被爸爸点名，她回过神，才发现木头拿错了。

冉爸爸骂了她几句，冉致一的心情不好，顶了一句嘴，冉爸爸扬起胳膊要打她，冉致一仰着脸等他打，冉爸爸连挥两下手，见她没有害怕和要躲的意思，便改摔茶杯。

"砰"的一声，杯子碎在陆时一脚下，茶水溅了他一身，助手们拿工具来收拾烂摊子，冉致一在自家老爸的吹胡子瞪眼下不慌不忙地走出了门。

众人摇头，这场面三天两头上演一次，可怜这瓷杯，那么贵，买回来就为了听个响，倒也算是生得伟大，死得响亮。

陆时一坐下来劝老师："您下回悠着点吧，打她你又舍不得，摔杯子你过后又心疼，你这不是跟自己过不去吗？"

冉爸爸气到脸通红，好半天才说出话来："你也气我？"

"我当然不想啊，可您看看我这裤子，为什么每次遭殃的都是我？你要吓唬她倒是往她脚边扔啊，我这裤子才买没几天。"

冉爸爸手一扬，陆时一抱头逃开。

和爸爸吵过架后，冉致一的心情更不好了。

她和周年约了见面，周年买了两支冰激凌，分一支给她，说："明天的送别会，刚好是拾安同学的生日，这几天振中的校园网上都在议论，估计来的女生肯定特别多。"

"你之前不是说校园网上不去了吗？"

"他们又重新建了一个。"

冉致一淡淡地"哦"了一声。

周年伸手摸她额头："你哪里不舒服吗？考试前几天还突然请病假，是不是还没痊愈啊？"

冉致一拉下她的手："已经好了。"

见她没病，周年就放心了，言归正传："那你打算送什么？"

"既然那么多人要去，少收一件我的礼物应该没什么吧。"

"那你喊我来干吗？"

冉致一垂眸："我想让你帮我挑一件衣服。"

周年拉长声音"哦"了一声，撞一下冉致一的胳膊："我懂，脱颖而出，好让洛拾安记住你。"

冉致一神态自若："不用那么做他也会记住我的。"

"咦？"周年别有意味地笑出声，"这么有自信呀，那天我让你去找他谈谈，看来是有效果了？"

冉致一矢口否认："我的意思是，那个，就是说啊，我们认识这么久了，不可能因为一年半载就忘了。"

"你确定？"周年说，"异地恋分手的例子比比皆是。"

"我和他又不是那种关系！"

周年歪理制胜："对啊，所以说啊，谈恋爱都容易因为异地关系产生裂痕，更别提普通朋友了。"她吓唬冉致一，"再说，你怎么确定是一年半载，没准他之后就一直留在那儿，这辈子都不回来了呢。"

冉致一的目光闪了闪，仍然装作不在意的样子。

确定自己在冉致一心里投下了足够面积的阴影，周年心满意足地拉着她进一家颜色活泼的女装店，挑一件橙色背带裙在她身上比量："你皮肤白，穿这个肯定好看。"

衣服好不好看先不说，冉致一认为刚才的事情有必要优先解释清楚："周年同学，你一定要弄明白，我对洛拾安会不会忘记我这件事情一点也不关心。只是我不擅长挑衣服，因为我平常都穿校服多，所以……"

周年推搡着她进试衣间："好了，我明白了，你不用因为所以地掰扯那么多，先试衣服。"

冉致一换上衣服出来给周年看，周年环着胳膊绕着她转了三圈，然后点评：“好看，洛拾安肯定觉得这件好看。”

冉致一从来没试过这个颜色，没什么自信，周年说好看，她便相信是真的好看。

可她想想又觉得不对劲：“什么叫洛拾安肯定觉得这件好看，他觉得好不好看跟我有什么关系？”

“哎呀，别这么较真嘛，我就随口一说而已，好看就是好看。”

到收银台付款，冉致一再三重复：“我是因为你说好看才买的，不是为了让别人觉得好看。”

周年点头如捣蒜：“我知道，我知道。”

一整天，周年都忙着给冉致一选衣服，大包小包拎在手上，冉致一脚疼得不得不喊停：“你不累吗？”

周年拿着相机，一路走一路拍：“我沸腾的肾上腺素无处平息，所以感觉不到累。”

冉致一实在不行了，找把椅子坐上去休息，伸手：“把你的照片给我看看。”

周年把相机收起来：“别急，等我洗出来都送到你家去。”

血拼了一天，冉致一拎着大包小包回家，路上收到洛拾安的信息：“明天下午我去工作室接你。”

冉致一：“我明天放假，你来我家找我就好了。”

洛拾安：“你竟然会放假，真稀奇。”

冉致一发了个“要睡觉去”的表情，然后关上了手机。

说起来，洛拾安从来没评论过她的衣着。

振中虽然日常穿校服，女生们还是会找机会打扮，比如在外套里面藏一件好看的衬衫，或者假借校服坏了为由穿几日便装。

她照着镜子换衣服，忽觉奇怪的念想在生根发芽。

她从来不知道他喜欢女生穿什么样的衣服。

第二天下午三点，洛拾安的自行车停在冉家门口。

冉致一慢吞吞地出来，她换了昨天买的背带裙，上身是一件白衬衫，活泼的颜色配上高马尾，很有夏天的感觉。

见他盯着自己看，冉致一有些不自在："你盯着我干什么？"

他单脚踮在地上，一只手按着车把，一只手摸着后脑勺："就是觉得你今天特别好看。"

她的脸红一下，别开目光："我只是随便挑了一件衣服穿。"

"我又没说你的衣服好看，我是说你好看。"

冉致一恼羞成怒，洛拾安适时地认㞞："好啦，好啦，说好今天不吵架的。"

"是你惹我。"

"我的错，我下次注意。"他指指身后，"上来吧。"

他穿的蓝色半袖T恤，袖边有一条白色条纹，衣服上没有图案，配一条宽松的同色工装裤，裤脚挽了两道，脚下踩一双纯白色运动鞋。

他的腿很长，搭着车把的姿势很好看，散在额角的碎发看起来好像非常柔软。

这是最后一天了。

为什么以前她错过了那么多可以好好看他的机会呢？

冉致一坐上他的后座，拽住他的衣角。

他身上的橘子味更浓了。

冉致一朝他贴近了一点："洛拾安。"

"嗯？"

"你用什么牌子的洗衣液？"

"啊？"

"有点好闻。"

"你大声些，顶风，我听不清。"

"我什么也没说啦！"

"那你抓紧一点哦，要转弯了。"

冉致一环住他的腰，耳朵贴在他的背上，耳边是震耳欲聋的心跳声。

扑通，扑通。

反正是最后一次了，等他走后一切都会归零。

洛拾安在前面迎着风笑。

扑通，扑通。

冉致一不知道，送别会的地点居然是之前去过的台球厅，台球桌铺上桌布变饭桌，屋里果然女生多，洛拾安一进门就被拉走，小山一样高的礼物往他手里塞，冉致一看看自己空着的手，悄悄躲到没人的地方去。

唐执看到她，在吧台朝她招手："致一，过来，到这边来。"

冉致一往身后看看，周围没人，确定他在喊她，她走过去："你怎么知道我的名字？"

唐执撑着胳膊朝她笑："拾安没跟你说啊，我叫唐执，他们这段时间的排练都是我指导的，也算是他半个老师吧。老听他们提起你，自然就知道咯。"

"他提我？提我什么？"

"你猜。"

冉致一不说话，唐觉从外侧吧台边现身："学姐，我就猜到你会来，想喝什么？"

"水。"

"哥，给我两杯水。"

唐执把水给冉致一，又对唐觉咋舌道："有空闲着就进来干活。"

唐觉拒绝："我不要。"

除了班上同学，屋里还有很多冉致一不认识的人，她自己坐着很无聊，唐觉跟她聊天："学姐，现在不学打台球了吗？"

"最近一直没什么时间。"

"那暑假应该有时间吧？来找我，我教你。"

边上有男生听到对话，过来拍他的肩，扯着嗓门大声说："不行啊，唐觉，振中有个规矩，想接近冉致一的人必须得先过洛拾安这关，你想教学姐打台球，就得先赢了你的拾安学长，对不对啊？"

其他知情人听到之后异口同声地起哄："对！"

冉致一的脸色发绿："我怎么没听说过？"

周年姗姗来迟，坐在冉致一旁边意味深长地说："也就只有你不知道了。”

“啊？”

洛拾安都要走了，这群人都肆无忌惮了起来，不约而同想揭穿他的秘密，便细数他在振中这两年干过的好事。

同学A：“前年圣诞节，高三有个学长送了冉致一一个礼物，被洛拾安堵住，说冉致一将来是要上申大的，考不上的人最好不要耽误她。学长猝。”

同学B：“还是前年，秋天，赵开言物理不好，让致一给补习，拾安就把他自己的笔记复印了一份给赵开言送去，并且亲切地问候了他，让人家以后有问题就来找自己，因为冉致一太忙了。”

赵开言就在当场，程光把拳头当话筒，递到他嘴边：“这位当事人，请具体描述一下你当时的心情。”

赵开言很配合：“这件事给我带来的心理阴影非常严重，我真没想到洛拾安是那样的人，总之就是后悔，非常后悔。”

同学C：“去年秋天，高一的学弟给冉致一买了份早餐，结果拾安同学回请了人家一个星期，说是礼尚往来，谁对他家冉致一好，他就双倍还回去。”

唐觉和林乐乐举手：“这个我好像听说过。”

围在洛拾安身边的女生们的脸色已经比冉致一还绿了，却仍然有人爆料：“我还知道别的，前年运动会上……”

冉致一听不下去了，伸手扯住洛拾安的领子，逼他直视自己：“这些都是你做的？”

洛拾安被她拽得弯下腰，他倒是不否认，从容不迫地说：“我做错什么了？”

嗑瓜子的声音纷纷响起，众人集中精神等着看戏。

这话却把冉致一给问住了，乍开始听大家的语气都不像说好话，仔细想想他也没做什么啊，而且，洛拾安提醒她：“我可是都经过你同意的。”

她想起来了。

那个学长送她的礼物是一大盒拼图，好像有将近五千块，据说拼完之后有惊喜，但最起码要没日没夜拼上一个星期。她实在没那个闲工夫，正踌躇该怎么办的时候，洛拾安挺身而出："我帮你解决。"

同班的赵开言找她帮忙补习，她虽然很愿意伸出援手，但那几天她刚好很忙，洛拾安又一次出手："我来。"

那个学弟给她买早餐这回事，好像是那天洛拾安说自己没吃早饭，就把东西要走了，之后他回请学弟作为报答，似乎也理所当然。

冉致一松开手，又帮他理平衣领的褶皱："啊，抱歉。"

众人喷血。

想看的热闹没看成，倒是演变成了另一幅画面。

冉致一当局者迷，林乐乐坐在周年旁边，不由得感慨道："我现在有点想重新定位一下对学长的印象了。"

一次两次情有可原，怎么每次都那么巧？的确啊，他一没恐吓，二没威胁，只是以无孔不入的方式在冉致一身边晃悠，随时掌握她周围的动静，轻松击败对手，还不被冉致一发觉，想挑他毛病都找不到瑕疵。

唐觉再次出面举手，小声说："我证明，我是领会过学长的招数的。"

林乐乐说："以前他们都说致一学姐克拾安学长，这么看，指不定谁克谁呢。"

周年露出一抹邪笑："所以说自古天然克傲娇啊。"

唐执听这群高中生谈了半天，把事情始末了解了个七七八八，自己调了杯酒优哉游哉地喝起来。

"青春啊。"连烦恼听起来都是闪闪发光的样子。

感觉到所有人都在起哄，一屋子的嬉笑声让冉致一脸上过不去，她扔下一句"我还有事"就跑了出去。

洛拾安要追，却被人拦住，有女生趁机劝他："学长，上赶着不是买卖，既然学姐不喜欢，强求不来的。"

"就是啊，你看，你生日，她连个礼物都不送。"

程光知道闹过了头，朝周年使眼色："到了好朋友挺身而出的时候了，快去，赶紧去！"

周年误解了他们的意思，拿出礼品袋："你们不说我都忘了，这儿有三份礼物，这是程光的，这是韩阳的，这是拾安同学的。”

程光险些倒下，他看着手里的礼盒，佩服周年的理解能力：“我说的不是这个！”

周年把礼盒抢回来：“不要就还我。”

“我又没说不要……”

周年哼了一声，把包得最漂亮的盒子塞给洛拾安，他急着出门，没有接：“等我回来再说。”

周年拉住他，死活不让他出去：“等一下，拾安同学，别的礼物你可以不拆，这个必须马上拆。”她神秘兮兮地朝他挤眉弄眼，“相信我，这个绝对是今天晚上最棒的礼物。”

在场的众人都为这句话凑了过来，想看看到底是什么礼物才能让她夸下海口。

旁边的女生以为周年是一伙的，把洛拾安抓得更紧了：“就是啊，拾安，好歹是人家一片心意，看看嘛。”

洛拾安对礼物是什么根本不在意，皱着眉，为了敷衍周年，快速拉开彩带。

他打开盒子，却惊住了。盒子很大，不厚，里面是几张加了黑框的漫画。

背景在学校，第一张里，一个女生在座位睡醒；第二张里，她走到走廊窗边醒瞌睡，看到窗外的男生在打网球；第三张里，她停下来，嘴角慢慢扬起。

第四张里，男生感觉到了她的视线，转头望过来；第五张里，女生快速躲到窗边的墙后。

第六张里，女生一只手压着怦怦跳不停的心脏，一只手捂着通红的脸，大大的眼睛里装满了慌张。

周年为了这几幅画修改了十几遍，拿出了毕生功力，每一处细节都修理得完美无缺。

画里没有一句台词，却神灵活现地将女生的心情呈现，洛拾安抚摸画框，抬头看周年：“这是？”

后者朝他挤挤眼睛：“现在去追吧。”

本来她想把冉致一的照片洗出来送给洛拾安，却觉得不管哪张照片都不如这些画。

如上帝般最直接的视角，什么解释都不再需要，便可以让洛拾安站在另一边清楚直白地看懂冉致一。

洛拾安蓦地笑了："周年，我欠你一个人情。"

他道完谢匆忙离开，周年挺胸抬头看韩阳和程光，下巴仰到天上去，用鼻孔鄙视眼前两个臭皮匠："呵，我这个助攻怎么样？"

韩阳和程光没看懂，面面相觑："啥意思？！"

周年吐吐舌头，懒得和他们解释。

他们分别拆开自己的礼盒，收到的果然都是画，是他们演出时的几个特写，两个男生感动得不行："好兄弟，等我们发达了以后会记得你的。"

"谢谢，请叫我姐妹。"

连程光和韩阳都看不明白，其他人自然也不懂那几幅画的玄机在哪儿，觉得没劲："主角走了，这宴会还开不开？"

"开啊！"程光说，"我和韩阳还在呢。"

女生们兴致缺缺，泄气地摇头。

"算了，我放弃了。"

"我也是。"

"唉。"

结果最后除了林乐乐和周年，女生全部走光了，程光看韩阳一直朝门口张望，想起来一件事情："说起来，都到现在了，你还没有和致一道歉吗？"

韩阳收回视线，搓着玻璃杯说："一直没机会。"

程光不解："这也要选时机？"

"我本来是想今天说的。"

"你现在不说，以后还有机会说吗？"程光只是随口一提，没想到韩阳会紧张起来，把周年送的礼物交给程光让他代为看管，随即跑出了门。

怎么一个两个都往外跑。

洛拾安出了台球厅给冉致一打电话，不接，他改发信息，问她在哪儿，三分钟后收到回复："你家门口。"

洛拾安觉得骑车太慢了，拦了一辆出租车坐上去，在车上给她回信："那你等我一会儿，我马上回去。"

冉致一："只等你十分钟。"

原本十分钟是差不多够用的，可往常畅通无阻的街道竟然突然堵车，冉致一最讨厌别人迟到，过时一秒也不候，洛拾安不断发信息想让她多等自己一会儿，通通没有收到回复。

十分钟过去了，十五分钟过去了，车子寸步不移。

洛拾安急坏了，付完钱便下车往家跑。

早知道还不如直接骑车走，就不会耽误这么多时间了，这会儿就算到了也没用了，冉致一肯定已经走了。

洛拾安用最快的速度跑回家，却发现冉致一没走。

她一肚子怨怼："你慢死了，不知道我的时间多宝贵吗？"

他扶着大门喘粗气，拍着胸腔，振了振精神："对……对不起，我也不知道竟然会堵车。"

"算了，愿意在这儿等你的我才真是病得不轻。"冉致一松开紧皱的眉心，让他开门，"反正是最后一回了。"

"你这话说得就像要送我去赴死一样。"

冉致一进玄关，往楼上走，愤慨道："你倒是很得意，过个生日过得像八十大寿，我爸的生日都没你这个有排场。"到了二楼以后，她把身后背着的箱子递给他，"这个，给你。"

从箱子外形就能看出是吉他，洛拾安有些惊讶，一时没有反应过来："你竟然做好了？"

她眯着眼睛看他："你还真是怀疑我的技术。"

他连忙否认，接过箱子仔细看："没有，我只是有点意外，你不是说不做了吗？"

冉致一捋了一下发梢："本来是那么打算的，但是闲得慌，就顺手完工了。"

其实是她请病假，在工作室拼命赶工才完成的。

洛拾安再次确认：“那你刚才突然离开，是去取它了，不是跟我生气吧？”

“你以为我是打气筒啊，无时无刻不在生气？”

“没生气就好，我还以为你又要不理我了。”

“我也没有那么不讲理，”她小声说，“只是觉得当着大家的面送礼物很奇怪。”

他摸着箱子，说：“我能打开看看吗？”

“都是你的了，随你便。”

洛拾安打开箱扣。火焰纹路来自夏威夷相思木，黑色指板是巴西玫瑰木，冉致一选的是顶级木材，根据洛拾安的风格制作了这把半空心爵士琴。

她不咸不淡地说：“你要不要弹一下试试手感？”

洛拾安去找钥匙，打开紧锁的门，连上音箱，用拨片弹了几下，效果比他想象中的好，低音温柔醇厚，高音又不失通透，手感也合适。琴身大部分保留了木质本色，很漂亮，洛拾安的目光落在琴头，上面有来自致一工作室的标志细波浪，旁边还加上了他的名字。

冉致一不耐烦道：“差不多就得了，赶紧收起来，别一直在这儿傻站着。”

他听话照做，感动得不行，一直在笑：“谢谢你，冉致一，我特别喜欢。”

直到听见洛拾安这样说，冉致一忐忑的心情才稍有缓解。来之前她一直提心吊胆，在心底模拟了他所有可能的反应，并考虑如果他不喜欢，她应该怎样下台。

听到他说喜欢，她便安心了，抿了抿唇，说：“我本来以为你不想要的。”

洛拾安把头摇成了拨浪鼓：“谁说的？”

太阳快要落山了，夕阳帮她藏住脸上的红晕，她挠挠眉心：“上次，你自己说的，做不好也没关系。”

“上次我不是跟你解释了吗？”

“你上次只是解释了你不想要的原因，整体意思还是没变。”

洛拾安无语了片刻：“我觉得我就算跳进黄河也洗不清了。”

不过，此刻冉致一心情不错，不打算再跟他计较：“你运气挺好的，这确实是我第一次做爵士琴，虽然过程痛苦了一点，但总算成功了。”她撇撇嘴，说，“你也不要有压力，我不是让你每首歌都用它弹，毕竟曲风还是有不同的，所以你买别的琴备用也没关系。你就当这把琴是我送你的平安符，不过你别误会，我是为了自己的信誉，不是为了你，你就感恩戴德地好好保存它就是了。”

他点头，信誓旦旦地说：“我会的。”

用钱来回报就太轻薄了，洛拾安按着太阳穴思考：“这么贵重，我要怎么报答你才行？”

冉致一仰着脸看他：“既然是为了我自己，当然不用你报答。如果你实在过意不去……”冉致一把半年多的心血用一句不咸不淡的话就略过，她抬头看他，手指按在吉他箱上，“就让它为你而发光吧。”

窗外的夕阳呈现出最完美的颜色，落在冉致一的眼睛上，蝉鸣压住彼此的心跳，她的睫毛卷走了最亮的光。

洛拾安捂住眼睛碎碎念，有些语无伦次：“等等，让我先好好想想，我今天收到了两份最棒的礼物，太高兴了，有点神志不清，这么幸福会遭天谴吧？不对，难道是做梦？冉致一，你掐我一下。”

“两份？”还有谁能比她的礼物更棒？她注意到他放在琴箱上面的礼盒，突然起了求胜心，“另一份是什么？”

洛拾安笑得更深了，露出一口雪白的牙：“保密。”

冉致一眨了眨眼睛：“那好像是周年的礼盒。”

“你知道？”

“我和她一起买的，当然知道。里面到底是什么？”

洛拾安劝她收起好奇心：“这个你最好不要深究。”

冉致一噘嘴：“嘁。”

他弯腰看她，发现她的脸有些红：“冉致一。”

“嗯！”

他稍微凑近一点，看到她的睫毛在轻轻发抖："冉致一？"

"干什么？"

他又凑近了一些，看到她发梢被染成漂亮的橘红色："冉致一！"

"有话快说！"

他只是想多喊她几声，听她回应，然后发表获奖感言："有你在我身边真是太好了，你能一直陪着我真是太好了！"

"明明是你厚脸皮地黏着我才对。"

"是啊，"他大笑，"那要感谢你愿意让我黏啊。"

窗帘被风吹起一角，冉致一惊了惊，迅速别过头去，嘴硬道："才没有。"

"我知道的哦，冉致一，如果不是你允许，我是没法在你身边这么久的。谢谢你啊，冉致一，没有把我从你身边赶走，真的是感激不尽。"

冉致一心底烧开的情绪完全沸腾成蒸汽，从她头顶咕嘟咕嘟地冒出来，可这话摆明了是在道别，她心情复杂，样子仍是倔强的："哼。"

"对了，我今天还没有许生日愿望呢。"洛拾安自顾自地转移话题，"希望我不在的日子里，冉致一想我想到夜不能寐，食不知味！"

沸腾的开水终于顶翻了盖子，冉致一听见自己的脑袋里有嗡鸣声。

"我回家了！"

她转身，同手同脚快速竞走。

因为他是洛拾安，所以她拿他没办法。

不能让他得逞。

她跑到楼下，关上门，拉开一定距离，确定他绝对看不到自己的表情后，她双手拢在嘴边大声朝着他的窗户喊："鬼才会想你呢！"

第八章

可是，为什么我这样思念你

刚刚赶到的韩阳正好见到这一幕，本以为这夜是和冉致一道歉的最佳时机，见此情景，又觉得如鲠在喉，他挠了挠后脑勺，这种时候追上去，好像不太合适吧。

洛拾安出来，看到他，喊一声，将他神游的灵魂拉回来："韩阳，你怎么来了？"

"啊，"韩阳怔了怔，不知双手该往哪里放，"我来找你的。"

洛拾安不说话，看看冉致一越变越模糊的背影，又看看他。

韩阳低下头，说实话："好吧，我其实是想和致一道歉，做个了结。"

洛拾安相当疑惑："你和她之间有什么需要了结的？"

韩阳怔了许久，怎么也回答不出来。

还真是，只是他一个人的良心放不下，冉致一早就不记得了。而且，要真的从头开始说，又觉得这个理由很苍白。

他捏紧了手指："啊，这样啊……"

洛拾安看到了他的小动作，一语道破："你如果只是单纯想跟她道个别，我不介意。可是过去那些事情，我希望你不要跟她提。"

韩阳有些惊讶，脸色明显变差。

洛拾安解释说："你别想太多，我是为你好。冉致一那个人很好面子的，要是让她知道你记得她的糗事，还见过她偷偷地哭，她可能好一段时间都不会理你了。"

无论这话是洛拾安给的台阶还是变相的威胁，韩阳都觉得应该借坡下来，能走进这个小区的门禁卡是洛拾安之前给他和程光的，为了让他们假期方便来这儿练习，要是他借着这个便利去见冉致一，好像怎么也说不过去。对了，是这样的，潜意识里，大家都觉得跟冉致一有关的事是要经过洛拾安同意的。

尽管韩阳一直以为自己对冉致一怀揣的只是愧疚心，但此刻，被洛拾安目睹之后，他仍觉得十分难为情。担心对方觉得自己不自量力，那小小的自卑心都被牵扯出来，又怕有人觉得他不识好歹，他捏紧了手里那张门禁卡，没来由的失落涌入心头。

这根本就算不上平等嘛，如果不是洛拾安，他连入场券都拿不到。

“那我就不去了，免得给她添堵。”他故作轻松地笑，“唐老师那边的人还等着你呢，过去跟他们道个别吧。”

两人并肩往回走，韩阳忍不住问洛拾安：“致一知道当初班上那些男生都是你修理的吗？”

他想也不想就快速回答：“怎么可能让她知道？”

韩阳不解：“你为什么不告诉她？她应该会感激你啊。”

“理由我刚刚不是说了吗？”洛拾安嘴角的笑意还未散去，眼里仿佛呈现了她的影子，“那对她来说可不是什么光彩的记忆，我实在不想为了拔高自己的形象逼她反省自己，她很讨厌有人自作主张说要保护她的。再说我又不是抱着被她感激的想法才做这件事情，我只要能看到她开心就够了。”

他看韩阳一眼，不冷不热地说：“你的想法程光都跟我说了，说实话呢，我不是不理解，可我还是希望你永远也不要跟冉致一提，你的心思是好的，可这么做根本没必要，除了让她想起那段不开心的事不会起到任何作用。如果你还是过意不去，我就要劝你宽心了，她这个人向来都只看眼前那条笔直的路，很少观察旁边的人，所以她的仇都是我帮着记的，只要我不介意了，就没关系。”

这一条条道理说得韩阳脑袋一阵阵放空，那一刻他忽然意识到，自己这辈子也赢不过洛拾安。对比之后，他那点小心思实在不值一提。洛拾安只是在保护冉致一，不仅是过去式还是未来式，他守护着她的记忆。

韩阳看着规律并排的地砖："最后问你一个问题，为什么愿意跟我合作？"

"你话题跳跃得是不是太快了？"

一点也不快，韩阳已经纠结很久了，一直不知道该怎么问。

这会儿已经说到这份上，他干脆直说："你留下程光的理由我明白，可是我对你来说应该可有可无才对。"

洛拾安其实一直没把这当回事，既然韩阳在意，为了避免日后麻烦，他觉得还是一口气把话说开得好："就乐队而言，我觉得跟你合作很愉快，因为韩叔叔的关系，我们有更深一层的联系。况且，我们从小就是同学，虽然不熟，可相处久了我发现你人品还不错。还有，你别把自己说得那么卑微，你弹贝斯的技术好歹也是韩叔叔一手教出来的，我可不想要这么不自信的队友。"

洛拾安的鼓励对韩阳很受用，稍微抹除了他心里刚刚生出的那一点点不平衡，他松了口气，说："拾安，谢谢你。"

洛拾安伸手阻止韩阳继续说下去，按了按他的肩："不管怎么样，我们都是队友了，互相关照是应该的，你的位置很重要，妄自菲薄只会影响士气。要是你太差，我一开始就不会提出跟你合作。至于冉致一，"他神色自若，悠悠地说，"我感激你对她生出的愧疚心。"

洛拾安的反应完全在韩阳的意料之外，他真诚到让韩阳觉得自己这段时间的想法十分狭隘。他真的很自信，因此才能做到不恃才傲物，不记仇，不贬低队友。

韩阳终于发现队里那股子不和谐出自哪里了，洛拾安把他和程光当队友，而他们却在无形中把他当成了对手。

韩阳惭愧，若自己只因为不如对方就擅自将别人往坏处揣度，未免太丑，与其在这里纠结，不如琢磨怎么追上他的步伐。

韩阳忽然觉得庆幸，幸亏他遇上的是洛拾安，而不是别人。

洛拾安走后的第三天，冉致一耳边的嗡鸣声总算安静下来。

生活归于平静，再不会有人三更半夜来敲她的窗户，私人时间可以不被打扰，打开窗户深呼吸时甚至可以闻到自由的味道……

自由还没享受够，冉致一打开手机发现全是洛拾安发来的废话信息，只要她不回他就一直发，她要是回了他就更来劲地发。

于是，她拉黑了他。

她要坚决和他保持距离，绝对不要再掺和他的事情。

她去书店把喜欢的校园四格漫画买回家，发现前面的剧情都忘得差不多了，干脆从头开始补。故事还是那么有趣，她趴在地板上咯咯笑，不知不觉就看完了两本。

挂在阳台的风铃响了两声，冉致一放下漫画翻身，长发铺在地面，她整个人躺成“大”字形。旁边的桌子上有沈姨刚送来的冰镇西瓜和草莓，穿堂风吹得人浑身舒爽，阳光从地板移到脸上，她不想动，拿书盖住眼睛，慢慢沉进梦里。

第一个没有洛拾安的夏天，超级棒。

她醒来时天已经黑了，身上被沈姨盖了毯子，她爬起来，找根皮筋扎上头发，从盘子里拿了个草莓吃。

好甜。

下午睡太香的后果是晚上又会失眠，冉致一通宵看漫画，笑着笑着就麻木了，后面的笑点越看越没劲，她长出一口气，把书放到一边。

这样的生活持续了五个日夜，冉致一开始觉得头疼欲裂。

洛拾安走后的第八天，她决定出去找事情做。

可她平常很少出门，常去的地方除了学校就是附近的商场街，此刻，她站在人来人往的街头茫然无措，不知道该往哪里走。

冉致一在商场一层楼一层楼地逛，漫无目的地走到顶层，然后，她看到了那家台球厅。

店里人依然很多，冉致一第一次一个人来，有些拘谨，唐执和她招手：“致一来了。”

“唐老师？”冉致一觉得奇怪，“你没跟他们一起走吗？”

那边有人过来点饮料，唐执弯腰找冰块：“我顶多算个临时代课的，入门级，到了暑江会有更好的前辈和老师，用不着我跟着去。”

冉致一掏出零钱：“我还要西北角那张桌。”

“这次免费吧。”唐执摆摆手，“拾安今天第一场比赛开始，晚上替我问问他的情况哈。”

冉致一犹豫了一会儿。

其实她想说她前几天才拉黑他，可说完这句就得解释一大堆，毕竟人家没向她收费，只提了这么一个要求，推三阻四很不礼貌。虽然她也想不通，唐执明明可以自己去问洛拾安，干吗还要找她当中间人。

冉致一的脑内活动正热闹，一个女生在她面前挥一下手，打断她：“学姐，你想什么呢？”

冉致一回过神。

是林乐乐。

她的头发剪短了，发梢还是鬈鬈的，贴在耳朵下边，配上圆脸和大眼睛，很可爱，笑起来时更可爱：“刚在隔壁剪头发，出来时看到学姐，还以为看错了呢。”

冉致一不明所以：“你找我有事情吗？”

“拾安学长有说什么时候回来吗？”

“没有。”

“哦，”林乐乐和唐执要了一瓶果汁，喝了一口，看看冉致一，“你就一个人来打球啊？”

“有什么问题吗？”

冉致一说这话时没恶意，只是配上严肃的表情，使这句话的语气听起来特别像“跟你有什么关系”。

林乐乐往后缩一下，冉致一愣了愣，连忙解释：“我不是那个意思。”

林乐乐拧严瓶盖，放在柜台：“那我教你吧。这样你之后如果赢了学长，也算我间接地赢了他。”

冉致一很在意她的突然热络：“为什么？”

林乐乐动作麻利地挑好球杆，递一根给冉致一：“哪儿来那么多为什么，你一个人不会很没劲吗？你之前不是和唐觉约好要让他教你打台球嘛，既然他不在，那就我教你呗。”

冉致一想了想，从兜里掏钱包：“那我给你学费。”

林乐乐阻止她，说：“快停下，我那个半瓶子晃荡的技术可没法当你老师。”

把白球放在中间，林乐乐挥杆开球，“咚”的一声，红球和绿球滚进球洞：“学姐为什么会突然对台球感兴趣啊？”

“也没什么，就是想打发一下时间。要是能顺便学个一技之长傍身也不错，这样将来如果再跟他对上就不会被嘲笑了。”

林乐乐的八卦心渐起：“那个他，是拾安学长吗？”

冉致一不回，弯腰，球杆架在手指上，瞄了半天击出去，能撞到球但就是不进球。林乐乐直起腰来提醒她要找好角度，可这个手感难以把握，林乐乐耐心指点了两个小时，仍然不见她有什么进步。

冉致一懊恼得紧，林乐乐安慰她：“别急嘛，速成不可靠，慢慢来吧，明天下午一点我们还在这儿碰面。”

明明上一次的状态还比刚才好一些，一定是不能专心的缘故。

冉致一揉揉太阳穴：“你明天也方便吗？”

“暑假嘛，我正好很闲。”

两人告别，冉致一不想回家，以每秒一步的速度慢吞吞地走，却越走越累。

她在公交站的长椅上坐下，拿出手机看娱乐新闻，最近好像有个喜剧电影要上映，也许可以去看一看。

她按下锁屏键，想想又滑开，时间显示下午六点，洛拾安的比赛在上午，这时候应该已经出结果了。

她虽然不感兴趣，可毕竟受人所托。

冉致一这样想着，把洛拾安挪出黑名单，给他发信息：“唐执哥让我问你比赛结果。”

几秒钟后收到回复，冉致一的心被信息提示音振得抖了抖，她快速点开，却只看到一个小猫眨眼的表情包。

应该是过了。

以为他会再说点什么，冉致一每隔一分钟刷新一下页面，直到手机电量低到红灯预警，都没有收到回音。

她放下手机，继续搓太阳穴，挺好，总算长了记性，不骚扰她了。

第二天她见到唐执，把比赛结果告诉了他，唐执很高兴，给冉致一发了为期一个月的免费券。

她正觉得过意不去，唐执便说："替我给他发条恭喜的信息。"

冉致一蹙眉。

唐执目光殷切，催促她："快呀。"

她只好拿出手机。

"唐执哥让我恭喜你。"

同样还是几秒钟后，洛拾安回复："好的。"

冉致一把手机给唐执检查，后者满意地点点头："行了，去吧，下回我再找你。"

冉致一拉住他："你为什么不能自己跟他联系呢？"

"让你说不也一样吗？"

"对啊，就是谁联系都一样，为什么非得我当中间人呢？"

唐执随性地摊摊手："这个很重要吗？"

"而且比赛后一周就在电视上播了，你可以自己看啊。"

"我等不及嘛。"

冉致一通通无言以对。

那之后的几天，冉致一有空就到台球厅报到，林乐乐这个老师当得特别称职，唯一让她觉得苦恼的是，对方一直问她洛拾安的事情，差不多把他从小到大的每个时期都问了个遍。

拜林乐乐所赐，冉致一迫不得已把他的人生都回忆了一遍。

洛拾安走后的第十八天，唐执第二次让她给洛拾安发信息问复赛结果。除了回信，洛拾安再也没给冉致一发过任何信息，打过任何电话。

林乐乐对他的情况很关心："学姐，学长的比赛你看了吗？"

"没看。"

"为什么？真稀奇。"

“知道了胜负的比赛就跟知道了凶手是谁的悬疑剧一样，还有看的意义吗？”

“那怎么能一样？我建议你一定要看看，拾安学长超帅的，一鸣惊人。”

冉致一蹙眉：“不要那么夸张。”

“不，一点也不夸张，只是我词汇量太单薄了，用语言描述不出来他的帅，只能用语气来弥补。”

林乐乐提起洛拾安就没完没了，终于，冉致一受不了了，放下球杆，对林乐乐说：“晚上我请你吃饭吧。”

林乐乐狐疑地睁大眼睛看着她：“这么突然？”

“就当是交学费了。你想吃什么？如果你觉得跟我单独在一起吃饭很没意思，可以叫上你的朋友，我也带上我的同学。”

林乐乐笑说：“你这是要辞退我吗？”

冉致一也跟着笑，说：“我只是想了解一下同龄女生凑到一起应该聊什么话题。”

这招很好用，林乐乐出于震惊果然闭上了嘴。

冉致一的口吻像极了外星人。

半小时后她们各自发信息叫同伴来，在附近的韩料店见，林乐乐叫了两个人，冉致一叫上了周年。

叫的人一个一个到了，坐在林乐乐那边的朋友见到冉致一腰板笔直地看菜单，有些拘束，所有人大概都是头一回参加这么严肃的聚会，一时不知怎么开口才好。

周年接过菜单点菜，问冉致一：“你最近在干吗？”

林乐乐说：“这几天致一学姐在跟我学球。”

“不错啊。”周年伸了伸腰，“珍惜这个暑假吧，开学就高三了，我要参加艺考，比你们提前上课，想想就头疼。对了，”她看向林乐乐，“你们马上高二了，想好选哪个科了吗？”

林乐乐说：“我比较随性，班草选哪科我就选哪科。”

周年打了个响指：“有志气啊，少女！”

周年擅长活跃气氛，话题轻松展开。

冉致一试图总结她们聊过的内容，发现根本做不到。

她们的思维具有跳跃性，可以从年糕聊到电视剧，从电视节目聊到相声演员，然后说起班里有个男生很喜欢搞笑，最后，话题七弯八绕地说到学校西北角的小卖部里卖的面包特别难吃。

冉致一放弃了思考，觉得不能白来一趟，便加入话题："我比较喜欢无糖的红豆面包。"

林乐乐说："我喜欢肉松的。"

周年说："我讨厌肉松。可是我最近迷恋一个偶像，他就喜欢吃肉松，我给你们看他的照片，特别帅！"

照片在桌上传着看，大家都表示还可以，冉致一却使劲摇头："我真是感受不到他的帅点在哪里。"

周年冷哼一声："退群吧朋友，我们不合适。"

冉致一第一次知道，一顿饭竟然可以吃上两小时，聊天占用四分之三的时间，托她们的福，她什么也没空去想。

结完账，在门口告别，林乐乐跟她道谢，她摆摆手："是我谢谢你们。"

众人面面相觑："蹭饭还蹭出恩情了？"

"其实我从来没跟朋友聚过餐，不对，应该说我根本凑不够能一起聚餐的朋友。和你们一起聊天很开心，下次如果有机会，希望你们还愿意跟我一起吃饭。"

冉致一说得一本正经，说的人不觉得怎样，听的人反倒难为情了。

林乐乐说："那下次的费用就均摊吧，不能让学姐一个人吃亏。"

"对啊，"其他人跟着附和，"以后学姐随时可以来找我们聊天。"

冉致一抬起头，眼里星光闪烁："真的吗？"

冷漠学姐的内心其实是致命的温柔，反差萌也够嗑个好几天了。其他人感到会心一击，拼命点头。

让人想不到的是，冉致一口中的"下次"是一天一次，前面几次大家还都愿意配合，可聚会这种事都是前几次新鲜，持续到第八次之后，所有人的心态都崩了，林乐乐作为代表向冉致一举手提问："学姐，我们是不是哪里惹到您了？”

冉致一目光真诚：“没有啊。”

其他几人抖着日渐消瘦的钱包附议：“但是，我们真的不行了，私房钱都快见底了。”

冉致一很大方地说：“那这次我付钱吧。”

“也不仅仅是钱的问题，”周年用沙哑的嗓子说，“你不累吗？一顿饭吃四五个小时，还逼着我们必须说话，这两天说话说得我嘴都抖了。”

林乐乐趴在桌子上半死不活地说：“你还行呢，我是白天陪打，晚上陪聊。之前每天劳作三小时，现在早上九点学姐就准时打电话问我到哪儿了，全天无休，我不光是嘴抖，站着打一天的球，我手跟腿也抖，以后请叫我林三抖。”

冉致一说：“所以你这段时间的吃饭钱一直是我全包的啊。”

林乐乐双手捶桌：“所以都说了不是钱的问题！话说学姐，你现在打五局已经可以赢我三局了，我们是不是差不多可以出师了？明天就别练了吧！”

冉致一沉默下来。

五个人对着坐，无人说话的时候特别尴尬，有人轻轻问：“学姐，你到底是怎么了？”

她只是觉得有点闲，不知道该干什么好。

片刻沉寂之后，冉致一握着杯子说：“我也不知道为什么，最近总是没法在家待。一小会儿听不见声音都怕得不行，晚上必须开着电视才睡得着，就算睡着了也不踏实。”

在座各位都没有过失眠的经验，总觉得那是六十岁之后才会有的烦恼，想共鸣也做不到，便敷衍地说：“那还挺糟糕的啊，是发生什么事情了吗？”

“什么也没有改变，一切如常。”

如果一定要问有什么不对劲，就是现在已经是洛拾安走后的第二十六天，他没有再给她发多余的信息，她也坚持没看他的节目。

虽然她应唐执的要求问了他十六进八的情况，他也只是回了一句："顺利。"

她心里无故焦虑。

冉致一撑着额头疲惫地说："可能是一直很忙，突然闲下来无所适从了吧。"

林乐乐说："所以你才想学球，想聊天？"

"因为我想，如果能交到朋友，培养些别的兴趣爱好，就不会这样了。"

周年思忖过后给她支着儿："那光在这儿纸上谈兵肯定治标不治本，这样吧，我们制订一个计划，轮流带着你找事情做。"

林乐乐点头同意："这样还能有个轮休。"

周年和林乐乐商讨之后定下来各自的上工时间，旁边的两人对游乐地点也给了不少意见。然后解散，各回各家。

路上，冉致一和周年道歉："对不起。"

她还是第一次这样麻烦别人，总觉得很不好意思。

周年摆摆手："别见外嘛，你愿意跟我说烦恼我还是很开心的，证明我们现在真的是好朋友了。"

冉致一又问："和我做朋友有什么好处吗？"

"有啊，可多了。你看，你做事认真，学习也认真，我从来没见谁能像你那么专注地做一件事情，跟你在一起的时候我总有一种'不行，不能再这么混日子了，不然会被你越甩越远'的感觉。"

冉致一只是无意识问的一句话，周年却解释得很认真，她觉得很暖："不会觉得很讨厌吗？以前总有人说我太爱争，爱出风头，活该没朋友。"

"那是嫉妒！我爸告诉我，交朋友要交那种可以使自己进步的。而且，你从来不讲闲话，被人欺负会还口，但是记恩不记仇。我每次回家跟我爸说起你，他都让我一定多跟你在一起。"周年说到这里想到了什么，声调忽地转了个弯，"对了，你改天要不要去我家住？你不是说家里声音太静睡不着吗？我家里可吵了，估计你想睡都睡不着。"

"可以吗？"

"当然可以了，那就定在我当班那天吧。"

隔天开始，众人按照每天一换班的方式，轮流带着冉致一找事做，有人带她去游乐园，有人带她去动物园。

冉致一回家后用手机记日记：客人投喂之后要求孔雀开屏，孔雀不听，便有人骂骂咧咧。如果孔雀能听懂人话，可能会很伤心。游乐园最受欢迎的设施是摩天轮，排队三十分钟，坐一圈十五分钟，排队的时候大家都紧紧贴着，生怕比谁走慢一步，可是这样并不会加快速度，反而会降低体验感。登到摩天轮上看到的江水和树木与在地面上看着也没什么不同，无非就是范围大了一点而已，拿望远镜或者站在高楼顶端往下看的效果估计也是一样的，为什么要在这儿浪费这么多时间？

她记到这里停下来，因为她发现自己根本不是在记日记，而是点开了和洛拾安的对话框，在给他编辑信息。

不知道是不是什么外星生物控制了她的大脑，害她差点失去神志点击了发送，甚至整天只想他的事情。

一定是因为这两个地方她以前都和洛拾安一起去过。

如果把这条信息发出去，他会怎样回复呢？

冉致一删除所有内容，关上手机。

第三班轮到林乐乐带她去沿江线玩滑板，万幸，这里她还没和洛拾安来过。

可冉致一连摔三跤之后站不起来，便只能坐在旁边的草坪上看，大概是太无聊了，林乐乐问冉致一：“学姐，今天星期几啊？”

星期几她不知道，她只记得好像是洛拾安走后的第二十九天。

林乐乐在手机上查日历：“明天就要看到学长在复赛的表现情况了，不知道他现在的比赛怎么样了。他最近有和你联络吗？”

不想听到洛拾安的名字，冉致一皱了一下眉：“没有。”

“一次也没有？那你有没有联系他？”

“发过信息，他回得很敷衍。”

“你发什么了？”

解释太麻烦，冉致一直接把手机给她看，林乐乐翻完之后有些无奈地说：“你这个信息奇葩到别人想回也不知道该怎么回啊，你干吗非得在内容前声明是唐执让你问的？”

冉致一义正词严：“因为确实是这样啊，而且我不想让他以为我在关心他，我还怕他没完没了发信息烦我呢。”

“那你到底是关心他，还是不关心他啊？”

“不关心。”

林乐乐挑挑眉毛，饶有兴味地“哦”了一声：“那你现在给他发信息，就说林乐乐让你问他第三场比赛情况如何。”

“为什么又要我问？！”

林乐乐打开自己手机的信息栏，故意把话说得暧昧：“也是，那我自己发吧，正好，我还挺想他的。像这种比赛压力大的时期，一定很需要人关怀，我只要经常问候他……”她说到这里停下来，“致一学姐，你干吗这么看着我？”

冉致一捡了一根草棍在指尖缠来缠去：“我觉得你说得对，你还是别发了，毕竟是比赛，压力一定很大，这种时候跟太多人保持联络只会让他过度分心。”

“可我还是想问候他一下啊，让你帮我问你又不愿意。”

冉致一扔下草棍，拿出手机：“我只是问你为什么，没说不愿意。”

远在暑江的洛拾安听到手机振动，点开看，是冉致一的信息：“林乐乐让我问你比赛情况怎么样了。”

他编辑了一串内容，想想，删除，只发了个表情过去。

他捶了一下墙。

韩阳在旁边看了一会儿，小心翼翼地问：“这墙哪里惹到你了？”

想给她发信息，想把最近发生的全部大事小事都事无巨细地讲给她听，可自从上次因为话多被拉黑他就有了阴影，不敢一次说太多话，所以控制着，控制着……咬牙，挺住，坚持就是胜利。

程光说：“唉，拾安压力太大了。没关系，你慢慢找灵感，距离下一场赛还有好几天呢。”

洛拾安没理他们，滴了一滴眼药水，在太阳穴涂两滴风油精，继续看手里的乐谱。

从八进四开始，比赛的准备时间会由十天延长到十五天，题目限制越来越多，压力确实越来越大。

影响洛拾安心情的因素并不止这些。

在后面几场比赛里，洛川都是评委之一，比赛前谢泽宇没经过他允许就安排他和洛川见了面，这一面见得他到现在都不舒服，看到那些人对洛川毕恭毕敬的时候，他心里没来由地恼火。

他知道进入这行以后早晚要和洛川碰面，只是没想到会这么快。

现在不联络冉致一也好，不能把坏情绪传染给她，何况，她也未必在意他发生了什么。

她给他发了几次信息都是因为别人拜托，要是他擅自理解为她在关心自己而乱发牢骚，她一定会再次不耐烦地把他的电话号码拖进黑名单。

以前他不怕，是因为他就在她身边，现在唯一能让他们保持联络的只剩这一个手机号，他不想冒险。

而且，要是在这种时候听到她嘲讽的话，他一定会非常失落。看不到她的表情，他也做不到能完全推断她真正的心情。

所以，还是算了。

虽然冉致一被林乐乐的激将法刺激到了，用自己的手机给洛拾安发了信息，结果还是只收到了一个表情。

林乐乐一口气叹得更长了。

她想给冉致一一个台阶，让冉致一联络洛拾安，可冉致一不知道是太实诚还是太傲娇，非得在内容前附一个不相干的人名。

林乐乐不知道该怎么宽慰她好，只能帮冉致一转移注意力：“别不高兴了，学姐，其实来这儿最大的乐趣并不是自己滑，主要是欣赏。”

“欣赏什么？”

林乐乐眉飞色舞：“好看的小哥哥啊。”

有男生注意到她们在看自己，便朝她们挥手，林乐乐吹了个口哨回应他，悄悄对冉致一说：“这边男生的质量都特别高，什么类型的都有，温柔型，冷酷型，还有刚才那个可爱型，我前几天还认识一个爱吟诗作对的文艺型。你喜欢什么型的？我帮你安排。”林乐乐拍着左胸上侧的三角肌，胸有成竹地说，“只有你想不到，没有我找不到的。”

冉致一还是没兴趣：“安排什么？”

“见面呐，聊天啊，解闷啊，男孩子如果可爱起来根本没有女孩子什么事，我带你见识一下。”

“还是算了吧。”

“哎呀，别客气，我收集资料也不光为了自己饱眼福，偶尔也想造福一下姐妹。”

林乐乐热情如火，生拉硬拽。冉致一死守阵地，百般推脱。

冉致一拗不过，和林乐乐到对面草坪上和一群人聊天，气氛很好，每个人都很热情，笑声不断，所有人都是一张青春洋溢的脸，见谁都笑。

偶尔会有人过来和她们说话，冉致一学着他们的样子笑，这几天她一直在笑，脸部神经被扯到痛。

她才发现，原来微笑也是体力活。

她有些佩服洛拾安，他是怎么做到一直笑的？

不对，他也有不笑的时候。他说过他做不到永远开心，所以不开心的时候会选择不跟她见面，那么，现在他是不是不开心了？

不不不，不能想了。

冉致一揉了揉脸，想把他的事情从大脑中完全删除，直觉告诉她事情不妙，再想下去，真的会不妙。

这是他走的第三十天，再坚持一阵子就能完全忘了他了。

对了，第二天就是她的生日了。

她没有很期待，只是顺势记了起来，因为她的生日正好比洛拾安晚了一个月。

每年她生日沈姨会给她煮一碗长寿面，洛拾安会坚持陪她吹蜡烛，沈亮一会送她礼物。

至于冉爸爸，他是个除了春节和妈妈忌日，什么日子都记不住的人。别说冉致一了，他连自己的生日都记不住。

十岁那年她送了他一盆常春藤做生日礼物，可等她半年后发现的时候盆里只剩下枯叶，她生气，自此再没给他送过任何礼物。

因为冉爸爸，“致一工作室”里没有过生日的传统，没人提起自己的生日，似乎也没人把这当成个节日，冉致一一直以为只有八十大寿才需要庆祝。

去年她生日正赶上工作室最忙的几天，没人记起，她自己也忘了。结果回家的路上洛拾安突然捧着蛋糕跳出来，她吓坏了，就把整个蛋糕都扣在了他脸上。

黑灯瞎火的，洛拾安顶着一脸的奶油跟她走回家，非常好笑。

冉致一兀自笑出了声，有人一惊一乍地跑过来：“致一，林乐乐刚才说你是制琴师，真的吗？”

她收回思绪：“算是吧。”

“好酷啊。”

身边的人都喜欢把没接触过的东西想象得特别酷，冉致一礼貌地笑笑：“谢谢。”她想说一点也不酷，反而特别辛苦。

“那你会弹吉他吗？”

“会一些。”

“那你可以弹给我们听听吗？”

冉致一想婉拒：“这么突然，我没做准备，这里也没有吉他。”

“有有有！”有人变魔术般递来吉他，“今天那谁为了赚零花钱又出来卖唱了，结果唱一下午就挣来三个钢镚。”

一群人哈哈笑，冉致一踌躇，却还是在众人期待的目光中接过了吉他。

要努力一点，再努力一点，做一个可以合群的人。

“那就，弹我最喜欢的歌，《未来旅行》。”

冉致一低头调音，长发垂落在胸前。

好像越是在热闹的地方，越能深切地体会到那些热闹与她无关，思维也会越清晰。

短短的半分钟里，她没来由地想到很多事情。

如果把时间线拉回从前会发现，她并不是从一开始就喜欢沉默的。

因为哭闹得不到回应，除了沉默别无选择，渐渐的，她开始无法融入周围的环境，因为失去了诉说的力量，不能与别人产生共鸣，到后来，她连与人沟通的能力都失去了。

她无法坦率地面对自己，害怕对任何人产生依赖的心情，不靠近人群，也不允许别人靠近自己。

听到有人敲门会非常害怕，一旦被触碰就会像猫一样弓起身子，或挥爪挠回去。

从前她并不觉得这是缺点，这只是她用于保护自己而生出的本能，她甚至觉得自己能在荆棘丛中活出保护色是一件相当厉害的事情。

直到洛拾安走后，她开始害怕了。

保护色在慢慢消失，深夜的天花板长出了眼睛。

盛夏时分，荆棘丛里却阴风阵阵，那漫无边际的寂寞终于形成了可怕的轮廓。

她害怕一个人，害怕窗外的风声……

音调好了，冉致一慢慢弹唱起来。

唱的是洛拾安改编的那一版，她从来没有告诉过他，看他练习的那段日子其实并没有那么痛苦，听他唱过的语调她都悄悄记了下来，每晚都在偷偷地哼。

本应该是热闹的歌，被她唱得很落寞，大概是歌词里该有的朋友都不在，她一个人没法唱出欢脱的曲调。

为什么会突然开始这么难过呢？

她明明那么讨厌他的靠近，又怎么会因为预感到他会在生命中消失而失落呢？

她不喜欢吃糖，是因为八岁那年看牙医留下了心理阴影，往后她戒掉了所有甜食，但洛拾安告诉她，每周吃一次冰激凌的话是不会蛀牙的，所以她只吃冰激凌。可是一支不够吃，所以她攒到两周吃一次，一次吃两支。

她讨厌下雨，是因为半夜雨点敲打玻璃的声音特别可怕，以毒攻毒，她尝试着喜欢下雨，因为如果连雨天都不再可怕，那每个晴天都将超出幸福之外。

听说人拥有的一切都是上帝计算好的，一生可以吃几次冰激凌，遇到几个雨天，都是有固定数字的。那么，可以和一个人在一起的时光，是不是也被规定好了呢？

喜欢甜的就可以先吃苦的，讨厌什么就先去经历什么，那么幸福就都留在以后了。

以此推算，她害怕没有洛拾安的日子，把能见到他的时间往后推，将中间的空白完全挨过去之后，她就能永远跟他在一起了。

可她不知道那个数字到底是多少，也不知道是不是到了尽头，在还可以留下悬念的最后时光里，最起码，她想适应没有他的人生。

是这样吗？

如果是真的，那这还真是一种病态呢。

冉致一唱不下去了，中间就停了下来。

有人带头鼓掌："这是我听过的最好听的歌。"

要想改变的第一步就是努力多交朋友，尽快找回一个十七岁女孩子该有的样子。

她已经在尽力了，却仍觉心中有大片空虚无法填补。

从前他还在，她没空去想这些，现在有了时间，越想越觉得恐惧。

冉致一站起来："对不起，乐乐，我想回去了。"

"那我也一起走。"

"不用啦，"冉致一笑着说，"你留下吧，我自己走走。"

怎么可能呢？这世上拥有这种奇葩思维的大概也只有她一个了。

离开热闹的人群，她还是不想回家，便给周年打电话："我今天可以去你家睡吗？"

周年穿着睡衣在小区门口接她，冉致一进门之后对周家爸妈鞠躬："不好意思，这么晚打扰你们。"

周爸爸尤其热情："这是致一吧？老听周年说起你，在学校多亏你关照她。"

冉致一连忙摆手："没有，是她关照我才对。"

周妈妈一脸慈母笑："这孩子真有礼貌，快进来坐。"

"听说你这次期末考又是第一名。"

"还兼顾做制琴师，真厉害。"

冉致一紧张得手脚都不知道往哪儿放，周年及时解救她："致一，快跟我回房间吧。再等会儿你家户口都得被查一遍。"

冉致一松一口气，她头一次见到这么热情的父母，有点不知所措。

周年给她找睡衣，带她去洗漱："我的床比较小，你可能觉得挤。"

"没关系。"

"你怎么突然想到来找我了？"

"就是不想一个人睡。"

"致一，你最近的状态真的很不好。"周年很担心，站在浴帘外跟她说话，"到底发生什么事情了，你不能跟我说说吗？"

水声停下，冉致一系好浴巾出来，慢慢穿上衣服："你想多啦。"

周年放弃了，她知道，冉致一不想说的话，谁也问不出来。

冉致一回到周年的卧室，满地都是拼图，周年挠挠头，说："一共有一千多块，买的时候太冲动了，买回家才发现我根本没那个耐心。"

冉致一拿个垫子坐下："我帮你拼。"

专心拼图不用说话，耳边除了蚊子的嗡嗡声还有外面客厅的电视声，周爸爸吐槽男主角演技太烂，周妈妈嗤笑一声："最起码人家长得比你好看。"

冉致一不自主地跟着笑出声，周年站起来给电蚊香插电，说："那个破电视剧我妈都看了三十多遍了，我爸看得都快吐了。他昨天跟我说，现在他闭上眼睛听都知道演到第几集的第几分钟了。"

"真好。"冉致一说，"我家只有我和沈姨在，静得可怕。"

坐久了腿麻，周年换了个半蹲的姿势，拼一张图看十分钟手机，再看冉致一，她正端坐着给拼图分类，长发落在胸前，专注得眼神都不错开。

周年蹲在那里看着她："你真是做什么事情都这么认真。"

冉致一抬起头："大概因为我叫冉致一？"

“谁给你取的名字？”

“我妈妈。”

“那我明天让我妈给我改名叫周富贵吧。”周年笑着说，“对了，你好像从来没和我说过你家里的事情。”

“我妈妈十几年前就去世了，我爸爸不喜欢我，所以也没什么可说的。”

“啊，这样啊。”

蚊香驱跑了蚊子，客厅的电视也关上了。

冉致一拿着一小块拼图，忽然抬头笑一下：“想听吗？故事很长的。”

周年点点头。

故事里面牵扯了很多人。但此刻，冉致一急于倾诉。

她揉了揉腰，换了个坐姿，问周年：“你还记得我亮一哥吗？”

沈亮一没什么表情的帅脸映入脑海，周年“嗯”了一声：“我对帅哥的印象都很深刻。”

冉致一开始给她讲。

“我爸妈以前生活在国外，爸爸是制琴师，妈妈是老师，她闲暇时在孤儿院做义工，因为她当时被诊断无法怀孕，所以特别喜欢小孩子。在那间孤儿院里的几个中国孩子一直受欺负，妈妈便护着他们。后来妈妈身体不好，想回国，爸爸便依着她移民。担心走了之后那几个小孩没人照顾，爸妈便把他们带了回来。

“回国后妈妈在可靠的朋友当中帮他们找到了合适的领养家庭，最大的那个因为年龄太大，性格过于孤僻，没人愿意领养，最小的因为太小了，又常年生病，妈妈不放心把她交给别人，便一起留了下来。”

周年懂了一半：“大的那个是你亮一哥？”

冉致一点点头：“小的那个是我。”

周年愣了愣，“哦”了一声。

她接着说：“亮一哥反复离家出走，就是不愿意在冉家生活。直到沈姨来了，不知道用什么办法哄好了他，于是，亮一哥便转到了她的名下。

“我成了冉家的独生女，妈妈给我取名叫致一，希望我未来能和爸爸一样专心致志做一件事情，而爸爸为了回应妈妈的期待，将工作室改名为‘致一工作室’，让我将来接他的班。亮一哥自小在我家长大，自然不用说，从一姐和时一哥在稍大一点之后也来和我爸学艺。”

周年说出自己的想法：“他们可能是想报恩。”

“没有那回事啦，因为我妈妈是个特别温暖的人。”冉致一捋了捋头发，继续拼图，“当然，我也只是依稀记得而已。我六岁那年她发病，从确诊到死亡不到半年的时间，过去得太久，我对她的印象很模糊了。”

冉致一闭上眼睛，试图回忆起妈妈的模样：“可惜的是，爸爸和她相反，他不会参加我的家长会，也不会在意我快不快乐，就算我在外面被欺负，他也不愿意多关心几句，反而会骂我没出息。”

“怎么会这样？”

“是啊，我也不懂怎么会这样。不过，哥哥姐姐们说，爸爸从来就不喜欢小孩子，当初妈妈本来想把时一和从一都领养了，可是爸爸不喜欢，因为把我留下的事情，他还和妈妈大吵了一架。妈妈过世之后全家气氛都变了，他的性格也变得更奇怪了。我想让他喜欢我，想让爸爸刮目相看，所以我从小便十分努力，想做一名出色的制琴师，想撑起‘致一工作室’的牌子。

“我不敢在外人面前哭，弄坏手指也咬牙忍着；不出去玩，不交朋友，不浪费时间，把所有的精力都放在做正事上。

“可就算我考试拿了第一名，工作做得很出色，我也从没得到过爸爸的一句夸奖。

“最开始我很难过，久了就麻木了。失望太多以后就自然不抱任何希望了，我在日复一日的茫然当中习惯了爸爸的冷漠，渐渐开始想不通自己的努力是为什么，只有一个念想是非常清晰的，我怕我做不好，我怕他抛弃我。”

冉致一说到这里停了下来。

她拥有的快乐真的很少。小时候她唯一期待的便是和洛拾安见面，有时也会去他家，川叔一边写歌一边给她和洛拾安讲故事，告诉她那些远方里埋藏了很多快乐等待被发掘。

两个小朋友听得眼睛发亮，约好了长大一起去找那些地方。

长大啊……

长大并不像小时候幻想的那么自由，想去哪里就能去哪里啊。

因为她叫冉致一，她有她的使命。所以川叔走了，洛拾安也走了，她却只能留在这里。

冉致一笑着抬起头来，说："不过，真要说的话，我也觉得自己挺矫情的，在冉家这些年我一直吃穿不愁，我爸爸即使不喜欢我，也从没在钱上面苛待过我。比起过去吃了上顿没下顿的日子，这已经算得上是天堂了，我还有什么不知足的呢？"

周年听得心碎，轻描淡写说这些话的冉致一真的让她好心疼。

她起身："我出去找点喝的来。"

像讲述别人的故事一样，冉致一并没有太多表情，只是觉得说这么多话有些累。她拢了拢头发，揉一揉发酸的脖子，窗外的风把旁边桌上一摞画纸吹落在地，她低头去捡，发现画里的女生分明就是她本人。

虽然知道周年有在画她，却没想到画了这么多。

冉致一一张一张捡起来，捡到第五张之后，画里多了一个人。

冉致一感觉胸腔微堵。

周年端着果汁和水进来，看到冉致一正翻看她画的画，大叫一声，冉致一吓了一跳："抱歉，风吹落的，我想捡起来，就直接看了。"

"啊，你毁了我的惊喜。算了，"周年嘟哝，坐下来，说，"我画得不错吧。"

冉致一把画放下："你将来打算做画家吗？"

"我是打算念美术系，可桩城没有合适的学校，所以我想去暑江。"

"你已经做好打算了？"

"是啊，距离毕业也不远了。我记得洛拾安说过，你要留在桩城读申大，对吗？"

冉致一"嗯"了一声，想了想，又说："其实我还没想好。把申大当第一备选是因为那是这边最好的学校，离家近，可以走读，具体该做什么，我还没想过。"

“你将来是一定要留在桩城的吧？”

“是的。”

“那读什么专业就不重要了吧，反正你是一定要接班工作室的。那就可以趁这四年选感兴趣的专业读了。”

冉致一低头看，画中男生漂亮的眉眼映入眼帘。

她专心看画，而每一张画里的他都在看她。

她趴在桌上睡觉的时候，写字的时候，去黑板上答题的时候。

他撑着腮帮子，微微笑着朝她望过去，眼神温柔得仿佛可以把春风融化，那仿佛是她最靠近温柔的时刻。

她心里一紧。

她问周年：“这个画可以送我一张吗？”

周年嗯一声：“本来就打算明天送给你当生日礼物的，你想要哪张都可以随便拿。”

“你怎么知道我的生日？”

“洛拾安告诉我的啊。”

“他？”

“他拜托我跟你说‘生日快乐’。”

冉致一没说话，捡了一张，把其他的放下，周年把早就准备好的画框拿出来，帮她框起来，看了一眼，说：“你不想问问，为什么几乎每张画里都有洛拾安吗？”

周年自问自答：“因为洛拾安真的无时无刻不在看着你啊。”

还没等冉致一回应，周年马上抬手打断她：“我知道，你又要说他那时候只是寂寞了，对不对？”

冉致一愣了一会儿。

因为寂寞才想看着另一个人吗？那她此刻看着这些画时内心产生的大片大片的空虚，是不是也可以这样解释？

她想不明白，她只知道寂寞是一种会传染的病。

爸爸在妈妈去世后就很少笑，他是寂寞的；沈姨从出生开始就没开口说过一句话，她没有真正的家人和能回去的地方，日复一日地待在雇主的房子里，像机器人一样生活，她是寂寞的；亮一哥无处可去，一天到晚待在工作室，他是寂寞的；就连那个日常没心没肺的陆时一其实也常因噩梦而寂寞。

寂寞的人身边都是寂寞的人，他们从来不说，却拥有着同样的眼神，他们自顾不暇，所以没法温暖别人。

她渴望温暖吗？她到底在渴望什么呢？

冉致一摩挲手里的画，眼圈突然红了："不是的。"

她低下头，额前刘海落下来挡住眼睛，眼泪吧嗒吧嗒地落在地板上。

"真正寂寞的人是我才对。"

直到这一刻，冉致一才幡然醒悟，她从来没有适应过寂寞，而是洛拾安帮她藏住了寂寞。

他日复一日地待在她身边，听她说话，陪她吵架。

就算她不肯承认，也没法改变这个事实，真正寂寞的人不是洛拾安，而是她。

他不在的时候，寂寞无处遁形。

她就是害怕会出现这种情况，害怕自己对他产生依赖的情绪，才一直抗拒他的靠近，却又没法阻碍自己的心。不能太在意谁，千万不能在意谁，日复一日的等待比什么都痛苦，想被人关注什么的，更加痛苦。

她本来是想一个人生活下去的。

她花了那么久的时间才让自己学着冷漠，他却一腔赤诚地捧着滚烫的心朝她靠近，她想拒绝，可怎么拒绝？

再坚硬的冰块也融化了，就算火光没了，她也再融不回原来棱角分明的形状。

他是注定要往远处飞的，而她只能留在这里。

她多么努力地让自己心无旁骛，可她就是做不到。她想见他，想听他呼唤自己的名字。

周年被她变调的声音吓了一跳："致一，你没事吧？"

"没有啊。"她很快恢复了平静，"有些累了，我们睡觉吧。"

灯被关上了。

周年很想安慰冉致一，又觉得不管怎样说都苍白。想了半天，她说：“致一，我觉得，你有时候可以尝试着坦诚一点。”

冉致一没说话，但周年知道她没睡着。

“想摆脱寂寞的第一步并不是去热闹的地方，而是认识自己。”

这一次她得到了冉致一的回应：“那第二步呢？”

“那……”周年学着深沉的样子，“大概就是，不要逃避吧。”

黑暗中的冉致一轻轻翻了一个身，眼泪融进了枕头里。

第二天轮到周年当班，跃跃欲试要带冉致一出门，可是冉致一看着满地的拼图，犯了强迫症：“要不，我们把这个拼好再出去吧。”

她已经完全恢复正常了，好像什么也没发生过，周年围着她绕了三圈也没找到一点异样，只能顺着她：“好吧。”

周年拼着拼着就睡着了，醒后见她还在拼，打了个哈欠，问：“几点了？”

冉致一摸起旁边的手机，来电铃声倏地响起，沈亮一的名字在屏幕顶端闪烁。

冉致一按下接听键，那边气势汹汹：“你在哪儿呢？”

她把手机拿远了一点儿，说：“朋友家里。”

“哪个朋友？”

“周年，你见过的，是女生。”

“没骗我？”

“我昨天给沈姨发了信息，她没告诉你吗？”

听说冉致一一夜未归，沈亮一气坏了，怀疑她说谎，又怕她说谎，要是不亲眼证实一下，他只怕未来几个月都睡不好觉了：“地址给我，我去接你。”

这时候再解释只会被他认为心里有鬼，冉致一干脆挂断电话，然后给他发地址。

把最后一块拼图按上去，呈现出一棵完整的杏花树，和她窗前那棵有些像。

冉致一伸了个懒腰，说："这样就行了。"

她起来换衣裳，和周妈妈道谢，周年送她出去。

小区门口，冉致一指着身边的周年对飞速赶来的沈亮一说："现在你信了吗？"

他按下车窗，看了她们一眼，总算放下心了，冷冷地说："上车吧。"

冉致一坐进副驾驶座，周年正要离开，被沈亮一喊住："你是致一的朋友吧？今天致一生日，你要不要一起来？"

"礼物已经送过了，你们一家人聚会我就不去添乱了。"周年摇摇手，对冉致一挤一下眼睛，"致一，生日快乐。"

周年蹦蹦跳跳地离开，冉致一拉开车门想再对她说声"谢谢"，想想还是闭上了嘴。

她回到车里抱紧那个画框，问沈亮一："我们要去哪儿？"

"老师让我接你回家换衣服，然后去餐厅。"

"还换衣服，那么正式，我爸让的？"冉致一伸出窗外看太阳，"今天也没什么异象啊。"

沈亮一呵斥她："别瞎玩，把头伸回来。"

冉致一回家打开衣柜，那么大的衣柜，却没几件衣服。冉致一在角落里拿出一条白色便装礼服裙，半袖，中裙，样子规规矩矩，但很顺眼。

这是去年夏天何月送的，她一直没什么机会穿。

餐厅到了，沈亮一带她找到冉爸爸和陆时一所坐的位子，正要过去，有人迎面而来，拉着她的手，冉致一讶异："何月姨，你怎么来了？"

"你过生日，我当然要来看看你了，这裙子穿在你身上真漂亮。"何月笑得温柔，"真好，来，致一，坐到我身边来。"

何月的热情活跃了桌上严肃的气氛，她问起冉致一最近的情况，冉致一有一说一。

陆时一听完以后有点想哭："该叛逆的时候一点也不叛逆，一点也没有青春期该有的样子，我这个当哥的真替你难过。"

沈亮一在旁边用眼神警告他："你个当哥的能不能教点好的？"

陆时一捂了一下嘴，幸好服务生送来了蛋糕帮他解围，蜡烛上的火苗摇摇晃晃，冉致一愣了个神的工夫，桌上礼物已经摆好了三份。

沈亮一送了一支钢笔，陆时一送她一枚流星发夹，何月送了她另一条裙子，冉爸爸则皱眉看着蜡烛："你们谁能把这个蜡赶紧吹了？一会儿蜡油流进蛋糕里还怎么吃？"

陆时一呵呵一笑："你连个礼物都不送，也好意思催？"

冉爸爸眉毛一竖："你说什么？"

陆时一伸手在嘴上做了个拉拉链的动作，表示闭嘴。

"要不是拾安拜托，我才没空在这儿看你们瞎闹，小屁孩过什么生日？赶紧吹，吃完饭我还有正事要干。"

冉致一还没从这突如其来的幸福当中找好定位，又被冉爸爸的发言拉回到现实："什么叫洛拾安拜托？"

何月解释："拾安给我和峰哥发信息，说他今年要错过你的生日了，拜托我们帮你庆祝。"

冉致一看完礼物，把东西分别小心放进盒子里，声音细弱得像蚊蚋："真是多此一举。"

这是冉爸爸第一次给她过生日。

提醒别人帮自己过生日，太厚脸皮了，她做不出来，就算是由洛拾安说出来，也像是提前和她串好了一样。

他还真是有心机，离这么远也不让她消停。

沈亮一说："致一，吹蜡烛吧。"

头一次在这么多人面前许愿，冉致一觉得不好意思。

陆时一说："许愿的时候别太贪心哦，许多了会很难实现的，最好浓缩成一个。还有，许愿的时候要多念几遍，大点声，负责掌管生日愿望的神仙岁数大了，耳背，只能实现听得到的愿望。"

沈亮一转头看他："这是什么道理？"

陆时一振振有词："我实践过的。"

陆时一这句话让冉致一忽地想到洛拾安出发前的生日愿望，开始怀疑她这段时间的柔肠百结都是因为他的愿望被实现了。

如果真是那样，那她现在必须再许个愿望抵消回去。

再致一闭上眼睛，准备许愿。

可是，就算现在抵消，好像也没什么大用处了，既成事实无法改变，不管怎样都是她吃亏。

这样的话，她心思一转，改变了想法。

她在心里说："请让洛拾安有我想念他的一半那么想念我。"

想得太多会影响比赛，所以一半就够了。

剩下的一半，让他来年再还。

第九章

我可不是为了你才出发的

陆时一凑过来打听："你许了什么愿望？"

冉致一抿唇："不告诉你。"

"和拾安有关的？"

冉致一的肩膀抖了一下，脸色随即变红："才没有！"

陆时一捂住半边面孔，不忍揭穿。

冉致一真的很单纯。

吃完饭，沈亮一把车开回冉家，所有人下车，除了沈亮一，都齐刷刷在沙发上坐一排。

难得家里来这么多人，冉致一站在旁边问："你们这是干吗呢？"

陆时一用遥控器找台："今天拾安的复赛在电视上开播，你不知道？"

沈亮一换了衣服，帮沈姨端上水果，冉致一也坐下来："我倒是听人提过一回，可现在不是都已经在准备八进四了吗，怎么才播复赛？"

陆时一说："前几场赛人多，都分期播，而且备赛时间也会延长，进度会慢慢赶到一起的，最后决赛会大直播。"

冉致一"哇"了一声："你知道得好清楚啊。"

看来洛拾安也不是忙到没空和人联络。

广告正在倒计时，节目还有三分钟开始，陆时一和冉爸爸掐着时间跑去房间换衣服，何月吃着水果和冉致一聊天。

冉致一拿了一个橘子在鼻尖闻，说："何姨，洛拾安比赛的事你是什么时候知道的？”

“我一开始就知道啊。”何月说，“去年平安夜上，还是我开车送拾安去听川哥演唱会的。”

“怪不得他会突然出现，是你劝他去的吗？”

“我哪有资格劝他。”何月靠在沙发上，“那天我只是知道川哥走了，想回家看看，没想到会碰到拾安。我以为拾安会去看演唱会的，却跟他碰了个正着。可能逃避的母子觉得彼此都挺丢脸的吧，拾安就说他要再去听一听那个人的歌，想看看他到底在追求什么。我当时就猜到拾安要做什么了，毕竟他是我儿子。”

换衣服的两人回来了，节目也已经开始，何月恢复笑容拍拍沙发：“致一，往这边坐，拾安要出来了。”

冉致一“哦”了一声，坐了过去。

节目时长两个多小时，开头回放了一小段上期的内容，主持人采访洛拾安，很直接地问他是不是川叔的儿子，他没有回避，说：“是。”

主持人又问他是不是因为崇拜父亲才走上这条路的，毕竟他之前是翻唱川叔的曲子才被关注，他摇头：“我只是觉得他的原唱太差劲了，如果是我就能做到更好。”

主持人笑笑，说：“拾安同学真会开玩笑，看来你们父子的关系真的很好呢。”

“你从哪儿听出来我们关系好的？”

主持人无语，只好借着采访程光和韩阳转移话题。

冉致一的嘴角抽了抽。

洛拾安根本不是比赛，而是去和川叔宣战的。

比赛开始，冉致一抱着那只橘子目不转睛地看，等到一个小时过去，快到结尾才终于见到洛拾安登台。

主持人介绍完乐队的名字，屏幕出现歌曲的名字《你什么都不喜欢》，这一期的主题是青春，所以节奏很明快。

她很紧张，因为他用的是她做的吉他。

“听说你讨厌甜味，却喜欢点双份冰激凌；听说你喜欢下雨，却只在晴天出门；听说你从不为我烦恼，却总是特别较真。明明说的每一句话都像恶作剧，却又讨厌被揭穿，有时候我也搞不清楚你到底是可爱还是娇蛮……”

洛拾安唱到一半，冉致一竟然听到了现场有尖叫声，而且票数高得离谱，她皱了皱眉：“听着倒是还可以，可这歌词哪里青春了？他们在激动什么？这明显跑题了。”

陆时一神色复杂地注视着冉致一。

尖叫声完后，主持人面向台下，问观众：“是不是很帅？”

众人异口同声：“帅！”

主持人：“我也觉得帅。”

主持人在洛拾安演出后转为“姐姐粉”，说话的时候语气都变得特别温柔：“歌里的女孩听起来真的好可爱。”

洛拾安礼貌地微笑：“谢谢你说她可爱。”

“听你的语气，是有原型咯？”

洛拾安的笑容更深了：“我们是青梅竹马。”

“那她现在会在电视前看吗？”

“我猜她应该会看吧，但她应该不会承认。啊，对了，这集播出的时候大概就在她生日前后，我可以对她说一句‘生日快乐’吗？”

“可以呀！”

镜头给洛拾安特写，他这张脸总算经得起考验，被屏幕放大那么多倍都没有缺陷，额心的汗水在灯光下仿佛泛着光，眼里的三分纯真配上七分洒脱，格外勾人。

他说：“冉致一，生日快乐。”

现场的尖叫声震得摄像头都在发抖，电视外的冉致一脸已经紫了，旁边几位则环着胳膊转头看她，除了何月在震惊之余带着一抹慈笑，其他人均在脸上印了冷漠。

冉致一捂着脸从客厅离开。进卧室，关上门，锁好，去了阳台，拨洛拾安的电话。

铃声响两声后被接通，洛拾安喜出望外：“冉致一，你总算想起我来了。”

“你现在在哪里？”

“练习室啊。”

“几楼？”

“十楼。”

冉致一温柔地说：“跳下去摔死，或者见面以后被我打死，选一样吧。”

“咦？那我还是选后边的，临死前我还是想再见你一面。”

冉致一绷不住了，朝着话筒喊：“知道我会生气你还在电视上胡说八道！”

洛拾安却很得意：“你不许我给你发信息和打电话，我只能在电视上说了，高兴吗？”

“高兴你个头！”冉致一把墙当成他，踢了一脚，“再说，我什么时候说不让你给我发信息了？”

“你明明拉黑了我。”

“我那是让你不要那么高频率地骚扰我，如果每天只是两三条信息，也不是不行。”

“那打电话可以吗？”

“电话可以讲五分钟，信息的话每条字数要控制在一百字以内，你可不要趁机长篇大论。”

洛拾安笑了出来：“好啊。”

冉致一的火气被晚风吹散得差不多了，靠在玻璃上说：“还有，下次不许在那么多人面前说我的名字。”

他答应得特别痛快：“好的，除非你答应不再不理我。”

冉致一摸着手机，手机屏幕发热，她心里也跟着发热。往很远的地方看，能看到高楼群中的万家灯火。

空虚的地方得到填补，冉致一似乎体会到了洛拾安过去常说的那种安宁。

她十七岁的生日出现了好多意外，也许是风里夹了酒精，光是听见他的声音，她就已经开始晕乎乎的了。

如果可以稍微依赖他一下……

“洛拾安，我好像有一点想你。”

电话那端的人只觉心脏中了一箭，狡猾的冉致一却以时间到了为由挂了电话。

这是什么？因为他气到她了，所以她趁机报复？

洛拾安一只手按着额头，一只手拿着手机，原地转了三个圈也没找到沙发的位置。他记得自己刚刚好像在练习，然后到休息室接电话。对，这里是休息室，然后……冉致一说想他。

冉致一想他了。

冉致一想他了？

洛拾安又转了一圈才找到门的方向，出去看到谢泽宇，他一腔热血涌到头顶，十分冲动地说：“我想回家。”

谢泽宇没理他：“疯话睡着的时候随便说，先把夜宵吃了，然后去把歌词最后一段填上。”

“那我什么时候能回家？”

“决赛结束也许能有时间，不过，应该会很忙，要想趁热打铁活动起来，短期内肯定回不去。而且你忘了吗？进了总决赛的组合要上十月末的稻壳音乐节。你难道不想赢吗？”

谢泽宇慢条斯理地将洛拾安拉回现实，帮他恢复了冷静。

洛拾安回到休息室靠在沙发上：“我知道了。”

他仍然觉得有些不真实。

打一巴掌再给个甜枣什么的，听起来好像很缺德，可冉致一的枣实在太甜了，他愿意为此再多挨两巴掌。

顶着“川叔的儿子”这一头衔，初赛时和主持人抬杠，向自己的亲爹发出挑战，这样的洛拾安一上台就备受关注，再加上他那张脸像极了校园剧里虽然叛逆但迷人帅气的男主角，节目原本给他定位的是酷，却在他复赛完后破了功，在镜头前对冉致一说“生日快乐”的洛拾安可爱到极致，让他收获了一大票的姐姐粉。

长得好看又明媚自信的男生简直是人间瑰宝，大家奔走相告，网上沸腾一片——

“国家欠我一个‘竹马’系列！”

“看看人家的‘竹马’，再看看我小时候遇见的，都是猪吗？”

“有没有大神能搞到那个冉致一的照片啊？我想看看她到底是何方神圣。”

托洛拾安的福，冉致一的名字当晚便登上了热点。

当事人却在第二天才得到通知，周年和林乐乐几乎同时发来信息：“恭喜你啊，冉致一，在家躺着都能出名。”

冉致一看了一眼她们发来的截图，然后在家里头疼了好多天。

等他回来再找他算账！

最起码要比赛结束他才会回来吧。

还有几场比赛呢？

冉致一掰着手指头数，并按时守在电视机前看他的比赛。

得知后面几场比赛的评委有川叔的时候她吓了一跳，她很想问问洛拾安具体情况，又担心踩雷，于是她转去问韩阳。

韩阳实话实说：“一开始是有点糟糕，后来可能是麻木了吧，我看拾安也没什么反应，还是该干什么就干什么。而且川叔的存在反而刺激到了他，他现在每场都超常发挥。”

冉致一放心下来。

“拾光乐队”冲进了半决赛，网上的议论换了个风向，有人说洛川徇私给了高分，还有人说评委组都看着洛川的面子，想直接捧洛拾安出道。

冉致一很气愤，洛拾安却不在意，每次和她通话都不提，倒是有很多有趣的事情讲给她听。

也许好心情会传染，又或许是知道自己制作的吉他被洛拾安发挥出了最大作用，冉致一的焦虑逐渐消失，取而代之的竟然是成就感，她回到工作室，开始继续下一把吉他的制作。

彼时已经开学许久，生活忙碌了起来，冉致一又变回了原来的冉致一。

班上一切如旧，除了洛拾安的位子空着。

半决赛开始那天，振中已经开学一个月了。全校都在讨论这件事情，老师私下里也向冉致一打听情况，她摇头：“我想留个悬念追电视，就没问。”

这场赛和决赛的准备时间很长，电视播放也追上了进度，像陆时一说的那样，决赛是以直播的方式播出。

班上的同学都约好一起看直播，周年开玩笑：“那今天晚上的电视信号肯定不好。”

因为是直播，看到洛拾安出场的时候，冉致一有种他就在眼前的错觉。

他那么好看，浑身上下都闪闪发光。

最后的主题是改编经典，可是“拾光乐队”里三个少年心中的经典似乎都和川叔有关。

上台前有一段采访，主持人问洛拾安：“这次也选川叔的歌曲吗？”

洛拾安没有回避：“是的。”

“川叔的确创造了很多经典啊，请问是哪首歌呢？”

“《顽皮水手》。”

“哇——这是一首描述初恋的歌吧，三位同学有喜欢的人吗？”

洛拾安笑起来，露出一口雪白的牙：“不能说。”

镜头回到舞台，洛拾安登场。

冉致一想起来半个月前，洛拾安给她打电话，问她理想中的初恋是什么样的。

她昧着良心回答：“没想过。”

“那你现在想想。”

“我现在只想搞清楚老师白天讲的那道题是怎么回事，能麻烦你挂一下电话吗？”

“好吧，最后问你一个问题。”

“赶紧说！”

“你今天有没有想我？”

她摁掉挂机键，留给他一阵忙音。

当时她并没觉得怎么样，洛拾安嘴贫也不是一天两天了。

他的头发又剪短了，浑身带着一股野蛮生长的气势，眼睛比几个月前相比仿佛更亮了一些。

那天冉致一没有回答他的问题，他也没有告诉她标准答案。此刻，他整个人置身于音乐里，他就是歌词的主人。那种迫切想要和某人见面的心情，那种迫切地想要得到某人关注着的心情，他都用歌声传达了出来。

他应该是冠军了吧。即使冉致一这样笃定，最后评分出来的时候，她的手心还是捏了把汗。

她听到有个评委很动情地对洛拾安说：“真希望比赛再久一点，想知道你还能给我怎样的惊喜。”

洛拾安回答得不卑不亢：“比赛之后才是真正的开始呢。”

另一人接着说：“川哥早年也是用爵士吉他唱摇滚，自成一派风格，你青出于蓝呢。每次看见你们上台，都给我一种坐上时光机回到少年时代的感觉。”

看吧，冉致一莫名地觉得骄傲，没有人能盖住他的光。

可是，那场赛他没有拿到第一名。

两组之间只有五分之差，原因是洛川把票投给了洛拾安的对手。

他终于摆出前辈的架势，把“拾光乐队”的成员拆开批评：“程光发挥不稳，前面有一场特别优秀的表现，这场就很一般。”

“韩阳，我找不到你有什么错，也找不到有什么特别好的地方。”

“拾安……”洛川顿了顿，镜头给到洛拾安，然后又转到洛川脸上，两人对视三秒钟，洛川缓缓开口，表情严肃，“你有凝聚力，这是优点，可我看不到你跟队友的配合，你确实把你的优点都展现出来了，放眼望去好像都是你的主场，可你们是队友，没法互相成就的队友是做不成一个好乐队的。”

洛川批得不留情面，场下哗然。

旁边的评委提醒他：“他们是新队伍，一共成立没多长时间，默契是要慢慢磨合的。”

“可我更看重平均分，如果队员的水平都刚刚好，也许可以成就很棒的音乐，但如果太偏，突出的人不去配合另外两个，对听众的耳朵来说只会是一场折磨。”

其他人还要帮着说话，洛拾安却笑着接受了：“谢谢洛老师指点，我会再接再厉的。”

没能拿到第一名，又被那样批评了一顿，洛拾安心里一定不好受，冉致一打电话想夸他几句作安慰，却发现他并没有那么沮丧：“我没有不甘啊。相反的，我还要谢谢他作为前辈给了我这么好的建议”

“真的？”

“一开始就拿到过关牌多没劲，我还是比较喜欢有挑战性的东西。你还记得这首歌吗？他九年前发的，风评并不好，关于他江郎才尽的消息也是在此后传出的，他为此沮丧过好一阵子。”洛拾安说到这里笑出了声，“他是气我戳他的黑历史，而且改得比他好。”

冉致一沉默了一会儿：“那接下来你有什么打算？”

“明天开始就要准备新活动了，然后要抽空准备艺考。”

“啊，对，是快到艺考的日子了。”

“嗯，要进暑江林大的音乐系，艺考得先过关。对了，我会回去考试，所以十二月我们可以见面。”

冉致一搓着手指头，“哦”了一声。

“你会期待吗？”

她冷漠地回复：“不会。”

“你上次明明说过想见我了。”

“只有一丁点，早就被蒸发了。”

“那你再酝酿一下？”

“挂了。”

等他回来啊……

暑江林大，冉致一想起周年的志愿也是暑江林大。

她从来没问过洛拾安是从什么时候开始想报考那里的。

冉致一上网查了一圈资料，又去问周年会选择那里的原因。

彼时周年为了准备考试暂停了文化课，在外面上美术补习班，一个月只放半天假。她顶着黑眼圈和冉致一说：“林大的音乐系和美术系都很出名，尤其是音乐系，这个你就不用问我了吧，大家都知道啊。”

“报名要在十一月吧。”

周年说：“好像是可以网上报，可是十二月末要参加本地统考，所以他得回来一趟。”

冉致一自言自语似的：“我现在参加的话，应该不晚吧。”

“晚倒是不晚啦，不过……”周年说到这里才反应过来，仰头震惊地看冉致一，“你也要去暑江？”

她轻描淡写地说：“有什么不可以吗？你也说了那所大学不错。”

“可你这突然间的……你不是要留在桩城吗？”周年平静了一下，试探地问，“为了洛拾安吗？”

“不是，”冉致一转开面孔，“我只是想去找答案。”

桩城这年的冬天来得早，十一月已经降温到零下了。

得知冉致一要报名艺考的时候，老师同学都相当震惊，以她的成绩，大家都默认她会搞学术，没想到却转去走艺术。

冉致一统一给了一个无懈可击的解释：“制琴师本身就属于手工艺，我报考音乐，是因为不懂得好音乐的人做不好一个制琴师。”

嗯，对，很对。

这段话对老师有用，却让冉爸爸爆发了：“当初是谁信誓旦旦要接管工作室的，才有点成绩就飘了？”

冉致一很不解，爸爸明明一直说她如果不能在十八岁之前做出合格的吉他，就让她离开冉家，这会儿倒是表现出很在意她的样子。

她据理力争：“我只是去读个大学，之后还会回来的。”

冉爸爸坚决不允：“不可能，你要走就别回来了。”

三堂会审，陆时一和沈亮一也坐在冉爸爸那边，三人皆是表情凝重地看着她。

果然，一个从小规规矩矩的女孩子，一旦叛逆起来就没人能拉得住，冉致一安安静静挨完了骂，坚持说：“爸，你放我走吧，就四年，四年以后我会回来的。”

“谁能保证你四年以后就会回来，万一到时候你翅膀更硬，想飞得更高了呢？”

“就算是那样，您也不会有什么损失吧？”

“你说什么？”

“我说你根本不需要我。”冉致一抬起头来，眼眶发红，这些话她不知道忍了多久，“如果就是为了这个牌子，改成‘亮一工作室’或者‘时一工作室’也可以吧？您从来就没对我抱多大希望，为什么非得拴着不让我走？如果您舍不得我这个名字，那我改名也没问题。”

她朝他吼：“我也不是非得叫冉致一，为什么我一定要叫冉致一？！”

一个耳光迎面掴来，打断了冉致一的话。

整个工作室都被这个耳光按了静音键，无关人士能避则避，生怕牵连到自己。

她舔舔嘴角，转过头来拢了拢头发，喉咙发紧：“我受够了。”

因为她叫冉致一，所以要留在这里。为了保住这个名字，她必须专心致志，没有伤心的权利。

冉爸爸剧烈地咳嗽起来，陆时一赶紧拉着他坐下，帮他按摩胸口，给他找了药，又呵斥她：“冉致一，你太过分了。”

陆时一扶着冉爸爸离开，沈亮一始终坐在那里观察她，一言不发。

屋子里面一片安静，冉致一终于忍不住，眼泪掉在了地上。

她用手背抹眼泪，脸上的巴掌印已经肿了起来，和她白皙的皮肤形成鲜明的对比。

末了，沈亮一站起来，她以为他对她失望透顶，也要走了，可他上前一步，把她的头按在自己怀里，另一只手轻轻拍她的后背。

冉致一都差点忘了，亮一哥的怀抱有这么温暖。六岁之前，亮一哥一直对她很温柔，后来为了让她有出息，他一天比一天严厉。所有的委屈涌上心头，她哭得更狠了。

她抽泣着，肩膀一耸一耸的，抓着他的衬衣，把眼泪鼻涕都蹭了上去。

冉致一哭了整整半小时，沈亮一的衣服已经惨不忍睹，她松开他，吸了吸鼻子，说：“哥，对不起。”

“你没做错，为什么道歉？”

“我以为你是站在爸爸那一方的。”

“我只对事不对人。”沈亮一在她的旁边坐下，“你还没说，为什么要到暑江去？”

冉致一不吭声。

“为了洛拾安？”

“不是！”她下意识地否认，抬头撞上沈亮一，他目光如炬，她缩回来，小声说，“我也说不清楚，只是觉得非去不可。”

“你还是头一回跟家里人反抗。”沈亮一摸摸她的头发，她缩了一下，没有避开。

他收回手：“你想好了吗？你和洛拾安不是一路人，你现在去，将来也是要回来的。”

“就是因为将来还是要回来，就这四年，让我任性一下也没关系吧？”

“你真的那么想去？”

她犹豫了一下，慢慢点头。

沈亮一看了她半天：“要是真那么想去就去吧。”

“真的吗？为什么？”冉致一觉得难以置信，“我以为你会是反对得最强烈的那个。”

一贯冷漠的沈亮一，此刻竟然温和得出奇：“要是你觉得这样做比较开心，我会支持你。”

沈亮一到楼上换了个衣服，回来拍拍冉致一的肩：“我送你回去。”

路上，冉致一突然想到问沈亮一：“哥，我到冉家的时候多大？”

“四岁吧，时一八岁，从一十岁，我也才十二岁。”

“当初你为什么不愿意让爸妈领养你呢？”

“老师讨厌小孩子，我当时每天都睡不踏实，特别怕睡到半夜会有人把我从房子里丢出去。就觉得，与其被丢走，还不如自己走。”

“那后来为什么你又愿意被沈姨领养？”

“因为我想在冉家留下来。”

“哦。”冉致一似懂非懂。

寂寞的人脑子里一定藏了很多秘密，因为有太多时间可以思考，无论得出什么结论都不奇怪。

沈亮一把她送到大门口，目送她进门，叮嘱她：“抽空跟老师道个歉。”

她沉默。

沈亮一捏着她的脸说：“还有，记住了，冉致一这个名字来之不易，别动不动就说要改名之类的话。”

她点点头。

经历了这一番，反而刺激了冉致一的叛逆系统，她铁了心要去暑江。

不是为了洛拾安，才不是为了洛拾安。

是因为这里没有人需要她。

听说川叔的批评让之前说洛拾安靠关系的谣言不攻自破，而他在这段时间参加了一场音乐节，反响不错，接下来，“拾光乐队”正式签约了西创唱片。

除了埋头工作，洛拾安似乎在别的方向培养了新技能，为了能在五分钟内尽可能和她多说几句话，他的语速越来越快，冉致一捂着耳朵：“你改行去说绕口令了？说那么快鬼才听得懂。”

“可是时间快到了。”

“那就延迟到十分钟好了。”

离得太远没机会吵架，两个人的关系竟然变好了一些，转眼到了十二月中旬，洛拾安提前告诉她他回来的日期，她佯装不在意，也没有去接他。

冉致一忘了是在哪个晚上，玻璃窗被石子敲响，她激动地拉开窗帘，杏树下的少年朝她挥手。他穿着黑色羽绒服，裹着白色围巾，鼻尖有些红。

“冉致一！”他说，“总算见到你啦。”

她恍惚了一下，好像昨天才见过他。

“并没有很久，”她冷哼一声，压住心跳，“一共也才五个多月。”

他“呀”了一声：“你这不是算得挺准的，是在每天望眼欲穿地等着我回来吗？”

她关上窗户，把他的声音隔离在外。

她并没有想见他，一点也没有。

洛拾安以为到学校就能见到冉致一，所以不着急，去了振中却发现她不在那里。他随手拉了一个人打听她的去处，然后从那人口中得知了她要参加艺考的事情。

韩阳和程光挠头，洛拾安则愣在那里三分钟才反应过来故事的走向。

石子投入湖心，漾开的波纹一道一道地撞击他的心，可他不敢大声笑，怕冉致一生气以后会反悔决定。

啊，他明白了，冉致一是不想被他知道这件事情，才害羞得不敢见他。

本来他还因为她无视自己而沮丧，这会儿嘴角却忍不住上扬。

她一贯这样，喜欢偷偷地送来小鱼干，如果被发现就会快速逃跑。所以他还是假装不知道为好。

洛拾安回来的第五天，在统考地点遇见了冉致一。

韩阳和程光也在，笑容诡异：“好巧啊，致一。”

这会儿想避也避不开了，冉致一努力表现得从容不迫：“好久不见。”

两个男生都高了些，韩阳比从前开朗了，程光变得更稳重，洛拾安在他们身后，目光轻飘飘地落在她的脸上，太久没见的缘故，她各种不自在，找话题和程光说话：“你们这次回来可以待多久？”

“考完就走，二月校考再回来。”

“过年怎么办？”

韩阳说：“跨年夜有场小型的Livehouse（现场演唱）。”

“哦。”

程光说：“看见我日渐消瘦了吗？谢泽宇看着人模人样的，可狠了，一天到晚逼着我练习，我快疯了。”

“是吗？可是你们看起来帅了好多。”

“哟，真的吗？”被她这么一夸，程光特别不好意思，“听说你要考林大，我们几个都震惊了。拾安可高兴了。”

再致一没说话，程光看看韩阳，两人自发地退到一边，给洛拾安腾地方。

半晌，冉致一用余光看某人："我可不是为了你哦，不要擅自高兴。"

"我知道。"他笑着说，"我只是担心你临阵磨枪的效果不好。"

"这个你放心吧，"冉致一从不怀疑自己的考试水平，"听音能力是制琴师必须具备的本事，才艺表演我也不认为会有问题。"

感觉到周围人都在朝这边看，冉致一快走几步，洛拾安正要跟过去，却被几个女生拦住搭话。

冉致一趁机躲进无人的角落里。

那场比赛的热度还没过，他们三个此刻在各地的少年圈里都是名人。

等洛拾安顺利脱身时，已经不见了冉致一的影子。

一直到考试结束，她都没在他面前再出现过，之后也全程像躲避瘟神一样避开他。

洛拾安试着站在冉致一的角度思考，也不是不可理解，以她的性格，一定是十分难为情，所以无法面对他。

虽然觉得这样的冉致一也很可爱，但他还是觉得有点苦恼。

回程的车上，谢泽宇见他状态不佳，问他是不是太累了，他把视线从窗外收回来，反问对方："请问哪里有'防害羞药'卖？"

车上所有人的脑袋上都冒出问号："啊？"

统考完后，校考也很顺利，之后洛拾安回到暑江，公司为了让他们在夏天出专辑，争分夺秒地磨炼他们的技能，三个人会在当地找补习班复习文化课，冉致一则重回了振中抓紧学习。

一南一北，各自努力。

他们每个月都有演出，多数是那种小型现场，每场大概一个半小时。因为被川叔说过队员配合得不默契，他们也到处去看别人的演出，总结过后关门练习，演出完后会和观众沟通吸取经验。

冉致一偶尔会收到洛拾安在深夜发来的城市灯火的照片，或者是演出前拍摄的现场，荧光棒映成了星光，非常漂亮。

漂亮归漂亮，看多了也没什么不一样，冉致一兴致缺缺："你老给我看灯干什么？是不是觉得我们乡下没通电，没见过这么神奇的东西？”

“当然不是啦，”他的音调上扬，轻微的鼻音穿过电流，“我是在想，这下面亮起的灯，有没有一盏是为我点亮的呢？”

听觉也能刺激心脏，冉致一觉得自己的心电图走了两秒直线后直奔青藏高原。

她捂着脸关掉手机。

怎么办？她发现自己已经没法镇定地面对他了！

冬天过去，春天来了。

日子过得飞快，冉致一和冉爸爸道过歉，可不管她怎么恳求，他都不同意她去暑江，并且警告她，想改名是不可能的，除非重新投胎。

艺考是冉致一偷偷进行的，他并不知道。

冉爸爸的咳嗽时好时坏，虽然关系僵着，但冉致一还是有些担心，拜托陆时一催他看病，冉爸爸听到以后哼了一声，说：“你少气我两回比什么都强。”

冉致一无言以对。

杏花开了又落，“拾光乐队”的传奇在学校逐渐平息，所有人忙着准备考试，没空提起那些不在身边的人。

“洛拾安”三个字突然变得十分陌生且遥远。

冉致一翻开笔记本，细细描绘他之前画在她练习册上的那只猫。

她不想见到洛拾安，她其实一点也不想见他，靠近他三米之内就会手脚发热，智商下线，说话不成句，思考不成章。

可时间推着她往前走，五月末，洛拾安与初夏一同到了桩城。

他回来的那天，教室外被围得水泄不通，她心里隐约有种不好的预感，然后，他拨开人群朝她走来。

冉致一仿佛看到一个人形导弹正在靠近，上半身后仰：“站住！”

他停下来，低头看，地面什么东西也没有，歪头表示疑惑：“冉致一？”

“拜托你不要靠近我！”

洛拾安只觉得这句话似曾相识，皱眉道：“你怎么了？”

听说他要回来，她已经两天没睡好了，此刻黑眼圈瞩目：“我最近没有远足的打算，所以不想去青藏高原。”

洛拾安没跟上冉致一的脑洞：“啊？”

洛拾安目送冉致一远离，拉住路过的周年：“你听懂冉致一刚刚说的是什么意思了吗？”

周年用力摇头，紧接着又问在旁边愣了半天的程光和韩阳，三个臭皮匠研究了一会儿得出结论：“可能是快考试了压力大，精神不太正常了。”

这个……

好吧，为了不再给冉致一施加压力，一直到考试结束，洛拾安都没有靠近她。

高考完后，桩城迎来了一场暴雨，连着下了十多天，振中的高三毕业典礼从原定的六月中旬推到七月十五日，彼时大家的成绩都已经出来了，考得好与不好都冷静得差不多了，剩下的就只剩缅怀这高中三年所得的青春了。

而那天正好是洛拾安的生日。

校园网里又在议论，该送他什么礼物才能讨得他欢心，韩阳从天而降：“今年拾安说了，不收礼物，攒人品。”

林乐乐抗议：“这太剥夺我们想送礼物搏帅哥一笑的乐趣了。”

“别担心，拾安还说了，去年在他生日会上送过礼物的人可以问他要一件等值的回报，到十五日之前，速去领取吧。”

路人疑惑：“这又是为什么？”

韩阳说：“听说还是为了攒人品。”

众人纷纷用问号刷屏。

哪有人过生日还反过来送礼的？

于是，暴雨初停，洛拾安上街血拼，林乐乐和周年做参考，韩阳和程光是搬运工。

洛拾安拿着打印的礼物清单往下念：“还剩最后两样，流星夜灯和热感笔记本。”

林乐乐举手：“我知道哪里有卖，对面街三楼。”

韩阳哀号一声："我们才从对街过来，你能不能一口气说完啊？！"

"之前也没念到啊。"

程光倚着墙，把购物袋放地上，用手给自己扇风："我说你们女的喜欢的都是什么稀奇古怪的玩意，这有一样实用的吗？"

林乐乐踢他一脚："你的游戏机和手办实用吗？你不也天天跟宝贝似的揣着。"

周年买水分给众人："话说，致一怎么没来啊？"

洛拾安从购物袋里拿出一个沙漏把玩："她考完试就钻进工作室了，说是要在八月末升学之前把手里的活做完，然后我就一次也没见过她了。"

"那毕业典礼她不来参加吗？"

洛拾安无精打采："应该会来吧。"

休息一下后，大家帮洛拾安把剩下的东西买了，然后在指定地点通知各位来取。

往年洛拾安都不收礼，别人送来东西他也是当场拒绝，因为过后还礼太麻烦了。去年他中途去追致一了，唐执和程光他们就替他收下了那些礼物，所以他才想到要一样一样还回去。

程光抱怨了一整天："收都收了，干吗还回去？"

洛拾安神秘兮兮地说了四个字："运气守恒。"

林乐乐说："啥意思？"

周年替他解释："这个我知道，我前阵子在网上看到一个占卜师说的，如果生日收了太多别人的礼却不还的话会分散好运，这样以后再许生日愿望就不灵了。"

谁也不相信洛拾安会信这个，众人面面相觑："啊？"

事实上他不仅相信，还花钱和那个占卜师请教如何解决这个问题。

韩阳问："所以，你到底想许什么生日愿望？希望有生之年能成功登陆火星？"

洛拾安没说话，周年却耸耸肩，用眼神示意他们别问了。

能让洛拾安毫无办法到连这种招数都用出来的人，也就只有冉致一一个了。

洛拾安盼星星盼月亮，终于盼到了毕业典礼当天。

流程一如往年，领完毕业证后校长和老师轮番发表长串演讲，然后开始拍照环节。韩阳和程光拉着洛拾安拍合照，把冉致一和周年也喊来加入。

五个人的合照拍完，周年接过相机检查，觉得不错，又把相机放到冉致一手里："帮我跟韩阳还有程光拍一张。"

冉致一故意忽略旁边盯着自己看的洛拾安。

他上前一步："我有话跟你说。"

她佯装镇定："我现在很忙。"

可是相机快门摁不下去，她急得冒汗，周年的高难度姿势都已经摆了半天也没听见快门响，周年仔细看，冒了一层冷汗："致一，你拿反了，还有你摁的不是快门……"

周年把相机拿回来，拜托别人帮忙拍，又对明显心不在焉的冉致一说："你还是去和拾安同学好好谈话吧。"

冉致一有些尴尬地看洛拾安，辩解道："我刚刚只是眼花了。"

他眉头不展，伸手拉住她："你要是不想跟我说话，就跟我拍一张照片。"

她不解："刚刚不是拍了吗？"

"我想要镜头里只有你跟我的那种。"

就拍一张照片的话也没什么，冉致一低头用脚尖蹭了蹭地面，淡淡地"嗯"了一声。

周年负责当摄影师："两位新人……啊，不对，是两位同学，靠近一点，近一点，近一点，再近一点……这位女同学的肢体和表情不要这么僵硬嘛，这都新时代了。"

程光和韩阳在旁边围观看热闹，听到这话便笑，冉致一挺直了腰看镜头，咬牙切齿地问周年："还能怎么近？"

洛拾安整个人都快贴在她身上了。

她因他靠得太近而全身绷紧，连伸手去推都做不到。

好不容易拍完，洛拾安刚要说话，又被人拉到别处去，要跟他拍照的人很多，根本不给他休息的时间。

晚上三班师生一起吃饭，饭吃到一半，有人提起是洛拾安的生日，又顺便说起他这年不要礼物那件事，便起哄问冉致一：“洛拾安攒的好运到底成功没？”

冉致一左右看看，一脸茫然：“干吗问我？”

“那你今年送了什么给他？”

“不是说今年不收礼吗？”

众人沉默，对着洛拾安摇头叹气，顺便唱生日歌给他打气：“革命战役艰难，同志仍需努力。”

另一人安慰他：“别担心，没准后面还有惊喜呢，只是还不到好时机。”

冉致一听不懂他们在说什么，悄悄观察洛拾安，他淡淡地笑着，却一副心事重重的样子。

她本来是很开心的，因为不仅她和洛拾安，其他人考得也都不错，朋友们还可以继续去同一所大学，她是真的开心。

可看他那个样子，她也笑不出来了。

吃完饭两个人一起回家，冉致一走在他后面，发现他又长高了，她踮起脚才勉强让鼻尖够到他肩头。

一路无话，冉致一心里极度焦虑，没话找话：“今天开心吗？”

“嗯，开心。”

“那你为什么不笑一笑？”

“我一直在笑啊。”

冉致一瞪了他一眼：“你是不是真在笑，我比谁都清楚。”

“我没有不开心啦，我很开心，只是有些烦恼。”他拍拍她的头，“哇，冉致一，你是不是又变矮了？”

冉致一把他的手从头上挥开，走到前面去：“你烦恼什么？”

“嗯……”他犹豫，“我在想，到底几点才算好时机。”

她想起之前饭桌上的对话，似乎明白了什么，以为他在拐弯抹角暗示自己：“如果是因为我没送你生日礼物，我明天补给你好了，今天生日，你好歹笑一笑，不然的话很不吉利。”

洛拾安停了下来。

时机什么的，果然还是没有用。

他在心里模拟了无数次这个场景，真正面对的时候还是紧张。

冉致一觉得不对劲，回头看，洛拾安停在路灯下，两只手揣在裤子口袋里，仿佛预料到她一定会回头，他目不转睛地看着她的眼睛，突然说：“冉致一，我喜欢你。”

风吹得树叶摇晃，空气里泛着盛夏甜腻的味道。

明明心里风起云涌，她却仍旧逼迫自己装作毫不在意，淡淡地“哦”了一声。

原来好时机不是指礼物。

一点预告也没有，他突然地说：“十三岁的时候我特别讨厌长大，好像所有人都在以长大为由离开我，就连你也一天天和我疏远。是不是只要时间停下，你就愿意待在我身边了呢？我那时候常常这样想。十六岁的时候我突然开始盼着长大，这样当你误解我只是因为寂寞才想待在你身边时，我就可以光明正大地告诉你我喜欢你了。”

洛拾安往前一步：“我攒好运，是因为我从小到大的愿望都是想你能喜欢我。”

她一步一步往后退，害怕智障会传染：“你不收生日礼物，就为了这个？”

“对啊。”

“你脑子有问题吗？”

他咧嘴笑：“是啊。”

她按着额头，一时觉得说不出话来。

要说脑子有问题的，也不光只有他一个，她不是也相信生日愿望可以成真？

如果在喜欢他与讨厌他之间必须选择一样，她当然更倾向于前者，不然她也不会这么怕看到他的眼睛。

不如说她到了这会儿终于安心，只有她一个人心动实在不公平。

更早的时候她已经有了朦胧感，所以在别人起哄的时候才会因为心虚而疏远他。

她也许这辈子都不会告诉他，一年三百多个日夜，有一半的时间，她都在想着他的事情。

“冉致一？”他催她回应，“以后我们也一直在一起，可以吗？”

明明他是用那么草率的语气，冉致一却控制不住心动。

她低着头说：“你就那么想和我在一起？”

他这回倒是换上了坚定的口吻，腰板都拔直了一些：“特别想。”

“看在你那么努力的分上，我也不想毁了你的生日，”她回手抓住他的袖子，说，“反正都在一起那么多年了，也不差以后的日子，我努力努力，没准将来哪天就能喜欢上你一点点呢。”

他扬起嘴角，将她的指尖握进手里，她挣开他的手，把脸别开，他没生气，摸摸她的头发：“我等着那一天的到来。”

她好不容易向他迈进了一步，可事情并不像冉致一想的那么顺利。

冉致一回家发现冉爸爸坐在客厅：“冉致一，我给你两个选择，要么好好留在这儿上大学，专心继承工作室，要么改名离开这里，这辈子也别回来。”

同样的话之前每天都听到三遍，冉致一瞒着他偷偷艺考，上个月暴露了他也没说什么，还以为他是默认了，没想到这会儿又发作。

冉致一头疼：“你现在怎么又反悔了？”

冉爸爸哼了一声：“我根本没答应你，是沈亮一胡乱答应你。总之你不能离开桩城。”

她铁了心要跟他硬碰硬：“那我就不叫冉致一了。”

“你！”冉爸爸一拍桌子站起来，指着她的手指在颤抖，眼神变得空洞，“咚”的一声倒了下去。

冉致一慌了神：“爸！”

她冲上去扶他没扶住，赶紧打电话叫救护车。

沈亮一和陆时一接到消息赶来，三个人从医生那里得知一个不太好的消息，冉爸爸身体状态不佳，可能得留院观察几天。

陆时一数落冉致一：“你明知道他身体不好，为什么不能听话一回？”

她慌了神："我不知道，我不是故意的……"

"他没日没夜地工作，身体早晚垮下来，不肯让你走，肯定也有这个原因。"

"可是，他从来没说过。"

"这你还要等他说？是不是非得病危通知单下来，你才能稍微有一点为人子女的觉悟？"

冉致一沉默下来。

沈亮一皱眉："时一，别说了。"

"亮一哥，不是我说你，要不是你护着她，她也不能这么胡闹。"

陆时一说不够，说完沈亮一又看冉致一："做人要有良心，你从小吃穿不愁在冉家长大，就得背负该背负的责任，翅膀硬了就想跑，你对得起谁？"

三人争执的时候，冉爸爸醒了，坚持要出院，医生和陆时一都拦着他，他倔强："我的身体我自己知道。"

医生很生气："都没几天可活了，这你也知道？"

轰隆一声巨响，冉致一听见世界坍塌的声音。

第十章

牵手不行，拥抱可以

“我不去暑江了。爸爸病了。”冉致一用小刀剥橙子，轻描淡写地说，“还好，填志愿的时限还没过，我的成绩可以上申大，所以没问题。”

洛拾安很紧张冉爸爸的身体：“严重吗？”

她点点头，又摇摇头。

洛拾安有些蒙：“这是什么意思，没确诊？”

“说是确诊了，不过……”冉致一的表情相当复杂。

事实上，诸位兄弟姐妹在医院战战兢兢等了三天，得到的回答是已经没有治疗的余地了，医生拿到化验单后对他们摇头叹息，叮嘱他们帮老头把剩下的日子好好过完。

冉致一和陆时一当场吓傻了，紧接着抱头痛哭，沈亮一还算清醒，出去买了吃的给还没吃晚饭的老师。

然而，当医生和家属商量之后把这个沉重的消息告诉冉爸爸时，当事人竟然一脸得意地看向冉致一：“这回你还走不走了？”

大家都震惊得险些先他一步离开这个美丽的世界，因为他那会儿的神情像极了为了不让爸妈出门工作而装病的小孩。

冉致一愣在那里，在被医生推了一把之后才开口：“我不走了。”

他的精神好到让在场人的悲伤完全消失得一干二净，老实说，她一度怀疑那个医生和冉老头串通好了在做戏。

果然，冉爸爸的眉毛一扭：“算你还有良心。”

之后沈亮一希望他留下治疗，老头却坚持要办理出院，原因是总被护士监视着没有自由。

他说他其实早就知道自己病了，只是不想说。

而冉致一觉得他在骗自己，毕竟他除了偶尔咳嗽，多数时间都吃嘛嘛香。

洛拾安听完整段叙述，也带着一丝疑惑：“那你打算怎么办？”

她把剥好的橙子切成小块，装进盒子盖好，叹口气：“还能怎么办？留下来，看看他到底要闹什么。”

洛拾安拿上衣服：“我也去看看他。”

彼时已经是冉爸爸出院的第七天，因为当事人的一切表现都很可疑，导致周围的人都对他这个突如其来的病不太相信。

“肯定是不想致一走，特意闹这么一出。”

“赵医生和他是故交了，搞不好就是合伙做戏。”

“老头也是，有话不能好好说？这谎好撒，之后圆不上的话怎么办？”

冉爸爸闻声，猛地回头，屋里所有人都在忙手头工作，完全看不出是谁在乱说。

就算抓不到嫌疑人，冉爸爸也要哼一声以示威严：“我还没老到听力下降的地步。”

众人闭嘴。

冉爸爸拿出化验单看了半天，喊来陆时一：“这玩意到底说的啥意思？”

陆时一觉得老头儿这回的恶作剧演得夸张了：“医生不是都给你解释过了吗？”

冉爸爸露出一脸求知若渴的表情。

陆时一按着他的肩，语重心长道：“就是说，老头，你没几天能活了，抓紧时间祸害人间吧，不然就没机会了。”

“你找打是不是？”

“我后来打电话问赵医生了，人家都招了，说你没病，”陆时一靠近冉爸爸小声问，“老头，你到底要闹哪样？”

冉爸爸咂一口茶，答非所问道：“你说我要是真快死了，现在应该干什么？”

“列个清单，想想有什么是一直想做但没做的？”

“好像没有啊……”冉爸爸把化验单叠起来揣进口袋里，摸着胡子想了一会儿，拍了一下大腿，“我想到了，城东新开了一家川菜馆，我一直想尝尝来着。”

陆时一服了，看来老师存心把这场戏演到底：“你一天连个门都不出，怎么知道哪里新开了店？”

“我听别人说的。”冉爸爸站起来左右活动了一下腰，“去，把冉致一喊来，我带她去溜达溜达。”

话音落下，冉致一正好刚到，她有点无奈地跟爸爸说：“你不是刚让我去给你买橙子，我都切好给你端来了，你又不吃了？”

“带上吧，吃完饭再当饭后甜品。”

洛拾安举手：“我也要去！”

冉致一说：“你凑什么热闹？”

“走吧，拾安也一起来。”

冉爸爸换好衣裳：“亮一，来开车。”

沈亮一的新助手小智说：“老师，您别闹了，亮一哥的单快到期了。”

“我都快死了，订单延迟两天能怎么样？”

众人无语，只能目送他们一群人离开。

工作室内，众人七嘴八舌：“致一好歹十八九岁，叛逆也正常，我们老师都五十多岁了，怎么也开始学着叛逆了呢？”

另一人说：“可能是平常活得太憋屈了吧，这跟火山一个道理，沉寂得越久爆发得越狠。”

连着将近一个月，冉爸爸一天都没消停，列了老长一条愿望单，把东西南北有名的饭店都吃一遍，吃完要去新修的空中玻璃栈道，然后去游乐园坐了旋转木马，随即又想去参加蹦极，被陆时一拼命拦住才算作罢，然后他们就改去爬落阳山了。

晚上冉爸爸让沈亮一陪着去蒸桑拿，冉致一和洛拾安回到工作室，众人翻看他们这几天拍的照片和视频。视频里面的冉爸爸精神矍铄，活到一百岁也不成问题。

一群人表情狰狞：“老头到底想玩到什么时候？”

陆时一看着看着发出一串鬼畜笑声：“你看他绷着脸皮坐旋转木马，身边那几个小孩都快吓哭了。”

冉致一抓着头发伏在桌子上：“真不知道他明天又有什么神奇的提议，我和亮一哥都折腾不起了，你们换个人陪他吧。”

陆时一带领众人后退一步：“我们可不行，他点名就要你们几个陪。”

洛拾安坐在冉致一旁边给她扇扇子：“我倒是觉得挺好玩的啊。”

不说还好，一说冉致一就气不打一处来：“你当然觉得好玩，那些主意都是你给他出的！”

“不好吗？落阳山的余晖多漂亮啊，你看冉叔叔笑得多开心。还有，你以前不是一直说想跟他做这些事情吗？”

“那是小时候，小时候想做的事情长大了以后早就不想做了。”爬了一天山，冉致一腰疼腿疼，“再说，他是折磨我们折磨得开心吧！”

众人听到这里已经觉得插不上话，默默消失，给他们腾地方。

洛拾安给她捏肩：“别这么说嘛，冉叔叔这么多年没休过假，陪陪他也不会有什么损失。”

这人心大，根本没把这突然的转折当回事，也没意识到这四年间会发生什么。

冉致一埋着头，瓮声瓮气地说：“你明天就要走了吧。”

“下午的飞机。”

“嗯。”

洛拾安把凳子往冉致一身边挪了挪：“你抬头看我。”

“我太累了，你让我稍微歇一会儿。”

他不依不饶：“就看一眼。”

冉致一被磨得不行，只好抬头看他，洛拾安捧住她的脸，像在寻找什么似的一直看，她被他盯得脸红：“我脸上有字吗？”

“冉致一，你怎么这么好看？这个鼻子，嘴，还有眼睛，都长得这么好看。你投胎之前是不是贿赂管事的了？”

她拂开他的手，洛拾安又撩起她一绺头发数起来：“我只是想多看你几眼，不知道下次见面是什么时候。”

“你能不能别用上坟的语气说这段话？”她瞪他一眼，说，“我也没想到我爸会这样。”

“我理解，这不是他的错，换成是我也一定不想让你走。冉致一，你可能没发现，冉叔叔他比你想象中的要疼你更多。”

“他疼我？”冉致一撇了撇嘴，“你见过一个当爹的装绝症就为了阻止女儿到外地上大学的吗？”

他下颌垫在她肩头，呼吸都落在她脖子上：“这更说明他依赖你啊。”

“我谢谢他了！”

“而且你只凭猜测就觉得他装病，太果断了。”

“也不光是我猜的。”冉致一把洛拾安推开，揉着脖子说，“今天爬山的时候，你和亮一哥去休息站买东西，我问他为什么要装病，他瞪我一眼，问我能拿他怎么样，还说我要是现在反悔离开，他就从崖上跳下去。”

冉致一的声音处处透着绝望：“我还能怎么办？我也没想到他这么不讲理。”

洛拾安“扑哧”一声笑了出来。

冉致一拧他一侧脸颊：“你还笑！”

“疼！”洛拾安被她捏得口齿不清，求饶道，“你松手，我不笑了。”

他揉着脸说：“真是虚惊一场，不是好事吗？”

冉致一垂下头。

洛拾安知道，冉家人都不擅长表达自己，一个比一个傲娇，冉爸爸这样大费周章不想让冉致一离开，就是说不出心里话来。这么关键的时刻，冉致一应该留下，这是她和爸爸解除误会的最佳契机。

他想让她放宽心：“你愿意到我身边来，我已经很高兴了。你要跟我上一所大学，还愿意喜欢我，我在家里紧张得想了一夜，总觉得上帝不可能这么简单就便宜我。”

洛拾安握着冉致一的手："我一直觉得自己很乐观，可只要面对你，就怎么也自信不起来。你千万不要为难自己做出什么改变，我喜欢的就是这样固执的冉致一。

"我喜欢你专心致志地做事，喜欢你很骄傲地努力着，我喜欢这间工作室的名字。我不希望你疲惫之后离开我，如果这段路很难走，你就站在这里等着我，你需要我的时候就招招手，给我一个信号，我会以最快的速度来到你身边。"

一直是他往她身边赶，她好像没为他付出过什么。她把手从他掌心抽出来，却还是被感动到："那你累了怎么办？"

他伸手拉她进怀里："我不会累。"

冉致一推了几下没推开，心也跟着软了下来："你可不要也学老头搞装病那一套。"

"不会哦。"

她比较悲观，觉得苦比甜多，尝到甜的就会害怕，吃到苦的反而觉得理所应当，在这件事情上，她多多少少有些感染到了洛拾安。

也许他说得对，这样才是最好的抉择。

休息室门外，一群人在门缝探头探脑："他们还打算抱多久？我想进去喝口水，又不好意思打扰他们。"

身后响起沈亮一的声音："你们在做什么？"

陆时一反应最快，响亮地咳嗽了一声，给冉致一发信号："亮一哥，老师，你们回来啦！"

里面的冉致一迅速推开洛拾安，装作没事人的样子出来，冉爸爸伸手叫洛拾安，一脸兴致勃勃："明天去做什么？"

洛拾安露出为难的表情："抱歉，冉叔叔，我明天晚上要走了，白天要收拾东西，可能不能陪你了。"

"这么快？"冉爸爸坐下来，目光在空白墙壁上停留了一会儿才反应过来，"啊，好吧，那致一明天也别陪我了，去帮拾安收拾东西吧，晚上直接回家，我和亮一他们都过去，给你过生日。"

在得知洛拾安要走的瞬间，他那股子热血的劲头好像一下子就凉了下来，冉致一“嘁”了一声，私下里和沈亮一说：“不知道的还以为洛拾安是他的亲儿子。”

沈亮一笑一下，说：“致一，老师的身体其实没你想象中那么好。”

冉致一怔了怔。

沈亮一抽出一根烟，点火，说：“刚才我们没有去桑拿，我带他去了趟医院，他不想你担心，所以撒谎了。”

“那……”

“你放心，绝症确实是为了吓唬你的，可他身体变差了也是真的。你知道老师的脾气，他是不会轻易对谁示弱的，这一次其实是半真半假，老师老了，需要人陪了。”

冉致一沉默了一会儿，说：“就算你不这么说，我也早就决定不会走了。”

其实洛拾安那里没什么可收拾的，该用的东西早在之前就已经陆续都搬去了暑江，他说了谎，他只是想要一天和冉致一单独相处的时间。

她收拾完后坐在阳台边的飘窗上听风铃响，这串风铃和她卧室那个一样，洛拾安是看到她挂之后自己也买了一个，说是听到风铃响就能想到她。

她当时觉得他很无聊，现在却很担心他不把它带走。

耳边多了脚步声，有人在她身边坐下，熟悉的橘子香味落在她的鼻尖，她的心跳加快，假装被太阳晃得睁不开眼。

明知道靠在一起会慌张，却还是想要接近，这种复杂的情绪到底有没有专业人士能给出一个具体名称？

啊，对，好像已经有了。

那是心动。

他在她耳边唤她的名字：“冉致一。”

“嗯？”

“你说过愿意跟我在一起的，对吧？”

“嗯。”

“那我算不算你的男朋友啊？”

她把脸转到一边去，阳光落在脸上痒痒的，她过了很久才回答：“随你便。”

太阳渐渐落下，该出门了，洛拾安踩着凳子把风铃摘下来，冉致一不声不响，心里却踏实了很多。

她没打算送他上车，就在门口告别，一个往东，一个往西。

离别的轮廓终于清晰了，有什么东西在心底沸腾，尽管她一直警告自己不要回头，还是忍不住去寻找他的影子，却发现他一直站在原地，根本没走。

总觉得错过这次会发生什么，冉致一忽然控制不住自己的情绪，转身冲进他的怀里。

她抱着他的腰，把脸埋进他的胸膛，瓮声瓮气地说：“你还没跟我说‘生日快乐’呢。”

她头一次这样对他说话，他觉得自己的心都被撞了一下。

他把声音放软：“是要说的，不过，在那之前，让我先送给你一个礼物。”

他托起她的脸，低头吻了下去。

十几年来他心心念念地靠近她，等待彼此长大的瞬间，喜欢她已经变成理所当然。

冉致一因为过于震惊，整个人僵硬成了雕像，眼睛瞪得老圆，洛拾安无奈，停下来，捂住她的眼睛继续亲。

他吻得认真而仔细，拢在她后背的手指逐渐收紧。

洛拾安原本只想吻一下就离开，可她的嘴唇柔软，唇上的甜味让他有些上瘾。

冉致一被勒得回过神来，洛拾安身上好闻的气息带着压迫性，将她完全裹住，她喘不上气，在将要陷进去之前将他猛地推开。

她脸红得恨不得在天灵盖开口通风，他却饶有兴味地触碰她嘴角，说：“喜欢吗？”

眼看他又要靠过来，冉致一节节后退，然后转身捂着狂跳不止的心脏，跌跌撞撞地跑开。

十几年来第一次，冉致一对那个从小一起长大的男生产生了畏惧。

她为他而心动。

冉致一在外面转一大圈，平复好心跳才回家，沈姨正在煮饭，又过了半小时，冉爸爸和陆时一同时进门，沈亮一在后面提着蛋糕进来，又递来一盆常青藤给冉致一，说是老师给她的礼物。

陆时一挑起一枚叶子看："这不跟老师屋里的那盆一模一样吗？"

冉爸爸放下茶杯："这就是我卧室里那盆。"他的眼中有掩饰不住的得意，好像在等人夸他把花养得这么好。

陆时一却撇撇嘴，说："您也太抠门了，就送一盆绿植，还是自己养的，这都养了六七年了，快寿终正寝了吧？"

"你懂个屁。"

冉爸爸拍掉陆时一的手，又转头叮咛冉致一："好好养。"

冉致一当然很吃惊，她一直以为冉爸爸除了干活根本没有别的业余爱好，也觉得他根本没有耐心养绿植："你什么时候买的？"

冉爸爸哼了一声，环着胳膊一动不动，像个雕像。

他不想说话的时候都是这个态度，冉致一知道不用再问了，问他他也不会说。

陆时一见空气凝滞，以为当事人不好意思说，自作聪明替他开口："我听人说，那年你送的常青藤，老师每天浇水，浇死了之后又买了几盆回来养，养死了能有六七盆吧，这是第八盆，命硬，一直活到现在。"

被戳穿的冉爸爸面子挂不住，举起茶杯朝陆时一扔过去，杯里没水，陆时一接了个稳当，嘿嘿一笑，特意放到冉爸爸够不着的地方。

冉致一更惊讶了："你从来没跟我说过。"

冉爸爸又哼了一声："我养盆花还得告诉你？"

冉致一垂下头，捧着花盆仔细看，养得很好，枝繁叶茂的。

这已经是冉爸爸第二次给她过生日了，她觉得不真实，一向以冷酷为人设的自家老爸，现在改走柔情路线了吗？

自从冉致一提出要离开冉家，冉爸爸的态度逐渐改变，仿佛是用一种别扭的方式在向她示好，又或许是想弥补错过了多年的亲情。

送她这盆常春藤，感觉像是在道歉。

包括这一个月来他借着装病带她到处去逛，也像是在和她拉近关系。

难道是因为她要离开，他才产生了危机感？

冉致一偷偷看他，他还是能说能笑，也在按时吃药，却因为吃药影响到胃口，最近瘦了很多。

冉致一对他的怒火一点也没减少，可是，闹归闹，吵归吵，冉致一仍然希望上帝保佑，冉老头装病时的谶语不要成真。

冉致一把常春藤放在阳光最充足的位置，盼望它茁壮生长。

时间从冉致一进入大学后就变得很紧迫，她和洛拾安联络得不多，她开始接正式订单了，并且要兼顾上课。他那边也一样，因为太忙，两人约定，他每晚固定在十点半给她发信息，她如果有时间就跟他聊几句。

冉致一："最近我爸不知道怎么了，以前他每天干活，也不管我，可他现在从工作室搬回了家住，每天和我们一起吃饭，偶尔还拉着我一起看电视。"

洛拾安："多好啊，你不是一直盼着父女关系可以早日和睦。"

冉致一："话是那么说，可已经僵持了十多年的感情，这么突兀的热络只会让人不安心。"

洛拾安："慢慢来，会适应的。对了，我们从春天开始要给新专辑做宣传演出，这段时间会闭关练习新歌，可能没法经常和你发信息了。"

冉致一也觉得自己最近跟他发了太多牢骚，搞不好他觉得烦了，以前她从来不会跟他说这么多话的。

就像去邻居家做客，对方觉得你有点烦人的时候，肯定不好意思直接下逐客令，都会以一种比较委婉的态度，好比"我好忙啊"，这样聪明的客人就会离开，并减少上门次数。

冉致一觉得应该调整一下，便回了一个"嗯"。

自从洛拾安擅自给自己挂上她男朋友这个身份牌，她心里的感觉一直怪怪的，相处模式应该和原来一样还是不一样，这一点让她相当困扰，不管怎么说，被人喜欢还是很开心的，洛拾安说喜欢她，肯定是喜欢她通情达理。

看来应该降低和他联络的频率。

一周后的十点半，洛拾安给冉致一发信息："今天有时间吗？"

她才回家洗完澡，吹头发时看到手机屏幕亮了，放下吹风机，用毛巾把头发卷起来，躺在床上看时间，不想让他觉得自己一直在等他的信息，她熬到十分钟后才回复："干什么？"

洛拾安："想和你说话。你今天都做什么了？"

冉致一："周日，没课，整天都在工作室，下午陪我爸去公园散了一圈步。"

洛拾安没话找话："有意思吗？"

冉致一："看到一只哈士奇和金毛打架，我爸非要出两百块钱押金毛赢，然后我输了。"

洛拾安回了个"哈哈笑"的表情，冉致一顿了顿，打了几个字，想想还是删除了。

聊天的时候只发表情通常代表无话可说，想要结束这段谈话，冉致一把手机放到枕头边，在屏幕将要暗下来的时候点亮，以此循环，直到时针指向十一点，她关上对话框，准备睡觉。

她想起很久以前周年跟她说过的话，现在异地恋分手的例子比比皆是。

她上网搜索案例，正好软件推荐给她一个情感博主，这个博主喜欢转载别人的恋爱故事，什么奇葩案例都可以找到。

冉致一慢慢往下翻，看到符合她现状的故事标题就往里点，结果发现异地恋分手的原因都是逐渐无话可聊。

她更觉得睡不着了。

而电话那边的洛拾安被谢泽宇找去谈完话后，发现冉致一仍然没有回信息，都已经超过了十一点，他猜她肯定睡了。

他开始犯愁。

之前他问一个情感博主，如果喜欢的人对自己越来越不关心了怎么办，他说最近忙，是担心没法第一时间回信会让她胡思乱想，可她干脆就不主动联络他了，这是不是明显有问题？

对方让他放宽心，换一个角度思考，也许是因为他说话的方式太无趣，现在女孩子都喜欢可爱的男孩子，所以他可以找一些可爱的表情包来彰显自己的可爱。

他看着聊天页面上最后一个表情包，是一只卡通橘猫在捂嘴笑，难道还不够可爱吗？

他觉得那个博主不靠谱，这招明显不管用。

是不是冉致一不喜欢橘猫？

狸猫呢？英短怎么样？

加菲猫好像也不错。

冉致一的失眠发展得更严重了。

她努力让自己的精神看上去不至于太差劲，冉爸爸在旁边拿着蒲扇看她工作，稍微见她有一点不用心就用扇子敲她的头。

陆时一奇怪地问："老头，大冬天的你拿把扇子干什么？装知识分子呢？"

边上的人接话："知识分子都拿折扇，哪有拿蒲扇的？"

屋里暖气加空调，冉爸爸一身大背心加大短裤，拿着蒲扇吃西瓜。

陆时一以为他想找找夏天的感觉，抖机灵说："用不用我到热带给你抓几只蚊子回来拍死，让你听个响声？"

沈亮一踹他一脚："你就够像蚊子了，信不信我拍死你？滚一边去。"

冉爸爸越来越开朗，每天待在冉致一身边。

她慢慢相信洛拾安的猜测，他是怕她寂寞之后又会产生逃跑的念头。

她开始觉得温暖，并试着接受这种温暖。

这样当然很好，可真正让她头疼的，是洛拾安频繁发来的表情包。

不愿意跟她说话也不至于这么勉强自己敷衍她，她也不是无事可做，她有自己的工作，这样搞得好像她是一天到晚待在后宫等他翻牌的妃子，而他日理万机，虽然很想在闲暇时间陪她解闷，却又不知道说什么好，只好用各地方进贡的表情包来安慰她。啊呸！她凭什么等他翻牌？

冉致一焦虑得想抖腿，所有的耐心都在洛拾安迷上表情包的第三十天全部耗尽，而他的存货似乎还有很多，不知道是不是全世界跟猫有关的表情包都被他搜刮走了，冉致一终于对他发火："洛拾安，我最后给你一个机会，你要是再用表情包刷我的屏我就诅咒你以后斗地主抓到'3456'永远没有'7'！"

洛拾安收到这条信息的时候，路过的程光刚好看到，说："我倒是挺希望应验的。"

洛拾安更愁了。

有空的时间都是碎片式的，接不上，他闲着的时候冉致一在忙，冉致一闲下来后他在忙，打电话一般说不到三句话就会被打断，只有发信息才能跨时差。

就像现在，他很想给她打电话，却已经过了十一点，这个时间骚扰她一定会被拉黑的。

还是忙点好，还是尽情地忙吧……

学校放假后，洛拾安开始要持续演出了。

他把演出的时间表和城市发给冉致一看，地点都在暑江周边，活动安排得很紧凑，公司很给他机会，有些前辈的活动也愿意带他们去热场，就是为了"拾光乐队"的第一张专辑可以大卖。

第一场演出结束那天晚上，因为效果不错，他们开庆祝派对，热烈的气氛和夜晚容易激发思念。十二点，洛拾安实在忍不住，给她打了电话。

以为会被骂，可她的声音很冷静，跟往常没什么不同。

冉致一当然不会告诉他，自己最近一直失眠。

鼎沸的人声穿过话筒，与这边寂静的夜晚格格不入，他听上去好像很开心，向她报告演出的情况。

她插不上话，声音低下来："哦。"

洛拾安觉出不对，换了个安静的地方和她讲话："冉致一，到底怎么了？"

“没有呀。”

“不然，我明天回去好了。”

电话里冒出一个娇俏的女声：“谁？谁要明天回去？”

冉致一感觉声音明显弱了，好像洛拾安在那边捂住了话筒，但因为这边夜晚特别静，仔细听还是能听到那边的声音。

洛拾安低低地说：“松手。”

那女生耍赖：“不松！”

冉致一挂断了电话，关上了手机。

当然，第二天洛拾安并没有回来，冉致一知道他没有那么自由，宣传演出才第一场，那么多双眼睛看着他，怎么可能说回来就回来？

这当中她偷偷开了几次机，几十条信息涌进来，洛拾安可能意识到了她关机的理由，拼命解释和那个女生根本没关系。

此地无银三百两的意味太浓了。

冉致一逐条看完，一键删除，然后关机，却忍不住每隔两小时就开一次机。

她充分发挥想象力，对那个突然出现的甜美声音充满了各种推测，大半夜的上网查“拾光乐队”的信息，结果查到他们队里临时加了个键盘手。

女生叫章雪，是洛拾安的同校师姐，齐耳短发，涂朱砂色的口红，戴很夸张的银色耳环。

官宣海报的照片上，她搭着洛拾安的肩膀，与他一起站在中央，仰脸看着镜头，黑色吊带，露出半截平坦小腹，皮衣外套只遮住一侧手臂，有种野性的美。

冉致一身为女生，都不得不承认她有魅力。

据说这次的演出亮点就是她和洛拾安的搭配，新专辑里她和他将共同担任主唱，有听过现场的人夸她声音独特，台风很棒，和洛拾安搭配得不错。

评论内容看得冉致一心里不舒服，她开灯吃一粒安神药，在等待困意的时候转去翻洛拾安的微博，他是新开的账号，偶尔会告知成员发布演出信息，她顺手点进章雪的主页，看到很多他们在练习室的照片。

看来新成员和他们相处得都很好，程光和章雪隔空互动，韩阳每条都点赞。

冉致一慢慢往下翻，看到一条视频，镜头里章雪在一栋公寓楼的走廊里，对着镜头做了个噤声的手势，小声说："现在是上午十点，我们的队长还在睡觉，我现在要按密码锁开门了……"

手机挪开一小会儿，房门"咔嗒"一声打开，镜头慢慢向室内移动，玄关放了一双蓝色运动鞋，旁边挂了一件黑色外套，屋里装置很齐全，电视墙是天蓝色的。

看到卧室门被打开，冉致一的心脏提到了嗓子眼。

床上的人在趴着睡，整张脸埋在枕头里，被子盖到腰间，上半身穿的是白色宽松T恤……

还好，他穿着衣服，冉致一稍稍安下心来。

章雪一下拉开窗帘，阳光照进来后，洛拾安翻了个身，迷迷糊糊地遮了一下脸，章雪连人带手机跳到床上，大叫一声，喊他清醒。

洛拾安皱眉拉上被子把自己盖住，嘶哑的声音带着浓重的疲惫："我半夜四点才睡，你别来吵我。"

短短两分钟的视频，冉致一的心脏开始供血不足，里面的声音越来越小。她点退出键，却不小心碰进评论区，洛拾安的睡颜成功帮章雪吸到粉，评论区清一色是舔屏用的表情包，赞数最高的内容是这样的："刚睡醒都这么帅，我可以！拜托姐姐明天继续直播，我愿意付费打赏！你要飞机还是小汽车？火箭行吗？！"

冉致一觉得她现在不仅心脏缺血，连大脑都开始供氧不足了。

她发誓再也不要接洛拾安的电话了。

除夕，"致一工作室"放假，所有人陪冉爸爸跨年，就连远在暑江的江从一也来了。

一群人正热闹地玩故事接龙的时候门铃声开始急促地响，冉致一去开门，奇迹般见到风尘仆仆的洛拾安。

她的手臂撑在门框上，不让他进，他干脆抓住她的手腕，把她拽了出去。

寒冬腊月，她又没穿外套，遂十分恼火："你有病啊？"

洛拾安把自己的衣服给她穿上，又帮她围上围巾，动作一点也不温柔。他应该是一下飞机就飞奔而来，路过家门也没顾得上回，行李箱就倒在脚边。

他气喘吁吁地说："那天在电话里的女生是公司给我们加的键盘手，只参与这一期的专辑宣发。"

同样的话她已经在信息里看到过无数次，早就知道了。

冉致一不看他，说："是吗？挺好的。"

"我和她不熟，我们只是合作关系。"

冉致一的火气一下冲上头顶："你跟不熟的人都能把房门密码告诉她，还让她进你的卧室，碰你的窗帘，甚至让她跳上你的床？！再熟一点我可真不敢想象。"

洛拾安没解释，愣了一会儿，眨眨眼睛："你从哪儿知道这些的？"

听这意思是还想隐瞒？！

冉致一戳着他的胸膛说："视频！她都发到自己微博上了！"

他不慌不忙地说："密码是程光告诉她的，我已经换了。"

忍了这么长时间，冉致一千叮咛万嘱咐自己不可以表现得太过，不能拿这件事小题大做，可一看见洛拾安她就忍不住想发火。

"骗子，借口，我现在不想听！"

本来冉致一已经忍得很痛苦了，视频里的女主角不知什么时候到了她家院门口："抱歉，你们在吵架吗？"

她身旁站着程光和韩阳："拾安，你手机刚才落在车上了。"

手机在章雪手里拿着，冉致一瞪洛拾安一眼，转身握住门把手："你走吧，我回屋了。"

洛拾安抓着她不松手，接回手机，跟程光说："你们先回去吧。"

程光看看洛拾安手边的冉致一，说："致一，我们和周年一起回来的，她说你手机打不通，让我们给你带个话，你要是有空的话给她回个信息，她想跟你见个面。”

冉致一忙着掰洛拾安的手指，怎么也掰不开，吃奶的劲都使出来了，龇牙咧嘴地说：“我知道了，谢谢。”

章雪趁这间隙在院外打量她，又扬唇看着洛拾安说：“这就是冉致一吗？”

她叫冉致一的名字，却看着洛拾安。

冉致一深吸一口气，她讨厌这个章雪。

程光拽着章雪往外走：“快别添乱了。”

章雪一步三回头，看到冉致一想挣开洛拾安的手，可他抓得死死的，她咬他，他闷哼一声，由着她咬，用另一只手把她拢进怀里，她挣扎，挣不过，只能放弃了。

洛拾安捧起她的脸，姿态放得低：“冉致一，我们都快半年没见了，就别吵架了，行吗？我这次回来也只能待七天，你要还是想骂我，可不可以攒着以后再说？”

他身上的味道有降火的作用，冉致一被他抱住之后竟然一句话都说不出来，她噘着嘴：“你这么说显得我特别不讲理。”

“没有，我知道你不会随便发火的，肯定都是我的错。”他抱紧了一点，“冉致一，我冷。”

“松手，我去开门。”

冉致一转身发现门敞开条缝，使劲一拽，贴在门口叠着的脑袋像塔罗牌一样冲出来一片，冉致一满脸通红，指着为首的陆时一说：“你！你怎么能偷听人说话呢？！”

“我这不是看你出来这么长时间，怕你冷，就想过来看看，你看，脸都冻红了，哥心疼。”陆时一伸手去摸冉致一的脸，被她拍开，他轻咳一声，回头告诉看热闹的人，“现在没事了，都散了吧。”

“拾安也别在那儿看着，要吃饭了，进来吧。”

冉爸爸看到洛拾安很开心：“正好，我刚才还跟亮一说呢，我的愿望单基本都完成得差不多了，有一条得你帮我实现，你什么时候在这儿演出？我想看看。”

洛拾安坐下来说：“过几天就有一场小演出，我可以给你们多留几张票。”

冉致一重新洗手去擀饺子皮，沈姨和沈亮一在包饺子，她给沈姨说笑话，讲到第三个时沈亮一竟然也笑了，冉致一惊呼：“能让亮一哥笑可真不容易。”

沈亮一帮她蹭掉鼻头上的面粉，戳穿她：“这么高兴，是和洛拾安和好了？”

她口是心非：“没有。”

这一幕刚好被洛拾安看到。

一群人吃了一顿团圆饭，大家都走了以后，冉致一送洛拾安回家。

行李箱轱辘在雪地上滚动，路灯的温度还和原来一样，洛拾安凑近她，小声问：“我可以牵你的手吗？”

冉致一把手插进上衣口袋里：“不可以。”

他走得很慢，说：“亮一哥现在每天都住你家吗？”

冉致一“嗯”了一声，说：“因为我爸每天晚上要跟他下一盘棋才睡得着。”

“真羡慕亮一哥，二十四小时都能和你在一起。”

她瞥了他一眼：“你不是也每天都和别人在一起吗？”

“你嫉妒吗？”

“一点也不。”

“不公平，我每天都想魂穿亮一哥。”

冉致一垂眸，月色和雪色融在一起，仿佛连空气都变温柔了，她再想生气也做不到，拽一拽他的袖子，小声嘟哝：“你不可以再让她进你的卧室。”

洛拾安顿住，低头看了她一会儿，嘴角慢慢扬起：“因为她进我卧室，所以你才闹脾气？”

冉致一不想对他提出任何要求，希望一切都能顺利，可她忍不住，她真的很难受，她做不到游刃有余，不知道别人的女朋友是不是也这样，这样扭扭捏捏的她看起来真的一点也不酷。

可他是洛拾安啊。若她真的可以平静面对他，不也走不到现在了吗？

她往前一步，再往前一步，张开胳膊抱住他的腰，这样就能防止他看到她红着的脸。

“废话。”她轻声说，“我讨厌别人碰我的东西。”

洛拾安僵了一下：“你不是说不可以吗？”

她把脸埋进他的胸膛：“我说不能牵手，没说不能抱。”

他搞不懂冉致一的逻辑，便试探着捧起她的脸：“我是你的，那你是谁的？”

即使别不开脸，她也要把眼珠转向别处：“我是我自己的。”

洛拾安的脸上浮起笑意：“如果我现在亲下去，你会打我吗？”

她没有犹豫：“会。”

“那你先打，我根据力度大小决定亲的时间长短。”

反正都是不按套路出牌，就看谁的反应更快，冉致一琢磨怎么接招，可这时候好像不管打还是不打都是她吃亏。

等不到她动手，洛拾安以为她是默认了，毫不客气地亲了下去。

耳边出现脚步声，冉致一连忙伸手推他，洛拾安压下她的手，把她衣服上的帽子拉起来给她戴上，在她耳边说：“现在没人知道你是谁。”

冉致一的心跳震得整个胸腔都在响，却一动也动弹不得，他亲够了以后放开手，发现眼前就是自己家了，有些舍不得，说：“要不，反正天色还早，到我家来劫个色怎么样？”

“少做梦了。”

“那我送你回家吧。”

冉致一：“嗯。”

他又补充：“然后你再送我回来，然后我再……”

她推他一下，径直跑回了家。

第二天冉致一和周年见面，两人说了说这半年的变化，周年的面色忽然很沉重，提醒冉致一：“你务必警惕那个章雪。”

“怎么了？”

“她在我们学校很出名，据说只要是她看上的男生都逃不掉，程光都被她迷得一愣一愣的，而且我总觉得，她看洛拾安的眼神很危险。”

“哦。”

周年：“你总是这样不上心，我到底在替谁操心啊？”

“安啦。”冉致一佯装平静地笑了一下。都闹过一场了，好不容易才和好，她不想因为一个话题闹得太严重，便转移话题，“三天以后你生日，想要什么，想吃什么，随便说，今天我请客。”

“真的吗？”

“嗯哼。”

周年搂着冉致一的脖子，吧唧一口亲在她的脸上：“我爱冉致一。你放心，你不在的时候，我肯定帮你好好盯着洛拾安。”

冉致一无语。

洛拾安的演出地点就在十三岁那年和川叔一起演出过的地方。原来的小店已经扩张到三倍大，预告提前发布过，场子塞得满满当当的。

冉致一和爸爸都待在角落里可以坐的地方，那儿离舞台不远，冉致一不想离太近，只要能看见就行。

来的人多数是女生，一直喊洛拾安的名字，陆时一嫉妒到翻白眼，沈亮一嫌太吵了，到隔壁吧台去点酒喝。

冉致一有些出神。

她没想到，洛拾安在这边竟然也这么有人气。

冉爸爸看了她一眼：“你想去吗？”

冉致一反应了一会儿，才明白爸爸在说什么，淡淡地说：“不想。”

她还是比较擅长掩饰的，所以他没从她脸上发现异样。

冉爸爸收回视线，继续看舞台，自言自语似的：“那孩子的眼睛越来越亮了。”

是这样的。

洛拾安明明就在台上，却离这里很远很远。

相比之下，站他旁边的章雪倒是离他最近，他们大概有着同样的目标和梦想，他们去一样的地方，看一样的风景。

要说冉致一一点也不羡慕，当然是假的，可她怎么也不想承认。

歌声那么欢乐，看来洛拾安最近过得不错，可一想到那些快乐都与她无关，她就莫名觉得难过。

冉致一拨开人群，想出去透透气，看到沈亮一在吧台喝酒，她坐过去，和调酒师要了一杯一样的。

沈亮一听见声音，以为又是来搭讪的，往边上一瞄，却见是冉致一，他脸色一沉："出息了，冉致一，敢在我面前点酒喝了？"

冉致一理直气壮："哥，我成年都有一阵子了，不是小孩了。"

沈亮一看了她一会儿，冉致一的眼睛像装了片海，望进去便出不来。

她年纪不大便在他身边，他一直看着她长大，小时候他抱着她，稍大一点他领着她，她的小手在他的掌心里，好像也就是昨天发生的事情。

他的致一什么时候已经变成大人了？

啊，不对，已经不是他的致一了。

洛拾安的歌声传过来，沈亮一转动玻璃杯，看薄荷叶浮浮沉沉："不去听他唱歌？"

"你才是，为什么一个人待在这儿？"

"一看你盯着他我就来气。"

"哥，你谈过恋爱吗？"

"念书的时候谈过两段，三年前何姨给我介绍了一个。"

都不长远。

沈亮一太冷漠，和他在一起的人都感觉不到被爱着。

冉致一尝了一口酒，和想象中的味道不太一样，她以为会很甜，这个却那么辣，不过还挺好喝的。

她接着说："你知道小智喜欢你吗？"

"是吗？"

"你好像从来不注意身边人呢。亮一哥，你其实不喜欢制琴吧？那为什么还留在这儿，因为爸爸吗？"

沈亮一转头看她："我还有别的地方可以去吗？"

冉致一抿唇不说话。

沈亮一又说："我没你想的那么可怜，我是真的想待在这里，只要待在这里就好了，只要能看着你就好了。"

沈亮一的声音越来越远，冉致一觉得头有些晕。

音乐声停下，洛拾安下台后来找她时，正好看到沈亮一在顺她的头发。

冉致一听到声音，回头看，看到章雪拽着洛拾安的胳膊，她的头忽然开始疼，从椅子上跳下来，摇晃了一下，被沈亮一扶住。

洛拾安要伸手拉她，被沈亮一挥开。

如果洛拾安是冉致一的，那冉致一是谁的呢？洛拾安忽然想到这个问题。

他努力平心静气："亮一哥，我待会儿就要走了，临走前想和冉致一单独说几句话。"

冉致一却躲到沈亮一身后："哥，我想回家。"

洛拾安想让她清醒一点，低吼道："冉致一！"

章雪换了个位置挡住洛拾安："拾安，别这么喊，致一醉了，你让她回家吧，这么多人看着呢。"

章雪有意帮冉致一离开，转头对沈亮一使眼色，冉致一却不走了。

洛拾安刚刚那样喊她，明显是生气了，冉致一热血上涌，压下去的火气重新被燃起。

他好像头一次这么跟她生气。

如果换作平时，她也许不会在意，可当时借着酒劲，她心里委屈，在他再次伸手拉她的时候，她抓住他的手狠狠地咬了一口。

"我讨厌你！"

她扔下这句话，自己穿过人群跑了，一转眼的工夫，洛拾安被粉丝拉扯到了别处，根本没有追上去的机会。

冉致一睡醒后仍觉头疼，被陆时一劈头盖脸嘲笑了一顿："一共喝了半杯酒，醉得连人都不认识了，还耍酒疯。看你平常挺像个人的，怎么？遇到月黑风高夜沾上酒精就变异了？"

冉致一抓着枕头丢过去，蒙头钻进被子里："出去！"

她在床上逃避了一天现实，傍晚才爬起来。

和洛拾安分开前的最后一幕，冉致一隐约记得，因为他身边站了别人，所以她不愉快，即使听到了他在喊她的名字，她也不想回头。

或许是想用他的着急来证明他对自己的心意，也想让他身边的女生看到他在为自己着急，意识到这一点的冉致一无比厌恶自己幼稚的行为，如果可以穿越回去，重点是她发现，就算回到那一瞬间，她可能还是会这样做。

她控制不住，她讨厌这样的自己。他后来没有追上来，肯定也是讨厌她了。

冉致一胡思乱想的时候，听到爸爸喊她的名字："冉致一，过来跟我拍张照片。"

她不知道他为什么又突发奇想，只能照做。

沈亮一负责拿相机，冉爸爸穿上最漂亮的衣裳，和冉致一拍了第二张合照。

上一张还是在八年前拍的。

"你待会儿就去打印出来，给我找个新相框框上。"

冉致一："嗯。"

冉致一和洛拾安就这么莫名其妙地分开了，连别都没道，下一次见面也不知道是什么时候。

为什么她不在他的身边呢？

如果她在他身边，就能坦诚面对这一切了吗？

冉致一打开手机，竟然全是他发来的信息。

"冉致一，你干吗不理我，喝那么多酒干什么？"

"冉致一，我又哪里惹到你了？你这个人真的很莫名其妙！"

"冉致一，你没事吧？你还好吗？"

"冉致一，我错了，你回个信息好吗？"

"冉致一，我要走了，下个月回来给你带好吃的，你想吃什么？"

"冉致一，你别不理我……"

……

昨夜的任性全化为后悔，冉致一对自己的厌恶感再次上升一个度，她打开信息框：“我没生气，昨天只是突然不舒服，现在已经没事了。之前没开机，没看到你的消息，你安心演出，好好工作，不用担心我。下次回来我们好好出去转一转吧，对不起。”

她实在觉得自己丢脸。

第十一章

或许这样的我很难捉摸

冉致一还是很想长高，坚持每天喝很多牛奶。

成年后她对自己的身高仍然抱有幻想，二十二岁之前都有增高的可能性，虽然她现在勉强能到一米六五，没准过两年就到一米七了呢。

陆时一不懂她为什么非得在这上面较劲："你又不是运动员，长得再高也不能为国争光。"

冉致一伸了个懒腰："你管不着。"

听说经常伸展腰背也能长高。

"拾光乐队"的第一张专辑在盛夏的时候已经大火了，演出不再局限暑江，从秋天开始跑各地的稍微大型一些的演出，第二年春天一到，便放出了各大音乐节上的预告。

洛拾安这个名字在圈内变得炙手可热。

因为太忙，冉致一过生日他也没回来，由于上次不欢而散的经历，她对自己失去了信心，以为聚少离多是因为他确实开始讨厌她了。

她用工作来帮自己转移注意力。

冉致一接的订单越来越多，有人再来定制吉他的时候，冉爸爸会引荐对方和她洽谈，最初客人会因为她太年轻而不信任，冉爸爸承诺，如果质量达不到要求全额退款。

冉致一渐渐可以独当一面了，偶尔竟然还会见到洛拾安介绍的客户，对方因为看过他的琴后非常喜欢，所以特意来跟她见一面。

她想起以前跟他做的约定，要是他有一天真的火了，不能忘了给“致一工作室”做广告。

他倒是在兑现诺言。

没有洛拾安，她的时间线似乎都被拉长了，没有故事可言，虽然过程缓慢，回头看因为没什么可以回忆的，就好像只过去了一天。

她的世界仿佛凝滞了，日出日落，只是重复，在望不到尽头的工作和学习里，四季悄无声息地更替。

她要在他前进的时候跟上他的脚步，虽然这辈子都没可能在身高上赢过他了，不过，其他方面她可一点也不希望输给他。

幸好，也不是完全见不到面。

桩城是一座安静的城市，大型演出很少轮到这边，但洛拾安有时演出会路过邻市，便能腾出两天时间来找她，再就是每年冬天他一定会回来过年。

每年大雪覆盖桩城的时候，他都会回到她身边，说是房子一直空着没人气，所以这两年他和何月都在冉家过年。

每次回来他都兴致勃勃，以屋里人多没法说话为由拉她出门，然后闪着星星眼说：“冉致一，我们要去约会咯，约会！”

寒冬腊月，零下二十五摄氏度，他要跟她上街约会！

冉致一怀念屋里的暖气，拽着房门不撒手，洛拾安连拖带拽，几乎把她扛上了街。

在这座城市待了这么多年，有什么可逛的？冉致一愁眉苦脸，生无可恋。

他喋喋不休地说着在远方发生的故事，因为没有参与，她除了点头说“嗯”，不知应该回什么好。

她知道他不是完全顺利，粉丝里面有一部分是披着颜粉外衣的黑粉，总是把他们定向为偶像男团，倒不是说当偶像有什么不好，只是这些人似乎并不在意他们的作品，只关心洛拾安上台穿了什么衣服，梳了什么发型，还时不时调侃其他成员的颜值。

当有人替他们声明他们是乐队不是偶像的时候，又有人吐槽他们的综合实力，说韩阳和程光拉后腿。

总之，按照这群人的话来说，韩阳和程光就是不应该存在的。

其实外行的话完全没必要太当真，像是有人故意为了让队员生嫌隙而有意为之，只要不理就好了，越解释越引人关注，所以洛拾安从来不吭声，韩阳也没太较真，只有程光每天上线用小号和他们骂仗，结果越骂越生气，直到跟韩阳合伙坑了洛拾安一顿大餐之后才稍微满意。

为了提高乐队的综合实力，谢泽宇让章雪正式加入了他们，冉致一想说不在意，却期待洛拾安和她解释，可他从不主动提这件事情，她也不好意思问。

周年隔三岔五会骂她差劲，明知道洛拾安身边有个强劲对手还不努力，她听得闹心，再三警告周年，再提洛拾安的话就跟她绝交。

她倒是想努力，可离得这么远，所有的较劲都会变成矫情，最后不欢而散。

这样下去，他们最终会变成什么样子呢？

冉致一越想越悲观。想得多了还得不出结论，她的神经越发衰弱。既然在一起牵扯着这么痛苦，还不如分开。

这个想法一冒出来，冉致一心里猛地钝痛，她仰头看他。

连她都能想到这里，他会不会也这样想过呢？虽然他一直说自己不会累，可若有一天他真的提出来，她应该如何面对呢？

他还是喜欢穿白色圆领的宽松T恤，外面罩一件黑色长款羽绒服，再系一条纯白色的围巾。他的头发长了不少，碎碎的刘海拨到额角两侧，光洁的额头下是上挑的眉眼。

好看，特别好看。

二十岁的洛拾安比十六岁的时候更好看了，眼尾斜飞的自信衬得笑容更加夺目。

她这才意识到，他们都已经二十岁了，可这两年发生了什么，她一点也记不起来。

他们在冰激凌店里排队付钱，洛拾安发现所有的情侣都是手拉手，便下意识去牵冉致一的手，结果被她毫不留情地推开，他低下头，和她四目相对，她把脸转向别处，转移话题，说：“你要是嫌刘海碍事，待会儿我陪你去剪一剪吧。”

“过几天再说吧。”他又去抓她的手，她每次都避开，身子后仰，“你要干什么？”

他相当直白：“我要牵手。”

“不可以。”

“为什么？”

她捧着冰激凌找了个靠窗的座位坐下：“没有为什么。”

他不说话了，支腮看着窗外，冉致一看着他摆明了不高兴的后脑勺，犹豫了一下，把自己的甜筒递到他嘴边：“喏，第一口给你。”

他瞄了她一眼，按着她的手腕，咬了一大口下去，眼看最顶端的巧克力酱和坚果碎全进了他的嘴，她心痛地大叫一声。

洛拾安却还是觉得不够，抽出纸巾优雅地擦嘴，把她搂过来亲了一口。

她伸手打他，他破功，笑着躲开：“我再给你买两个就是了，然后你只吃第一口，剩下的都给我。”

她气呼呼的，皱眉看他：“算了。”

他胃不好，大冬天不能吃那么多凉的。

洛拾安看着她说：“你慢慢吃，吃完了我们去买衣服。”

“买什么衣服？”

“我明年要穿的衣服啊，春装和夏装都要买，你给我买。”

冉致一横眉冷对：“凭什么？”

洛拾安抹掉她嘴角的奶油：“我付钱啊，你帮我挑，然后你的我帮你挑，还是我付钱。”

“我不愿意，也不需要。再说距离夏天还有那么久，现在买完放柜子里接灰吗？”

“因为我过几天又要回暑江了，下次不知道又要多久才能来了。那边春天来得早，很快就用得上了。”

冉致一注意到，他把去暑江说成“回”，这种微妙的差别让她有短暂的失神。

“喏，冉致一，求你了，我也想出去跟人炫耀，说‘这衣服是我女朋友给我买的’。”

她瞥他一眼：“你好幼稚。”

在她面前幼稚一下又如何？

他笑得璀璨：“那到底是可以呢，还是可以呢？”

冉致一的心融化了片刻。

“真是的。”她抱怨着，把最后一口蛋筒塞进嘴里，擦掉指尖的奶油，系上围巾。

洛拾安已经帮她把羽绒服拿起来，一脸期待的样子：“快，我帮你穿。”

她把胳膊伸进去，他转到前面来，弯腰给她拉拉链，帮她把围巾整理好，顺一顺她翘翘的刘海，把帽子给她戴上，最后确认一遍：“可以吗？”

“买完就回家哦。”

他用力点头。

坐在他们旁边的几个女生已经悄无声息地观察半天了，在他们走后集体捂脸：“这种男朋友哪里有卖？我愿意倾家荡产去买一个回来！”

这个时候虽然有早春新款上市了，但能买到夏装的地方不多，多数还是过季的，所以冉致一只给他挑了春装。

洛拾安的身材好，衣服很好买，冉致一随便拿一件给他穿上都好看。笔直的裤管衬得他双腿更加修长，稍微贴身一点的衬衫更能突出他好看的肌肉线条。

她忽然很好奇：“你们演出的时候有规定服装吗？”

“想怎么穿就怎么穿，没人管。”他揽着她的肩膀碎碎念，“我跟你说啊，冉致一，今年夏天有一场演出，我上台前在外面被溅了一身泥点子，临时没法换衣服，就那样上台了。你猜怎么着，我……”

她让他闭嘴，拽着他的袖子进一家店，目光落在一件印有皮卡丘的粉色衬衫上，他歪着头看她：“冉致一，你不会是想让我穿这个上台吧？”

“你不喜欢？”

他纠结了一会儿：“如果你希望，也不是不可以。”

她当然没想难为他，只是单纯的猎奇心理，把衣架塞到他手里："你去试一下。"

洛拾安皱眉走进试衣间。

洛拾安布帘掀开的瞬间，冉致一发现她身边的女导购们的眼睛都亮了。

这么猎奇的款式都能穿得这么有型，这男人到底是什么人间瑰宝？！

衬衫领口上有彩带需要系，导购上前帮他整理，故意掐尖了嗓子和他说话，冉致一看得心里烦躁，把人推开，扯过他的领子："我来。"

她忘了自己手残，从来系不好蝴蝶结，满脸纠结，这玩意跟系鞋带没什么区别吧？

冉致一产生了更危险的想法，用只有两个人能听见的声音说："洛拾安，下回你要不要穿女装试试看？"

他有些无奈："那个，冉致一啊，捉弄我会让你开心吗？"

"还可以。"

他叹了一口气，搓搓她的头发："你喜欢的话，可以哦。"

她本来就是随便说说，没想到他真的答应了，她心底发热，手心出汗，更系不好了。

洛拾安看她的额头上都冒汗了，托起她的脸："系不好没关系，为了它再让你气坏了可就不值得了。"

"算了，"她放弃，"不好看，换一件。"

他"哦"一声，回到试衣间，换回原来的衣服。

买完他的，他又给她挑，逛完服装店又逛首饰店，他问她："你那只小猫吊坠挺好看的，在哪儿买的？我想跟你买一对的。"

她把肩包换一个方向挂，把猫藏起来："那家店在另一个方向。"

"坐车去。"

冉致一不想去，为了哄他，拿一条银牌项链去付款，听说可以在上面印字，她问他："刻什么？"

洛拾安好哄，一下子忘了前面的事，眼睛忽闪忽闪的："刻你的名字。"

戴上有冉致一名字的项链，回家的路上，洛拾安再次跃跃欲试："冉致一，还是不能牵手吗？"

“不可以。”

“你是不是不希望被人看到？”

冉致一没说话，洛拾安以为她是默认了，脸上的失落表情比之前更浓，她张张嘴，还是什么也没说。

洛拾安从没成功牵到过冉致一的手，她总是不愿意，换作从前这也许并不算是什么大事，也不应该是能构成吵架的理由，可心脏会因为距离变远之后变脆弱，两个人闲着没事的时候除了思念对方就剩下胡思乱想，稍微一丁点矛盾都能被扩增成很高很高的墙。

“冉致一，你到底喜不喜欢我啊？”

她给不出合理的解释，便说不出真正的心里话。

洛拾安不想为难她，自己给自己搭台阶：“算了，我随便说说的。”

他忽然想起来，她根本没说过要跟他在一起的话，一直是模棱两可的态度，因为她没否认，所以他便擅自觉得她是愿意的。

可现在他很害怕，要是他逼得太紧，她直接说她从来没有过跟他在一起的想法，那他该如何自处呢？

还有她的头发，他记得她最讨厌别人碰她的头发，在后来她允许他触碰她的时候，他激动得不行，以为这是他一个人拥有的特权，却没想到沈亮一也可以。

这些细节冉致一肯定不会太在意，要是他再计较下去绝对会被她厌恶，可他想要的就是她的全部。

她的头发、手、拥抱……那些她默认允许他的小特权，是他小心珍藏起来的东西，他不希望别人触碰。

他会嫉妒。糟糕，再这么想下去，他大概会疯掉。

这几天还是别跟她说话了。

两个人各有纠结，他不来和她说话，她也不去找他，尽管住在同一屋檐下，想躲开对方的办法还是有很多的。

本来是他自己想冷静的，真的被冷下来反而更慌张，看着冉致一和别人有说有笑，唯独不看他的时候，他心里简直像有一万只羊驼在分桌搓麻将，哗啦哗啦的声音吵得他不胜其烦。

他不在的时候，她是不是也这么开心？

直到他走，他们也没有和好。

每次见面都是这样，吵架、僵持、后悔，各自带着心事分开……堆积的压力越来越多，害怕触碰，就只能藏在心里，结果情势变得相当恶劣。

彼此都发觉自己一直在等待，却想不明白到底问题出在谁身上。

这真不是一个好兆头。

从十七岁洛拾安去比赛开始算起，冉致一窗前的杏花好像又开了四次，可惜的是，洛拾安一次也没有看到。

她原是想拍成照片给他看的，又猜想外面有比这更美的景色，她心疼自己最宝贝的花会拿去跟别的花做对比，而她实在拍不出它们最美的样子，便作罢了。

春夏两季是他最忙碌的时候，只有在秋冬能攒到少数空闲时间，一个又一个盛夏倏忽而过，她始终与他聚少离多。

看不到杏花，能一起看雪色也是好的。可二十一岁这年的冬天，腊月将结束时冉致一从洛拾安那里得到消息，今年他也许没法回来跨年，她没什么反应，“哦”一声就挂了电话。

担心自己的等待给他压力，所以她从不抱怨。就算不见面也没关系，冉致一这样告诉自己。

这座城市好像已经没有了能吸引他留恋的资本，毕竟他错过了它最美的时候。

工作不认真的结果是经常出错，冉致一选错了指板的木头，一部分流程全毁了，沈亮一狠狠骂了她一顿，把她赶出门，让她出去冷静冷静。

如果这样一直下去，还怎么接下工作室的牌子？

沈亮一气得直喘，冉爸爸都有些惊，给他倒杯水：“亮一啊，你最近气有点大啊。”

沈亮一喝口水，顺顺气，说：“你女儿的心根本不在这里。”

冉致一觉得自己真的很没用。

和洛拾安在一起的时候很开心，真的很开心，那种强烈的开心和分别的失落之间产生的巨大落差让她提高了警惕，她无数次出现了放弃的想法。

出了工作室后无处可去，冉致一只能又去唐执的台球厅，近几年来偶尔到这边来坐坐已经成了冉致一的习惯，时不时能碰到林乐乐来找唐觉。那两个人不知什么时候互生好感，一起上了申大，冉致一很羡慕，无聊的时候看他们斗嘴的感觉还挺欢乐的。

现在他们都不在店里。

唐执见冉致一来了，倒了杯水给她，她把杯子推回去："给我酒。"

"你来买醉，沈亮一知道吗？我可不想让他来砸我摊子。"

"放心吧，就是他把我赶出来的。"

唐执倒了两杯啤酒，打算看看冉致一的热闹："来，有什么不高兴的，快跟我说说，让我高兴高兴。"

冉致一抿一口杯口的泡沫，说："唐执哥，你最近是不是很闲啊？"

"彼此彼此吧。"唐执刷一会儿娱乐新闻，觉得没劲，把手机扣到一边。

店里没人，呼吸好像都能听见回音，他打开唱片机，洛拾安的声音和章雪的纠缠在一起，冉致一白眼一翻，扑在桌上。

"你和拾安还联系吗？"唐执问。

"嗯，偶尔吧。"

冉致一喝完一杯，又要了一杯，托着脸看酒瓶发呆，唐执在她面前挥挥手，说："早知道现在这么受折磨，当初干吗不直接跟他走？"

"我不是因为他才心情不好。"

"哦。"

"我说真的。"

唐执耸耸肩，脸上的表情不言而喻。

冉致一搓了搓头发："说实话，我也不知道自己为什么这么焦躁，"她捶捶胸腔，"这里，就像压了一口瘀血吐不出来一样。"

唐执拿出烟盒："我能抽烟吗？"

冉致一点点头，看着火光忽明忽灭："你抽的烟和亮一哥抽的是一个牌子。"

唐执突发奇想："反正闲着也是闲着，跟你讲讲你亮一哥念书时候的事吧。"

冉致一点头，唐执想了想后竟然泄气："其实也没啥可讲的，我高三的时候跟他同班过，他那时候除了工作就是看书，不爱说话，也不爱美色，每件事情都能做到很好，总是一副谁也不需要的样子。在我们当中，他算是个异类，唯一让人感到好奇的，就是他口中那个叫致一的妹妹。当时我们想方设法地求他让我们跟你见个面，他当然不肯了，后来听说他要去接你放学，我们就偷偷跟去了，那时候你才九岁……"

冉致一打断他："不对啊，你不是比亮一哥大好几岁呢吗？怎么能跟他是同学？"

"我上学晚还留过几次级，你有意见啊？"

"没，没有，您继续说。"

唐执敲敲烟灰缸："他从来不跟人求助，好像很害怕和别人产生关联，这样的人是注定不合群的，你也看到了，他的几任女朋友都没坚持住。我以前很担心他，做人没出口早晚会疯的，后来才发现，他是完全把自己封闭了。我们认识这么长时间了，他只有提起你的时候才会神情稍微柔和一点，我以为他在等你长大，结果……"

唐执欲言又止，不想在冉致一面前揭穿沈亮一的心思。他弹烟灰，夹着香烟的指尖点在冉致一脑门上："你和他特别像，你们这样的人啊，特别擅长让爱你们的人感到绝望。说是不求助，其实是怕欠恩情，一旦得到帮助的第一反应不是感谢，而是思考怎么把这个账平上，听上去好像很仗义，其实说白了，就是不想跟人有交集，简称无情。"

冉致一被说愣住了，下意识地摇头否定。

唐执吐出一口烟雾："那你说，为什么不去见拾安？"

因为爸爸需要她，因为她叫冉致一。

是吗？是，好像也不完全是。

往更深一层说，她是真的希望自己可以做到无情，这样就不会依赖任何人了，她不想依赖洛拾安，却因为他的离开变迷茫，她当时太寂寞，便想奔到他身边去。可她心里清楚，依赖过头会失去自我，等同于交给他伤害她的权利，要是有一天他不再需要她，她该怎么活下去呢？所以后来当爸爸说需要她的时候，她便毫不犹豫地留了下来，她松了口气，因为她有了退路。

如果太靠近洛拾安，她一定会因为患得患失而窒息，早晚会撑不下去。知道爸爸需要她的时候，她觉得自己有救了，她可以不再寂寞了。

糟糕的是，她仍然思念他。

唐执站在旁观者的角度，看不到她心里的纠结，可多亏他的提醒，让她了解了洛拾安的感受。

在遥远的地方猜测她心情的洛拾安，是不是无数次陷入过绝望？

而这些话，她又要如何说出来呢？是个人都会觉得她是神经病。

因为渴望而依赖，又因为害怕而逃避，她胆小、脆弱，只能装出无懈可击的样子，确保万无一失地赶走所有试图打开她心门的人。

西南方晕染的红霞一如既往的漂亮，唐执倚在吧台上看着窗外，摁灭了烟头。

冉致一趴在桌上，与他欣赏同样的景色，说："唐执哥，你知道拾安的名字是什么意思吗？"

"什么？"

"以前何姨说，她想让川叔可以在她身边得到一寸安宁。"

唐执轻笑一声："所以，现在拾安的安宁可是交给你来守护了？"

"拾安不一样，他和我们都不一样。"

他熊熊燃烧着，比谁都用力而真诚地活，他想做什么就做什么，明媚着，闪耀着，轻而易举就拾走了所有的光。他不需要谁给予安宁，山河辽阔，随处可是他的安宁。

她捂着眼睛说："真正需要那一寸安宁的是我，我想借他的光行走，却害怕离得太近会伤到自己，我做不到全心全意地付出，也不敢承接他的恩情。"

唐执抽出纸巾递给她，拍拍她的肩。

冉致一从唐执那里回家，因为太累睡着了，醒来后看到洛拾安的未接电话，她拨回去，铃声响了半分钟后，她听见章雪的声音："是冉致一吗？

拾安在忙呢，你有什么事吗？”

冉致一坐起来，天已经黑了，为了能在黑暗中看到些什么，她努力睁大眼睛：“他的手机为什么总在你那里？”

这已经是她第三次替他接电话了。

“我的手机没电了，用他的在打游戏。”

“把手机拿给洛拾安。”

“我说他忙呢。”

冉致一很讨厌章雪用这个口吻讲话，好像仗着自己是洛拾安的队员而向冉致一炫耀，她待在洛拾安身边，了解他的一切。冉致一因此愤怒：“拿给他。”

章雪在那边“嘁”了一声，找到洛拾安，没好气地说：“冉致一的电话！”

洛拾安连忙接过来：“你刚刚去哪儿了？”

“在睡觉，静音了。”

“我月底回桩城，你有什么想要的吗？”

冉致一揉着酸疼的眼眶，焦躁感已经快要溢出来了，从听筒那边传来的章雪的说笑声让她厌恶得发狂，她现在真的很想把手机扔到墙上。

但是她不能那么做，不能那么做。

她提不起精神：“不是说不回来了？”

“计划有变。”他说，“我太想你了。”

她应该高兴的。

她一直盼着见到他。

可这样的盼望什么时候才是个头呢？每次都在濒临绝望的时候补给养分，在半死不活的状态寻觅生机。

再这么下去，她真的会疯，明知道不是他的错，可她还是会忍不住迁怒他，她会变成自己最讨厌的样子。

她深呼吸，平静了一会儿：“洛拾安，我们还是别见面了。”

“你最近那么忙吗？那我直接去工作室见你吧。”

“不用，你别来，我就是不想见你。”

电话那边的人沉默了半晌："冉致一，你又怎么了？"

她头疼得呼吸都灼热，每说一句话都要费很大的力气。

冉致一迷迷糊糊地说了一声"再见"，就挂了电话。

太累了，太累了。

再这样下去，对彼此都是折磨。

洛拾安回城的那天，冉致一正生病躺在床上，沈亮一拦住他，让他改天再来。

章雪上前几步，尖细的高跟鞋踏出刺耳的声响，大着嗓门说："拾安，既然这样就回去吧。"

冉致一在楼上醒了，哑着嗓子喊："哥，外面怎么了？"

沈亮一不悦地看了他们一眼，放缓了口吻回头朝楼上说："没事，你醒了，要喝水吗？"

"喝。"

沈亮一倒水，顺便指指大门："都出去。"

洛拾安不肯走："亮一哥，我今天一定要见到冉致一，你告诉她我回来了，我……"

"洛拾安。"沈亮一的面色沉寂，眉眼清冷，话里仿佛有弦外之音，"不光只有你了解她，我才是看着致一长大的。"

洛拾安的表情倏地变冷，眼里多了几分敌意。

沈亮一端着杯子上楼，冉致一坐起来喝水："刚才谁在？"

"没谁。"

冉致一的鼻子不通，呼吸不畅，说话时有浓重的鼻音，她自己都吓了一跳，以为有另一个人住在自己的身体里。

她拿起手机，发现已经好多天没开机了，递给沈亮一，让他帮忙充电，重新钻回被子里睡觉。

这一觉她已经断断续续睡了三四天，因为发烧而神志不清。

沈亮一给她掖了掖被子。

唐执说得对，沈亮一和冉致一是相同的人，只有同一类人才能明白彼此的纠结和痛苦。

门外的洛拾安从没关的房门看到这一幕，捏紧了拳头，转身和沈姨道歉："我先走了，麻烦告诉冉致一我来过。"

沈姨点点头，洛拾安若有所思，又问："冉致一前几天是不是发生什么事了？我在电话里听她的语气很奇怪。"

沈姨用手语说："她说去了趟台球厅，还喝了酒回来。"

台球厅，那就是唐执那里了。

洛拾安点点头。

后面三天他每天都来，每天都因为冉致一在睡觉而被沈亮一拦住，程光他们在门外等到他出来时表情凝重，不约而同地问："怎么样了？致一没事吧？"

"听沈姨说，情况好像不太好，高烧了好几天，一直在睡觉，迷迷糊糊的，叫她她就答应，只喝水也不吃东西。"

韩阳知道洛拾安放心不下："要不我们再等两天再走吧。"

"等个屁啊！"章雪在外面等了这么久，已经没了耐心，"这都耽误了好几天了，老谢都发火了。"

程光讨好似的给她披上自己的外套："特殊时期嘛，让他理解一下。"

"问题不在他理解不理解，是时间不能推了。洛拾安，我们这么多人可就等你一个，说好了今天看完她我们就出发，那个冉致一病几天又死不了，你这么……"程光捂住她的嘴不让她再说话，洛拾安的目光已经冷得可以杀人了，章雪挣脱程光的手，挑衅似的看洛拾安，"你能拿我怎么样？"

洛拾安看着她，掷地有声："你再提冉致一的名字我就掰断你的牙。"

章雪被洛拾安的表情吓住了，瞪了瞪眼睛，没敢再说什么。

几个人正打算要离开的时候，沈姨出来叫住了他们。

冉致一刚刚睡醒，知道洛拾安来了，想见他。

洛拾安进去后，程光看了章雪一眼："你是不是非得在拾安和致一中间搅和？"

章雪刚在洛拾安那里吃了瘪，都发泄在程光身上："我乐意！"

"洛拾安到底哪里好？"

"他哪儿都比你好！"

韩阳到中间把他们分开："行了，已经够乱了，你们就别闹了。"

屋里的洛拾安在冉致一的床边坐下："你总算醒了，亮一哥一直不让我看你。"

她只要一说话就想咳嗽，只好压着发痒的喉咙说："这几天每到这个时间就很吵，是不是你们都来了？"

他伸手去试她额头温度，已经不烧了："抱歉，这几天要练习，他们都住在我家，知道我要来看你就都跟着来了。"

"不是说不让你来吗？"

"你说那种话，我当然更想来了。"

她抱着枕头："章雪也在？"

"嗯。"

"你们相处得很好？"

他给她掖一下被子："只是普通队员。"

"你肯承认她是队员，一定是配合得很默契吧？"

"你想说什么？"

她说："你应该试着喜欢能陪伴在身边的人。"

"那亮一哥呢？"

她冷眼瞧他："别把亮一哥牵扯进来。"

"好。"能在一瞬间话赶话说到这里，说明这些想法都在彼此的脑中盘旋无数次，到了该停住的时候却收不住了。

洛拾安站起来："那我换一种说法，冉致一，你就这么希望我离开你吗？"

她把脸埋进被子里不说话。

两分钟后，他开口："我明白了，随你。"

冉致一的心迅速下沉。

这样就好了，这样最好了。

门外的程光见到洛拾安脸色阴沉地出来，勇敢地站出来撞枪口：“那现在怎么办？”

洛拾安看看手表，还有点时间：“去唐执那儿看看。”

店里人很多，周年在和林乐乐聊天，看到洛拾安，冲他招手，想问问冉致一的情况。

他没回应，有些疲惫的样子，在吧台边坐下。

章雪和唐执意料之外地聊得来，喜欢的音乐口味也一样，两人正聊得热络，洛拾安倏地问：“前阵子冉致一来过？”

唐执“啊”了一下，没在意。

洛拾安又说：“你是不是跟她说了什么？”

“怎么了？”

“没有，随便问问。”

“我们是说了很多，她那天心情不太好。”

“比如呢？”洛拾安要了一瓶啤酒，“可以告诉我吗？”

洛拾安不依不饶的，唐执只好回忆了一下，讲了个大概。

会被这样说的冉致一，逃跑也在情理当中。

洛拾安没回应，喝一口酒。

“怎么？又吵架了？你们还真是互相折磨啊。”

洛拾安抬起眼皮：“唐老师，你这儿最近生意怎么样？”

“一般，淡季，就今天人多。”

他嗤笑一声：“怪不得，你还有空在这儿扮演哲学家。”

唐执刚听出这话里不对劲，洛拾安搁在桌边的手机就振动了一下，章雪眼明手快地抢走，放肆地笑：“洛拾安，冉致一给你打电话呢。”

她接通了说：“喂，冉致一，说曹操曹操到，你还真是赶得巧啊，我们刚才开你的批斗大会呢，要不要我阐述一下会议内容给你听听……”

洛拾安将空了的啤酒瓶放在桌上，扯过章雪的领子，手肘碰得啤酒瓶滚落在地，破碎声使满屋寂静，音乐声变得特别突兀，在场的人一眨不眨地望着这边。

程光见事态不好，赶紧过来拉他的手：“喂，拾安，别开玩笑了，小雪就是随便说说，你不至于真生气。

“小雪，快把手机还给拾安。”

洛拾安推开程光，章雪没想到洛拾安会真发火，她佯装镇定，把手机给他看，刚刚的电话并不是冉致一打的，章雪是故意骗他的。她红着眼睛说：“我是不明白，她明明什么都没做，你干吗这么喜欢她？”

他的神情恢复了一点，垂着眼睑，将她拉近了些，低沉的声线里竟然融着几分温柔：“我之前怎么跟你说的来着？”

洛拾安冰凉的手指不经意间触碰到章雪的皮肤，章雪哆嗦了一下。

两人离得这么近，不知道还以为他们在谈情。

洛拾安慢条斯理地说完，松开章雪的领子：“这是我最后一次原谅你。”

他掏出钱放在吧台上，看了唐执一眼，头也不回地走了出去。

章雪愣了一会儿，忽然蹲在地上呜呜地哭起来。

当天晚上，冉致一收到洛拾安的信息：“冉致一，你宁愿听别人的话也不相信我，这一次我是真的生气了，我不会再找你了，你自己好好冷静一下吧。”

冉致一始终觉得，洛拾安才是最固执的人，她的固执多数时候都会为了他妥协，而他一贯是想到什么就说什么，怎么说就怎么做。

他从来是说到做到的。

这次和高中的时候不一样，那会儿他们低头不见抬头见，总有和好的机会，现在离得这么远，想避开真的太容易了。

冉致一在收到这条信息的瞬间手脚发冷，这样回复：“正好，我已经很冷静了，以后我们就再也不要见面了。”

很久以后，周年在《天然与傲娇》的第四卷漫画首页附上这样一段话：“众所周知，想和傲娇玩欲擒故纵，一定要适可而止，要在暗中行动，千万不可太过直白，语言的刺激只会刺痛傲娇的自尊心。你永远不会知道一个表面冷漠的傲娇内心有多么丰富的小九九，也不会知道你的一时失言在她心中百转千回之后会被盖上怎样的罪名。所以，请随时铭记在心，傲娇都是狠角色，把自尊看得比天高，千万不要刺激她，否则，她宁愿伤己一千，也要损你八百。”

这本漫画在上市之后大获好评，粉丝亲切地称之为“傲娇攻略指南”。

而以上警告的反面典型，便是收到冉致一的绝交声明之后彻底傻眼的洛拾安。

彼时他刚下飞机，在谢泽宇的车上。

“啪嗒”一声，他的手机掉在脚边，他慌张地捡起来往回拨电话，打不通，过往的经验告诉他，他的名字现在一定十分乖巧地躺在冉致一手机的黑名单里。

完了，搞砸了。

他只是像信息里说的那样，短期内因为工作太忙没法找她，想让她趁这个时间冷静一下。他一边这样想，一边翻回信息栏，逐字检查刚刚的内容，然后他疯了，他是在飞机起飞前给她发的信息，当时空姐催他赶紧关机，他手一抖，少打了几个字，酿成了史无前例的惨剧。

他跳起来去拽前面谢泽宇的领子：“掉头！我要回桩城！”

方向盘被洛拾安拽得差点转弯，韩阳和程光连忙上来把洛拾安拉开，谢泽宇惊魂未定：“你开什么玩笑？这是高速！还有，节目还有六个小时就开始了，你想死也得结束再死！”

程光和韩阳一人压住他一条胳膊：“哥，惜命吧，我们的小心脏可经不起折腾啊！我们家三代单传，就靠我传宗接代了！”

洛拾安的太阳穴剧痛，他皱眉道：“松手，我知道了。”

算了，他也不是非得现在解释。再等两天，彼此都冷静一下吧。

洛拾安把手机搁到一边，决定专心工作，他问谢泽宇：“节目还有什么特别需要准备的吗？”

这次的综艺和之前的少年比赛是同一个制作组，邀请了五组年轻乐队和五组风格不同的经典乐队，由年轻人和前辈们抽签组队，形成五个队伍，相互改编对方的歌，主要是想看不同音乐理念的相互碰撞可以产生什么效果。镜头全天跟踪，观察他们的创造过程，节目没有比赛性质，要求前辈给晚辈适当指教，两个时代的想法也许可以激发出奇妙的火花。

谢泽宇只对他们提一个要求：“这次来的前辈都是有头有脸的，不管在节目上下，你们的态度都要好一些。”

一直闷不吭声的章雪在副驾驶座上小声说：“新人组我们都知道了，前辈组都有谁啊？”

谢泽宇依次把名字说出来，念到最后一个，车内全体寂静。

“川声。”

这是一场注定没法平静的旅行。

挺好，这样洛拾安就能忍住不去找冉致一了。

他看了一眼角落里安静的手机，问旁边的人：“这场节目做完刚好三个月，我要是在这期间一直不理冉致一，你说她会不会哭？”

原本就肃静的车内变得更加肃静了。

洛拾安想起初见冉致一的时候。

幼儿园里，她眼巴巴地看着他，好像他身上有什么东西特别勾人。他以为她早晚会找他说话的，他就一直等，等啊等，等了好久不见她来，没办法，他沉不住气，只好去找她。他问她为什么看着他，她反问他为什么总是笑，他说想笑就笑呗。

他一直以为笑只是一种表情，却不知道有人把这当成了不起的能力。他只觉得这姑娘傻乎乎的挺可爱，就每天给她搜刮有趣的故事，睁大眼睛观察四周，看到什么都说给她听，他费很大的力气才能让她笑一下，可就是那一下，让他执着了好多年。

冉致一给洛拾安带来的感觉就像一只流浪猫，很冷漠，不许被触碰，却不白接受他的好意，她往他的碗里放肉丸子，把冰激凌的第一口送给他，她拥有的不多，却想回报他。

渐渐的，他认为自己身负重任，必须保持乐观，在她身边一待就将近二十年，绞尽脑汁想在她面前扮演成快乐的样子，久而久之好像就真的快乐了。他需要那份快乐，也想更加了解她。

她做什么事情都专心致志，腰背永远挺直。她好像很坚强，却没有安全感。她不说话的时候都在胡思乱想，会得出很奇怪的结论，她永远做好最坏的打算，时常幻想被抛弃，说是为了将来做准备，他觉得这样不好，所以他宁愿惹她生气也不让她闲着。她会做噩梦，会哭醒，醒了之后又当什么也没发生过，所以他吵她，闹她，让她只记得他，只想着他。

他知道，假如他不去找她，她不会来见他，唐执说得对，她确实有些无情。可只有他清楚，她只是怕接受太多没法回报，觉得自己是累赘，她拥有得太少，只剩最后一点领地不许人践踏。他很小心很小心地朝她靠近，并不是想融化她的铠甲，只是想告诉她，他是真的需要她。

所以，他是有些生气的。

气他们经历过的岁月不敌别人的一句风凉话，气她对自己如此不自信，只凭一个还没认证的假设就自作主张逃离。他气她不知道他在看不见她的日子里多么恐惧，他不怕她冷落他，只怕她不快乐。

这种莫名其妙的执着真的很可怕，他是多么多么希望她快乐，好像将自己的烦恼也与她放在一处，她一笑，他就什么都不在意了。

所以，尽管他如此气她，却也听不得有人对她说一句重话。

这样的他在别人眼里一定也是无可救药的吧。

那么，他们还真是天生一对呢。

与洛拾安绝交后的冉致一并没有觉得自己会孤单。

未雨绸缪的她从一开始就在为这一刻做铺垫，之前藕断丝连的她才难受，像这样断干净以后她反而痛快了，她是这样暗示自己的。

洛拾安不在的第一个月，她认真工作，认真上课。

洛拾安不在的第二个月，她和林乐乐上街买了很多春装，准备去沿江线看帅哥，有人邀请她一起去看电影，她不想去电影院，因为安静漆黑的环境总让她想到某个人，仿佛他就坐在身边，偷看她。

洛拾安不在的第三个月，她穿上新衣服，又陪冉爸爸去了一回游乐园，她已经是第好几次来这种地方了，他提议坐跳楼机，她害怕这种离心力，却还是硬着头皮坐上去，又硬着头皮没喊出声，下来以后手脚冰凉，抖得挪不动步……

洛拾安不在的第五个月，冉致一终于帮冉爸爸把愿望清单的每一项都完成了。

洛拾安不在的第六个月，她累积的平静挥霍得差不多了，而他说到做到，一直没有联络她。

这一年，冉致一从申大毕业。

生活像按了快进键，冉致一出门少，也不上网，以为世界一片平静。

盛夏，周年回到桩城，和冉致一聊天，无意间说起洛拾安。

为了证明自己对他的事情波澜不起，冉致一很平静地问：“他最近怎么样？”

“之前他参加了一个综艺，我跟你说过吧，不过那次节目的收尾不太好。”

她佯装不在意地说：“怎么回事？”

周年简单总结了一下过程。

洛拾安在节目上和洛川较劲，好多人说他太狂妄，洛川在节目上求和，洛拾安说除非洛川承认自己做错了，洛川的脸就绿了。随后采访的时候，洛川明显生气了，他说从现在开始永远不和洛拾安同台，想让他长点教训，硬撑着做完了节目，全程气氛尴尬。

“如果只是这样也没什么，拾安公开讽刺洛川的新专辑水平低，这相当于打他爸的脸。”

冉致一听周年说得不清楚，便掏出手机开始上网搜。

事情不止于此，节目之下粉丝开始扒川叔的往事，有个帖子还专门分析了这事，主题是“应不应该为了理想放弃一切”。

有人说应该，因为洛川的歌已经算得上是一个时代了，摇滚精神就是随心所欲，永远年轻，不在意外边对自己的评价。有人反驳，不在意的首要标准是不做亏心事，做了亏心事还不在意的人那叫丧心病狂，年轻的意义应该是勇敢和热血，不是做事不顾后果。接着又有人抱不平，为人父母难道就不该有梦想？

这个话题之下分两派，甚至有人拿它当辩论主题，从各个角度疯狂展开，现在已经搞不懂谁对谁错了。

冉致一看到这里，揉了揉眼眶。

她没想到这段时间这么热闹。

周年说：“总之，这下洛拾安算是彻底得罪了洛川，也相当于得罪了蓝音。洛川人缘好，蓝音内部几个咖位大的都随着洛川一起抵制跟洛拾安同台，所以他们这段时间的工作不太顺利。而且……”她顿了顿，“那个章雪，你知道吧？之前程光花大手笔跟她告白，她一激动就答应跟他在一起了，却还是暗暗地撩洛拾安，多亏她这个祸害精，搞得他们内部关系挺僵的。”

冉致一听到这里，再也平静不下来：“你知道洛拾安现在在哪儿吗？”

周年轻咳了一声，心想“你不是不在意吗，倒是接着装啊”，脸上却没表露出来，说：“他应该去澳门了吧，我听韩阳说好像是有场演出。”

远在澳门的洛拾安打了几个喷嚏，揉了揉鼻子。

他在当地跟人耗在牌桌上，本来只是摸几张牌消磨时间，却因为运气太好被找碴儿，和对手们互相怂恿，把这几年所有积蓄都换成筹码压在桌上。

韩阳看得直打冷战：“拾……拾安，要不我们算了吧。”

“干吗要算了？”章雪叉着腰和对方挑衅，“拾安，赢了他，让他输得精光，看他还拽不拽。”

程光求她：“姑奶奶，您就别看热闹不嫌事大了！”

桌上的人越玩越热闹，干脆一把全推了。洛拾安单脚踩在凳子上，念念有词：“情场失意，职场也失意，总该有一项得意的吧。”

三个人心惊胆战地等着洛拾安开牌，然后倒抽一大口气：“赢……赢了！”

这把洛拾安赢得太大，胜过他的积蓄好几倍，程光和韩阳激动地抱在一起，想着晚上让他请客吃什么比较合适。

洛拾安却把筹码推回去：“张先生，我想用这些钱跟你换一样东西，就是你之前在拍卖会拍到的那颗红宝石。”

一盆凉水浇灭了程光和韩阳头上两簇火苗，想了半天才明白，昨天他们为了见见世面，搞了几张拍卖会的入场券，当时有颗红宝石被天价拍下来。程光还在感慨，虽然这几年他们自认攒了点钱，没想到光这一颗宝石就得把他们四个人所有积蓄加起来。

洛拾安在牌桌认出这个姓张的，抱着试试看的想法跟他玩几局，先是惹恼了对方，然后压上自己全部运气，看能不能赢到这颗红宝石。

程光觉得洛拾安疯了："你要那玩意有啥用？！砸核桃吃？"

他轻轻地说："冉致一快过生日了。"

章雪听到这话眼睛瞪得像铜铃一样："你不是和她绝交了吗？！"

"谁说的？"

"你们不是很久不联络了？"

洛拾安眉毛一扬："我在等她联系我。"

韩阳哼了哼，小声念叨："那你估计这辈子都等不到了。"

他们还以为要是洛拾安成了大款能沾光，结果是空欢喜一场，眼看晚饭的大餐也泡汤了，队员都想劝劝这个脑残的队长，不如真去买点核桃补补脑子。

总之，冉致一是不会主动联络他的。

绝对不会。

周年的话让冉致一辗转反侧，于是冉致一又犯了老毛病，零件什么的频频做错，那几天整个工作室都充斥着沈亮一骂人的声音。

沈亮一骂累了，再次把冉致一赶了出去。

这次她选择回家睡觉。

这些，冉爸爸都看在眼里。

一周之后，冉爸爸要求和冉致一再爬一次落阳山，这次只他们两个人出发。

他们爬得很慢，山还是那座山，景色也是一样的，已经爬过很多次了，不知道有什么意义。

冉爸爸在前，冉致一在后，走走停停的，黄昏时才到了山顶。

在落阳山顶能看到整座桩城最漂亮的夕阳，那是冉爸爸喜欢这里的原因。

"冉致一。"他坐在观景台，摆出皇帝架势，"拿水给我。"

他喝得太快，呛得咳嗽，冉致一轻轻拍他的后背："我又不跟你抢，你喝那么快干什么？”

“我问你，你现在是不是一心咒我快点死，好让你飞出这座山，到想去的地方去？”

“话不能乱说，我还不至于到那种狼心狗肺的地步。”

“实话实说我又不会怪你。”他拍拍身边的位子，“坐下，跟我谈谈心。”

坐下来后她发现，他眼窝有些凹陷，鬓角的白发好像多了一些。

她从前很少观察他，他也不和她说话，父女两个好像一直在扮演仇人。

“冉致一，告诉我，你喜欢做吉他吗？”

夕阳像一个鸭蛋黄，很可口的样子。

冉致一擦擦汗，捏着手里的矿泉水瓶，说：“不讨厌。”

她已经习惯了满屋子的木香，也觉得木头的纹路很漂亮，拿到一块木头的瞬间会幻想它制成琴后可以发出什么样的声音，做好成品后的成就感可以维持好长好长时间。

“跟你说个秘密。”冉爸爸神秘兮兮的，“别看我这个样子，我小时候很叛逆。”

冉致一揶揄他：“您现在也挺叛逆的。”

“当时我从来没想过要当制琴师，这一天天在工作室坐着谁受得了，我当时梦想当摇滚歌手，就跟你川叔一样。你爷爷当然不许了，我们两个天天吵，家里的玻璃制品能砸的都被我们砸了个遍，可是胳膊拧不过大腿啊，我还是走了这条路。”

这个冉致一还真不知道，她认真地听他说。

“差不多三十年前吧，我在街头碰见你川叔，他去旅行，跟几个十多岁的小孩弹了一首曲子，因为那首歌，我们两个差了快十岁的人一见如故。我送了一把吉他给他作为告别礼物，让他帮忙承载我的梦想一路辉煌下去。他很厉害，也做得很成功，托他的福，我好像感受到了那么一点制琴的乐趣，如果能把梦想转移到另一种有形状的物件上，好像也很神奇。”

“川叔年轻的时候和洛拾安像吗？”

“亲生的，当然像。”冉爸爸解答完她的问题，重新回到原本的思路，“我没什么耐心，能专注做好一件事情已经很不容易了，所以我从没想过当父亲，我知道我不是那块料。可是你妈非得把你留下来，还说给你取名叫‘致一’就是为了将来有一天让你接我的班。我和她大吵一架，之后还是妥协了，她那会儿身体不好，我拗不过她，干脆顺了她的意，把工作室的名字也改了。”

冉致一一眨不眨地看着他，这是他第一次跟她提起往事，也是第一次跟她说这么多话。

“我一直觉得小孩子太恐怖了，哭起来地动山摇，可是你摇摇晃晃地走向我的时候，我还是有点欢喜的，看你那么努力想得到我的夸奖，也觉得有那么一些可爱。可我还是不适应，即使已经成为父亲的真实感越来越强，直到你一天天长大，我也想不出该怎么当一个合格的爸爸。

“你妈妈去世之后我的心性更不如从前了，那时候我真的觉得活着很没意思，如果不是还有你在，我也许真的就撑不下去了。当爹的要有当爹的样子，我毕竟是一家之主，得给这一大家子的人做个榜样，要是我先倒下来，冉家不就完了吗？我还得等到你长大来接我的班呢。

“渐渐的，你也不像小时候一样和我撒娇了，那时候我其实是有些慌的，唉，我这几十年来就犯这一个毛病，想说的真心话永远不能顺利说出口。所以我让亮一代替我，给你开家长会，看着你写作业，过生日的时候代替我挑礼物，毕竟我跟你有代沟，又常年不出门，不知道年轻人都喜欢什么东西。

“上次进医院，其实不是我故意的，当时我也以为自己没几天可活了，后来才知道是误诊，又想着，干脆将错就错，这样你就能留下来了。以为自己快死的时候，我好像突然就可以理解我爸当年的心情了，之所以活了半辈子还这么热爱这份枯燥的工作，大概是因为身后有个接班人，一想到你可能会把这份技艺传递给你的下一代，我就有一种守护了你一生的幸福感。

“我知道你也许没那么喜欢这份事业，可我的内心强烈地希望你可以留下来，不管用什么办法，我也希望你留下来。我不讨厌拾安那孩子，可只要看到何月，我就害怕你步她的后尘。或许当爹的都有这种自私心吧，不管自己曾经有过多么缥缈的梦想，也希望你能走最稳健的路，我想你一直陪着我，就在这夕阳照得到的地方，在我目光所及，安安稳稳地度过这一生。”

夕阳已经落下去一半，冉爸爸停下来喘了一口气，继续说：“你以前问我你为什么叫‘冉致一’，这我哪里知道呢。我只知道我的女儿叫‘冉致一’，她讨厌我，我也讨厌她，可谁让她来了呢？满世界那么多和她同龄的女孩子，为什么偏偏她是我的女儿呢？真要怪，就怪命吧。”

“你这也太不讲理了。”冉致一听到这里已经带了哭腔，却因为他的突然煽情生出警惕，“老头，你不会又要作妖吧？”

“你放心吧。”冉爸爸哈哈大笑，“写那条愿望单，其实是想在你走之前多陪你做点事情，现在每一条都做完了。我想问你，如果我现在让你做抉择，你到底想要什么？”

想要什么？

冉致一低着头不说话，冉爸爸拍拍她的肩：“不着急，慢慢想，想好了再告诉我。”

从山上下来，冉致一一直思考冉爸爸的话，连同半年前唐执的警告，以及周年带来的消息。

原来爸爸一直爱着她，原来她也并非天生与温柔隔绝。

那么，她也许没有丧失爱的能力。

可如果现在才认清自己，会不会太晚呢？

时隔半年，她上网去翻“拾光乐队”的消息，不翻还好，一翻就看到了一条让她爆血管的内容——鼓手和主唱为了键盘手大打出手，程光宣布退出“拾光乐队”。

果然，这世上所有的意外都是从最初埋下的伏笔。

只是当时她并不知道，还有更可怕的恶作剧在不远处等着她。

第十二章

若我尽量回应你的迁就

九月，冉致一接到韩阳哭哭啼啼打来的电话，要她去给洛拾安“收尸”。

她在飞机上哭得死去活来，可赶到现场才知道是虚惊一场。

先有自家爸爸假装绝症，后有洛拾安骗她“收尸”，她前半生的精彩戏份似乎都是由这两人的一唱一和而来。

洛拾安吃下退烧药熟睡，冉致一在他病床边做了一个漫长的梦，再漫长的梦境也终归篇幅有限，不够讲从前的故事，所以她只忆起了十六岁到二十二岁，刚好六年。

多亏洛拾安这个恶作剧，她虽然生气，却因此而变得清明。

命运叫她与他牵扯这么多年，一定是不想他们分开。

她不能接受洛拾安不在这个世界。她也是有私心的，所以有一点点高兴，这证明自己十六岁时给他的承诺还被记得。

天亮后有人握住她的手，她惊醒，去摸他的头，还好，已经不烧了。他仍然抓着她不让走，说：“冉致一，你真的是冉致一吗？”

感情他入戏太深，还想再演一场，冉致一活动了一下右手腕：“要不要我给你一巴掌验验真假？”

“那还是算了吧。”他坐起来，仅存的困意都被吓没了，“你下手没轻没重的。”

“网上的消息我都看到了。”

“我和那个章雪什么事也没有。”洛拾安扶着额头说，“我喝多了一直在睡觉，醒来以后莫名其妙地发现她在我身边，程光那贱人突然发疯，我就给了他一拳。”

冉致一冷冷地看着他。

洛拾安紧张得差点从床上跳起来：“你不相信我？”

“你觉得呢？”

“别人不相信我无所谓，冉致一，你必须要相信我！而且我们都穿着衣服，是程光他不听人话。”

才刚接受他死了，又接受了他没死，冉致一的心理能力已经被锻炼得能承受一座五行山了，她相当冷静：“你和程光真的散了？”

他给了个模棱两可的回答：“谁知道呢。”

在这儿坐了一宿，冉致一浑身上下酸疼，她站起来伸伸懒腰：“总之，先跟我回家吧，你现在伤成这样什么也做不了。”

他的精神还是好的，因为习惯了喜怒哀乐不外露，脸上永远挂着笑，便总让人有迷惑感，若不是与他相识了这么多年，她也许就被他骗过去了。

他看着她说：“冉致一，我是不是根本就不该走这条路？”

想要的东西没得到，还一直在失去。

她别过脸，拎上背包，轻描淡写地说：“不要胡思乱想，吉他坏了，我再给你做一把就是了。”

看她又要走，洛拾安特别慌张：“冉致一！”

她顿足，回眸看着他笑：“嗯？”

他迫不及待地问：“你说过，我可以在慌张的时候往你身边逃，还算数吗？”

“所以我说要带你回家啊。”

两天后，冉致一买票带洛拾安回到桩城。

因为他一个人不能自理，便住进了冉家。

时间仿佛回到了高中，或者更早以前，洛拾安每天待在她身边喋喋不休，跟她说这几年发生的事情。

他和程光其实早就有了矛盾，他知道程光对他的怨怼，却一直假装不知道，因为一旦戳穿的话，团队就难以维持下去了。谢泽宇想找机会让他换成员，他坚持不允，谢泽宇退一步，以让章雪加入为条件，他没有理由拒绝。

如果早知道她的加入会这么麻烦，他从一开始就不会答应。千金难买早知道，要是能早知道，他也不至于和冉致一闹这么久的别扭。

冉致一安静地听，认真地干活，洛拾安嫌她不理自己，便嚷嚷手疼。

“你回去躺着就不疼了。”

“冉致一，我都伤成这样了，你就不能多看我两眼吗？”

冉致一抬起头：“你认识我也不是一天两天了，什么时候觉得我是个有同情心的人？”

洛拾安哑口无言。

冉致一缺少的同情心都长在了陆时一的身上，他拍拍洛拾安的肩：“难得你使一回苦肉计，可惜我家致一不吃这一套啊！”

没过多久，洛拾安的石膏拆了，医生还是让他注意。

冉致一在工作室待的时间特别长，所有人都走了，她还在忙个不停，比她更牛的是洛拾安这个人肉广播机，故事讲完一个还有另一个，一直也不闲着。

冉致一不理他，想看他能坚持多久，结果他没完没了，阔别大半年，他一点没变，仍然这么烦人，可她烦着烦着就忍不住笑了：“洛拾安，你说那么多话，累不累啊？”

他一本正经道：“我是想把这段时间不在你身边的份都给补回来。”

她笑起来的样子真好看，他一秒钟都舍不得把目光从她脸上挪开。

他动了歪念头，指尖勾起她的脸，靠近她：“冉致一，你多久没接过吻了？”

她愣在那里，脸迅速变红。

“说啊。”

她试图挣开他，怕弄伤他的手，不敢太用力，脸又被他捏着，想骂人都没气势，反倒像欲拒还迎：“松手！”

他笑了起来：“你不说我就不松。”

她也就被他一个人亲过，上一次当然是还没和他闹别扭的时候。

她结结巴巴地开口："一……一年多了。"

他脸上的笑意变浓，捏着她的下巴吻上去，将她的气息全部掠夺，他心满意足地松开手，说："我也是。"

一次得逞之后，他一天比一天放肆，也不知道是不是闲得难受，把她当消遣，一到没人的时候就搂着她亲一遍，害得她再不敢一个人留下来加班。

道高一尺魔高一丈，他就在她的身边，有的是占便宜的机会，从家到工作室那一小段路程，只要发现没人在，她就难逃毒手。

在冉爸爸和沈亮一下棋的时候，他借口找东西，把她拉去阳台亲；就连去超市买东西，在她专心挑洗发水的时候，他逮到机会就要在她的唇上啄一口。

没完没了，他属啄木鸟的吗？！

被抵在货架边的冉致一忍无可忍："你今天出门的时候，有没有遇见算命先生警告你有血光之灾？"

洛拾安想了想，说："他只提醒了我今晚会坠入爱河，记得穿救生衣。"

她红了脸。

洛拾安仗着她怕弄伤，一脸无所顾忌的样子："越压抑越放肆，你跟我绝交前有预料到会有今天吗？"

他贴在她的耳边说："冉致一，我的叛逆期到了。"

冉致一的耳根发麻，红着脸推开他。

"走开！"

转眼到了十二月，冉致一只想快点把吉他做完，然后把洛拾安赶走。

这当中他接到过几次谢泽宇的电话，听起来好像是那边想趁机给他换乐队成员，让他回去，他把手机放在一边，开着免提，有一句没一句地听，"嗯""啊"地应着，催促冉致一："到你了，赶紧下，不然算你输。"

冉致一才刚学下象棋，连马走日和象走田都没分清，被他一喊更蒙了，他先是嘲笑她，然后吧唧一口亲在她的额头，气得她掀翻了棋盘。

谢泽宇听到这边乱糟糟的，怒吼一声：“洛拾安，你到底听没听我说话？！”

每次都是重复一样的场景，到后面洛拾安干脆就不接他电话了。手机一亮他就摁静音，冉致一拿起来看了一眼，质问他：“为什么你给谢泽宇备注的头像是我的照片？”

“照片存太多没地方用，我就给通讯录里所有的人都换上了。这样不管谁打来电话，屏幕上都是你的照片。”洛拾安一脸等着被夸的表情，“我聪明吗？”

她去翻他的相册，不同时期的照片加起来有几百张，她疑惑：“你哪里来的我那么多照片？”

“这只是一部分，我还给你做了很大的相框，放大了几张我觉得特别好看的，就挂在暑江的卧室里，改天我带你去看。”

冉致一的脸色五彩缤纷，仔细看那些照片，明白了：“这是周年给你的对不对？”

“才不是呢。”洛拾安摇头，“我花高价从她那儿买来的。”

她的脸色更差了：“你们拿我做生意之前经过我的同意了吗？”

洛拾安很无辜的样子：“对啊，我就猜到你肯定不希望那些照片给别人看，所以我都买断了，现在底片都在我那里，其他的我都让她删除了。”

冉致一被洛拾安弄到说不出话，扶了一下墙。

怪不得后来周年一直没把照片给她。

“照片全给我，然后你删除。”

“我的手机没电了，我先去充电，改天再说。”洛拾安一惊一乍地跑开，只给她留下一个背影。

“喂！”

网上关于“拾光乐队”的评论都是负面的——

“年少轻狂且作风不好。”

“内部人之间胡搞一通。”

“现在年轻乐队都这样，要多乱套就多乱套，我听说他们内部还……”

……

一竿子推翻一船人，越说越离谱，爆料的人都说自己是圈内人，而且全部匿名，他们都和洛拾安撇清关系，墙倒众人推，之前红得太快，一下子黑了之后谁都要趁机踩一脚。冉致一怀疑有人买营销号在做文章，这样下去，就算程光回来重新活动，肯定也会有影响。往好处想，也许影响不大，可被这么骂，搁谁心情都好不了。

冉致一替洛拾安操心，却不见他自己犯愁，照样该干什么干什么。

直到元旦之前，洛川回来了。

他是来见冉爸爸的，事先并不知道洛拾安也在桩城，还好，洛拾安也不想见他，遂主动避开了。

冉致一多年不见洛川，留在工作室和他聊天，本来大家聊得很愉快，陆时一没眼力见，说："要不我把拾安也找来吧？"

满室寂静，洛川叹了一口长气，提起和洛拾安的矛盾，说："他还是太孩子气，不懂我的心情，也该让他吃点苦。"

冉致一听到这里，猛地明白，蓝音压制洛拾安这件事情洛川也是默认了的。

洛川爱惜羽毛，骄傲透顶，他表面大度，实则小气。在这件事情上，洛拾安不是他的儿子，而是敌人，他要见洛拾安栽跟头。

她原本上扬的嘴角垂了下来："川叔，你这次回来和何姨见面了吗？"

"没有，她挺忙的。"

"有个问题我想问你。"

"你说。"

"你对何姨道过歉吗？"

洛川僵了一下："什么歉？"

冉致一很少这样咄咄逼人："你不知道自己什么地方做错了吗？"

"我们离婚是自愿的，没有谁对谁错的问题。"

"川叔，我有句话想对你说。"她顿了顿，舔了舔下嘴唇，很紧张的样子，"我知道我没权利这么跟你说话，所以我想先跟你道个歉，请你原谅我没大没小。"

洛川笑嘻嘻地点头。

冉致一的目光蓦地变冷："恕我直言，你真的是个浑蛋。"

一直沉默的沈亮一歪头看了她一眼，惊了一下，冉爸爸则赶忙骂她："冉致一，怎么跟长辈说话呢？"

洛川拦住冉爸爸，表情变得严肃起来："让致一说完。"

"从没有人阻止你去找自由，可你把责任看得是真淡薄，你一走这么多年不闻不问，却反过来说洛拾安不懂事，他到底应该怎么懂事？他把你当英雄看啊！你有没有想过你的离开会给他造成什么影响？小孩子的信仰就不值得被温柔保护吗？你的快乐就高贵，他和何姨的快乐就低端吗？你为了给自己的逃亡加上一个冠冕堂皇的借口，把所有的责任都推到他们母子身上，然后一走了之，你这么做，真的不会良心不安吗？

"你大可以大大方方地承认你就是个浑蛋，我反而会更佩服你，洛拾安也不会这么恨你，你最可恶的是非得戴着高帽子出发，把一切都推给了别人替你承担，让所有人都拍手为你叫好。

"你以为你在镜头前说的话，洛拾安看不见？连我都能看见，他和何姨怎么会看不见？你陪他们欢声笑语十多年后一走了之，反过来跟所有人说你过去不快乐，你让他们的脸往哪儿搁？

"家人给予的温暖就这么不值一提吗？十多年的亲情，都不值得你偶尔回顾一下吗？你把自己的形象在外人面前树立得伟岸高大，却毁了洛拾安十多年的梦想。何姨这么多年都不愿意回那栋房子，却舍不得拆掉你的东西，她以为是她害你不快乐，所以自责得快死掉了。你到现在都不明白，洛拾安恨的从来就不是你的离开，是你明明都选择了离开，却不肯对他们说一声'对不起'，最重要的是，你隐瞒了你离开的真正原因。"

洛川听到这里身子一颤。

冉致一徐徐地说："大概十二岁的时候吧，我和洛拾安在街上看到你和一个女人谈话，她是你现在的经纪人吧？当时我们还小，不懂你们的眼神，可是这么多年过去了，你猜，连我都认得清，洛拾安会不会知道？"

冉致一一口气说完，深鞠一躬："我说完了，我跟您道歉，不过，以上内容我一句话都不会收回，您如果生气就骂我吧。”

在场的人都愣在那里，洛川好半天都没回过神来。

他们都以为洛拾安是孩子气，他不解释，是因为难以启齿，他为自己不甘，为了妈妈不甘。

既然他没法说，就让冉致一替他说。

她残忍地把真相剖开，让洛川无地自容。

洛川僵在那里不说话，半晌，失魂落魄地离开了。

冉致一待了一会儿，也起身打算回家，一出门，看到唐执在角落里站着，很奇怪：“你怎么在这儿？”

“我本来是来找亮一的，听见你们吵架没好意思进……”他两只手插在羽绒服兜里，呼出一口白气，意味深长地说，“你和洛拾安，某些地方还真挺像的。”

冉致一脑门上的感叹号和问号交替出现。

唐执又说：“我确实不太了解你，之前评价你的话也过于主观了。”

之前……冉致一回忆了一下，恍然大悟地“哦”了一声：“就是你说我无情无耻无理取闹的那次？”

唐执转了转眼珠，总觉得画风哪里不对劲：“是吗？”

“不是吗？”

“唉，算是吧。”他放弃思考细节，“总之，这么长时间你也没到我那里去，应该是记仇了吧？也难怪拾安怪我多管闲事。”

冉致一摇头，说：“我真的是因为太忙了。而且你没说错，不用觉得抱歉，你只是站在客观角度说出了你的想法，我很谢谢你，这么长时间来我一直在琢磨，到底要不要继续下去。”

“想明白了？”

她点点头。

比起一个人守在安全地带不悲不喜的状态，她更渴望极致的爱，在她自以为是地认为可以一个人战胜一切的时候，洛拾安永远是她的不可抗力。在她这二十多年的生命里，大部分都有他陪伴，没有他的时光都凝缩成一条笔直的线，平铺直叙，毫无惊喜。

她好像一直忙忙碌碌，其实只在做两件事情，听他说话，或等他回家。

她从来没有刻意让自己喜欢过他，可她偏偏就是喜欢上了他。

她不敢承认，是因为没有自信，可越是不在他身边，她就越是清明。落阳山上像鸭蛋黄一样的太阳在某种意义上给了她勇气，唐执的旁观者叙述与爸爸那拐弯抹角的温柔让她终于看清了自己。

她爱洛拾安，与他感同身受，如果是为了他承担痛苦，她不介意变得再坚强些。胆小懦弱了这么多年，她也想勇敢一次，就算是透支所有好运，她也想和他在一起。

冉致一的脚踩在雪地发出“咯吱咯吱”的声音，她笑着说：“我要做他喜欢的人。”

唐执把她送到小区门口，看到不远处的路灯下有人在等她。

他感喟，忽然有些愿意相信命运，这两个人似乎天生就是一对。

他停下来：“我就送到这儿了。”

冉致一慢慢朝洛拾安走过去，他朝她伸手，她躲一下，把手伸进兜里。

洛拾安不乐意了：“你为什么就是不愿意让我牵手？”

“你为什么这么执着于牵手？”

路过一对情侣，女生的手在男生兜里，有说有笑地走过，洛拾安指着人家的幸福背影说：“你看！”

冉致一说出理由：“我今天没戴手套。”

“啊？”

洛拾安不依不饶的，冉致一把脸别过去，小声说：“我的手心很粗糙。”

他怔了怔。

“所以，你一直不让我牵手，就是为了这个？”

“什么叫就是为了这个？男生喜欢牵手，不就是以为女孩子的手摸起来软软的吗？林乐乐和周年的手都很漂亮，”她揣在兜里的指腹互相摩挲，“你一定要牵手的话，我下次戴手套。”

漫天大雪都在他的心尖融化，他的心软得一塌糊涂。

他摇了摇头，固执地朝她摊开掌心：“我就是要牵你的手。”

她拗不过去，又死活不肯，便团了一个雪球扔到他的脸上。

沈亮一和冉爸爸回家的时候，洛拾安和冉致一正在院子里互相追赶，那两人结了一脑袋冰碴子，还仪式感满满地划出了各自的领地，雪球扔出了手榴弹的气势，仿佛这一个球扔出去就能直接送整个小区上天。

沈亮一不忍直视，他之所以讨厌洛拾安，就是怕他的智障传染给冉致一。

冉爸爸乐呵呵地加入，沈亮一没拦住，痛心，即使满屋都是智障，他也要做最清醒的那个，死也不会被传染。

他绝对不会！

一个雪球迎面飞来，正中他的额心，怒火冲向头顶，他弯腰团了个大的扔回去……

雪仗打到很晚，洛拾安不记得他们是几点散的，好像到最后也没分出胜负，隐约记得沈亮一和冉致一不依不饶，仿佛要为国争光。

他在梦里笑出声来，一双手在他身上狠命地摇，他睁开眼，看到一张脸在眼前无限放大，他猛地起身，陆时一被他撞翻在地。

洛拾安揉着头说："你离那么近干什么？"

"我想看看你笑啥呢。"陆时一揉着屁股站起来，"赶紧出来吃饭。"

洛拾安洗漱完下楼，冉爸爸和沈亮一在看报纸，沈姨把饭菜端上桌，他四处寻找，屋里的人挺全的，唯独不见冉致一。

陆时一夹了一块肉放嘴里，鼓着腮帮子说："致一出门了，说要过几天再回来。"

"出门了？这么早？上哪儿去了？"

"我哪知道？她又没告诉我。"

"冉叔叔不知道吗？"

冉爸爸抬起头，也惊了："我以为你知道呢。"

一桌人面面相觑，忽然觉得大事不妙。

陆时一说："不会离家出走了吧？"

"都怪你，你都看见她出门了怎么不多问问？"

冉爸爸连忙放下报纸："拾安，快，你知不知道她同学的电话？能联系的都联系一下！”

洛拾安联络林乐乐和周年，两人都不知道，他又问唐执，他也说没看见她。

洛拾安抓着头发来回踱步：“冉致一也就这几个朋友了啊。”

沈亮一说：“会不会去从一那里了？”

“我刚问八戒了，她也说没收到致一的联系。”

陆时一放下手机：“对了，拾安，你问程光和韩阳了吗？”

洛拾安皱眉，犹豫了一下，拿着手机出门：“我去问问韩阳。”

沈亮一把报纸翻面看，倒是不慌不忙：“陆时一，你收着点，等从一回来知道你又管她叫‘八戒’，还得收拾你。”

三分钟后，洛拾安回屋：“韩阳也不知道。”

一群人焦头烂额的时候，沈姨把熬好的粥端上桌，打着手语说：“致一说她去栗县了。”

三个男人异口同声地说：“栗县？！”

沈姨点头：“栗县。”

栗县在哪儿？

大巴在傍晚抵达栗县车站，拉活的黑车司机看准机会一拥而上，冉致一避开人流往外走，车站门口有人喊她的名字：“致一！这边！”

她循着声音找过去：“程光，好久不见。”

程光接过她的包：“怎么每次见面都是一样的开场白啊？”

“因为确实好久不见了啊。”

程光哈哈大笑道：“你说来还真的来啊，我以为你闹着玩呢。吃饭了吗？”

这人爱问废话的毛病还没改，冉致一很无语：“你猜呢？”

大巴车颠簸了五个小时才到，她倒是想吃，去哪儿吃？

程光敲了一下自己脑门：“走，带你吃好吃的去。”

他们就近找到一家火锅店，冉致一脱下大衣，四处看了看：“你怎么到这个地方来了？”

“我有个朋友在这儿教书，我说最近闲得慌，他就说这边初中的音乐老师休产假，让我来代几天课。”

冉致一的难以置信全写在脸上：“我还真没想到你能成为人民教师。”

程光点完菜，给她倒水：“好歹我也做了这么多年音乐，正经大学毕业的，教个书还是没问题的好吗？”

“那你之后是打算考证转正吗？”

“之后再说咯，我也没想那么远。”程光看了冉致一一眼，以为她会趁势说起洛拾安，可她并没有。

服务生的啤酒送了上来，程光起开瓶盖：“不说我了，你呢，最近怎么样？”

“还是老样子。”

“这都快元旦了，你不在家过节吗？”

冉致一反问他：“你们学校也该放假了吧，干吗还在这儿待着？”

“学校今天下午才考完试，有场晚会在元旦后演出，我明天还要帮几个学生排练呢。”

“咦？我可以去参观吗？”

程光没想到冉致一会对这种活动感兴趣，有些惊讶：“没问题啊。”

闲聊家常，吃完饭，程光送冉致一到酒店。

第二天冉致一到他们学校去参观，男生们看看冉致一，看看程光，笑得嘴角差点咧到耳根后：“程老师，这是你的女朋友吗？”

程光顺势挽住冉致一的肩：“漂亮吧？”

冉致一拿开他的手：“我们是高中同学。”

几个男生组乐队，唱的是一首粤语歌，鼓手一直追着程光请教鼓棒怎么转，小男生觉得那招帅爆了。

冉致一帮吉他手调音，然后扫弦试音，男生对她专业的手法很吃惊：“冉老师，你也是做乐队的吗？”

冉老师？

“叫我的名字就行了。”冉致一说，“我是制琴师。”

“那致一姐，你会弹吗？”

冉致一点点头，在学生的提议下随便弹一首，程光的鼓声插进来给她和音，她回头对他笑一下，清了清嗓子，唱起来。

她唱的是“拾光乐队”之前发行的专辑里最火的一首歌——《十二月没有愚人节》，倒是符合现在的情景。

隔壁教室排练的人过来看热闹，完后一群人鼓掌：“程老师，晚会上你们会表演吗？”

“我们就不掺和了。”冉致一把吉他放下，“听说你们演出完会投票评奖，一等奖是什么？”

“不用写寒假作业。”

她惊呆了：“还能这么操作？”

“对吧。”程光说，“多么好的学校，多么让人垂涎三尺的礼物。”

几个男生忽然打起冉致一的主意：“冉老师，要不你跟我们一起演出吧，你做主唱，绝对能拿奖。”

“别想了，那是作弊！”程光扒拉着一个男生的脑袋，担心自己的地位被剥夺，“怎么？前两天你们还围着我转，冉致一来了你们都不看我了呢？”

练习维持到元旦当天，之后有三天假期，程光无所事事，带冉致一去滑雪，冉致一轻度恐高，爬山的时候不回头还没有问题，要从这种坡度大的雪山上滑下来，想想就十分恐惧，却还是硬撑着换上了滑雪服。

程光看出她的表情不对劲：“不行的话就别玩了。”

她倔强得很：“好不容易来一趟，不能白回去。”

冉致一深吸了一口气，在心里默念三遍“没关系”，松开滑雪杖，滑雪板当即失控，她尖叫着摔倒在半山坡，爬起来再摔，再爬再摔，再爬……以此循环。

程光把她扶起来，笑得不能自已。

冉致一瞪了他一眼：“不许笑！”

“不好意思，”他捂着嘴，笑意从指缝露出来，“我还是头一回看到冉致一这么狼狈，有点忍不住。”

“行，你笑吧。”冉致一把摔歪的帽子重新戴好，指着最高处说，“要是我能从那儿滑下来，还不摔倒，你就答应我一件事情，怎么样？”

程光敛起笑容，看了她一会儿。

该来的还是来了。

“先不说我答不答应你，就说以你现在的情况，要从那上面滑下来，相当于一个刚会走路的婴儿说要去参加马拉松。可能性太低。”他摆摆手，“还是算了吧。”

她耸耸肩：“所以啊，赌一赌嘛，你又不吃亏。”

程光对这样的冉致一感到特别不适应：“你变了。”

冉致一摸摸自己的脸：“哪里变了？”

“你怎么学会洛拾安那一套了？这不像你啊。”

“那你敢不敢？”

“你以为我怕你？”他摘下手套，跟她击掌，“要是你输了，就站在山上大喊三声‘洛拾安是浑蛋’。”

冉致一满脸问号：“我倒是喊也无所谓，可这跟洛拾安有什么关系？”

总之，约定就这样定下了。

程光干脆不滑了，搬把凳子坐在旁边的安全通道，吃着零食，津津有味地欣赏冉致一的“女子花样摔跤”。她裹得像个粽子，半张小脸红彤彤的，眼睛又圆又亮。

有男生主动扶她，程光把零食放下，发现她被缠住了，号称是滑雪高手的男人非要当她的免费教练，程光高喝一声跑过去把人赶走，拍拍手，说：“算了算了，还是我教你吧。”

冉致一道谢，他哼了一声：“不客气，我也是不得已。”他捡起滑雪杖放她手里，“要是洛拾安知道你在我这儿被人揩油，还不得杀了我？”

程光扶着冉致一一步一步往前挪，慢慢就可以松开手了，冉致一不怕摔，摔倒了就迅速站起来，程光看得目瞪口呆，就这么一个小赌注，她至于这么拼命吗？

也对，她是冉致一嘛。

等她最后一次站上山顶，已经摔了无数次，估计连腰都直不起来了，她松开滑雪杖，风一样地朝山下冲去，程光替她捏了一把汗，看她那么拼命，他已经忘了自己和她还有赌注，只希望她快点成功，别再摔下去了。

中间遇到几个弯，好在都有惊无险，再致一在山脚刹住，摘下手套，朝他比了一个大大的“耶”之后，累得就地躺了下去。

耳边是呼呼的风声，蓝天被薄云遮盖，阳光穿过云彩落下来。

晚上坐在饭桌上，程光心服口服：“说吧，你想让我做什么？”

“告诉我，为什么要和洛拾安解散？”

程光摸了摸鼻子：“我以为你是来劝我跟他和好的呢。”

冉致一没有解释，只是目不转睛地等他说。

程光放下筷子：“具体的你也听说了吧，不用我重复一遍了吧？”

“嗯，网上倒是什么版本都有。”

“洛拾安是怎么告诉你的？”

“你觉得他会怎么说？”

“我猜他会说，他对那个女人什么想法都没有，是她自己来招惹他的，对不对？”

“那倒是没有，他只是说他们没关系。”

“我就是因为这个才受不了。”程光拿起筷子夹菜吃，“不瞒你说，我也知道他对章雪没那个意思，可我还是忍不住想爆发。你知道，我和拾安在一起很多年了，可大家只看得到他，看不到我，不管我多么努力，在他跟前都是个陪衬。章雪后来跟我说，她跟我在一起只是为了气他，我觉得没关系，我慢慢对她好，她总会看见我的。”

他摊摊手：“事实证明，是我想得太美了。嗯，这个鱼好吃，你尝尝。”

冉致一尝一口，随着他说：“好吃。”

程光故意说得云淡风轻：“其实我不怪他，我只是太嫉妒了。”

冉致一顺着他的语气：“洛拾安现在在我家，谢泽宇每隔三天打一通电话催他回去，说是已经找好了替补的队员。”

“看吧，我就是可有可无的。”

“但是，洛拾安拒绝了。”冉致一看着程光的眼睛说，“他说没有程光的乐队不叫‘拾光’。”

程光没说话，可她看见他手里的筷子僵了一下。

她接着说：“我也不知道该怎么说啦，其实我来这里也不是想劝你，只是想弄清楚你要走的原因，如果只是误会就太不值得了。不管外行人怎么说，你知道洛拾安那个人，他是不屑于说谎的，因为‘拾光’需要你，他才不允许别人来替换，绝对没有一点怜悯的意思。你和他合作那么多年了，这点默契总该有吧？”

冉致一的条理清晰：“我知道，有时候当局者迷，需要一个旁观者把事情分析清楚，这也是我来这儿的目的。道理呢，我都给你讲清楚了，决定权还是在你。”

冉致一点到为止。

程光握着玻璃杯，沉默了许久。

他心里很乱，搞不懂自己在想什么，和洛拾安闹崩后他也很后悔，可是当时话赶话，他没过脑子就说要退出。

他知道洛拾安没私心，大家能撑到现在，都是洛拾安这个队长在拿决策，洛拾安是队里的主心骨，所以程光偶尔也会琢磨，自己能帮上对方什么。

因为想不通，所以很自卑，总觉得这个位置换成任何人都可以，而章雪的出现是导火索，把他埋藏的引线都牵扯了出来。

程光想到这里，吁出一口气。

冉致一笑了一下：“我小时候也很羡慕洛拾安，觉得他什么都有。”

程光用力地点头，迫切需要遇到知音：“对吧？”

“我的家人感情都比较淡薄，没有亲戚可走动，也没什么朋友，以致我也是这样的性格。我一直觉得洛拾安是一个很神奇的生物，他是怎么做到每天都能无忧无虑的呢？他一定是全天下最幸福的人，所以我嫉妒他。”

程光附和道：“对！我理解。”

“可有些事情并不像表面呈现的那么简单，跟洛拾安聚少离多这几年，我闲得无聊，完完整整地把过去忽略的细节都回想了一遍。就像亮一哥从小教我要坚强，所以我始终觉得在别人面前哭是一件特别丢脸的事情。洛拾安的爸妈一直在他面前扮演幸福，可假装的幸福再怎么都会有破绽，或许他一直装傻没有发现，或许他发现了也没敢说出来，好比前阵子他跟我说，他其实早就知道你对他有怨怼，只是害怕窗户纸一旦捅破，这个团队就难以维持下去了。”

程光接不下去了，木木地看着她。

“你可能又要说了，他根本不在意和谁做队友，那就真的错了。他的爸妈教会他一身好演技，而他青出于蓝，若不是因为我和他在一起太久，我也看不出他的笑里面藏了几分真假。我和他都不擅长打开心扉，很难交到朋友，便很珍惜每一个主动来到我们身边的人，不管是你，韩阳，还是周年和林乐乐。我很感谢你们，即使发现我不好相处之后仍然愿意和我交谈，我虽然很少回应，但是你们说的每一句话我都有仔细听。那些很琐碎的，看起来不起眼的陪伴，对你们来说也许不算什么，可对我和洛拾安而言，是很大的恩情。所以我想，他是希望和你们一起并肩作战的。

“当然，我可以理解你的想法，你和韩阳都是很优秀的人，这些年你们的努力我有目共睹，所以不管你做出什么选择我都支持，只不过会有一点点为洛拾安鸣不平。”

她浅浅地笑：“你到底是有多不自信，才会因为外面的评价来攻击自己的队友？发现自身不足的第一反应不是应该和伙伴携手改进？在我看来，你和洛拾安应该是统一战线的，任何想要破坏你们关系的人都该是敌人才对，可你似乎把罪名都加在了他的身上。如果你觉得努力维持团队的队友是坏人，我觉得你们散了也好，省得互相拖累。”

她说到这儿，发现程光的眼神都直了，顿了顿，说：“抱歉，我说多了。最近我真的说了很多话，搞不好是和洛拾安离得太近，被传染了。”

“没……没有。”他捏紧了杯子，把酒倒满，全部喝光，然后揪着胸口的衣服蹭了蹭，开玩笑似的说，“你真是残忍得可怕，我刚刚只觉得万箭穿心。”

冉致一决定切换话题：“这个鱼真的挺好吃的。”

在滑雪场连续摔跤的后果，是冉致一在酒店躺了两天没下来床。

第三天下午，她不知道第几次接到洛拾安的电话，翻了个身，浑身上下每一处关节都像被陈醋泡过一样酸软无力，她哼唧一声："我不是说我过几天就回去让你别打电话了吗？哎哟，疼死了。"

洛拾安警钟大作："你在哪儿呢？"

"酒店。"

他怒吼一声："和谁在一起？"

冉致一揉着险些被震聋的耳朵："这儿只有我一个人！我去滑雪摔的，浑身疼。"

他还是有些怀疑："你把地址发给我，我马上去找你。"

"不用了，我明天就回去了。"

"我现在就在车上。"

她没辙，只好把地址发了过去。

冉致一挣扎着从床上起来，赶去程光的学校，演出就要开始了。

程光笑得快抽过去了："今天终于能起来了？"

"差点瘫痪。"

男生们在上场前和冉致一击掌，表示对一等奖很有信心，冉致一继续瘫在椅子上，坚持露出得体的微笑，周围的男老师眼冒绿光，纷纷和程光小声打探："那女生是谁？"

"我老同学。"

"帮我介绍一下！快！"

"别想了，人家有主了。"程光劝退他们，又笑盈盈地观察冉致一，她好像真的变了，变得更自信，更能吸引别人的视线了。

对连安静坐着已经非常吃力的冉致一来说，她根本无暇顾及旁边的状况，只想撑到演出结束，然后赶紧回去休息。

终于熬到结尾，冉致一以为可以解放了，有人在旁边坐下，很自然地抱住她，额头抵在她的肩上，沉声说："你真让我好找啊。"

冉致一猛地转头，见到洛拾安，又看到韩阳，她松了口气，拍拍受到惊吓的心脏：“你们一起来的啊？”

“是啊，我本来想找拾安聊点事情，他说他在车站，我就去了，然后就跟他一起来了。”

韩阳越过冉致一看程光：“大哥，你当老师也太误人子弟了吧？”

程光哼了一声：“这可是我的地盘，你说话小心一点。”

洛拾安拉着冉致一起来：“跟我回家。”

他的动作不轻，冉致一只觉得浑身肌肉被撕裂般疼痛，惨叫一声：“别动我！”

最后演出谢幕，满屋灯光都亮起来，所有人被这声惨叫吓呆住，直勾勾地望过来。

片刻宁静之后，后排的女生托着眼镜说：“那个人好像很帅！”

离得近的都睁大眼睛看，离得远的到处借眼镜叠在一起当放大镜看：“妈呀，真的！”

有关注过“拾光乐队”的人认出了他们，窸窸窣窣地传起来，惊呼声越来越大，有人在后面整齐地喊：“程老师，今年的压轴节目是你的演出吗？”

呼声太大，所有人都在起哄，人群当中不免有咸鱼掺杂，男生 A 问男生 B：“你也认识他？”

男生 B：“不认识，反正他们跟着喊我就跟着喊了，感觉挺好玩的。”

想走已经不可能了，每挪动一步都想惊声尖叫的冉致一被挤了两下，宛如被施加酷刑，却必须保持微笑。

她怒视洛拾安，咬着牙说：“你自己惹的祸，自己平。”

学生们闹哄哄的，被堵在前面出不去又十分尿急的教导主任两腿扭曲成 X 型：“程光！抓紧时间速战速决！”

程光虽然很想拯救教导主任，却左右为难，别扭着不肯开口。

他说过再也不和洛拾安一起唱歌的。

在众人僵持不下的时候，冉致一用手肘怼洛拾安：“我饿了，你赶紧唱，然后带我去吃饭。”

洛拾安摸摸她的头发，走上了舞台。

有人递给他一把吉他，灯光暗下来之后，洛拾安用拨片试了一下音："你们倒是上来啊，我一个人怎么唱？"

韩阳接到信号，拉着程光一起上去。

程光的鼻子忽然发涩。

那天晚上冉致一的话还言犹在耳，他虽然脸皮很厚，过后也越想越惭愧，洛拾安却一直把他当队友，好像当中的龃龉从未有过。

洛拾安不愧是洛拾安，所有人都随着长大而变复杂，只有他的喜怒哀乐和少年时一样简单。

偶尔吵吵架也没什么的，吵吧，吵是吵不散的，月亮还会偶尔闹别扭不肯出来呢。

流血就喊痛，不高兴了就骂，怕黑就开灯，想念就联系，疲惫就放空，哪有那么多不值得呢？

只要站在舞台上，就专心把此刻的心情传递出去就好了，最初喜欢音乐不就是这个原因吗？那么，如果一直不坦诚，就绝对没法成长起来吧。

灯光亮起，每个人站在该站的位置，青春的气息被节奏点燃，冉致一忍着剧痛坐下。

做人太难了，太难了，哪位大爷有止疼膏药赏她一贴两贴的？

十年前她面红耳赤地和人辩解自己绝对不会喜欢洛拾安的时候，或许想不到，二十二岁的这一年，她会为了他落到这般田地。

是从什么时候开始的呢？

——喏，洛拾安，我已经不记得初见你时的心情了。

——可是我回过头看，目光所及都是你的存在，我们了解彼此胜过了解自己，底线都长在对方身上，我可以自己忍受寂寞，唯独见不得你委屈，毕竟目前的人生里，我所拥有的有限快乐都是你慷慨赠予。

——所以，我猜想，潜意识里，我从来没想过要离开你。

——虽然这些话我永远不可能告诉你，不过，我偶尔也想回应一下你的迁就。就这样悄无声息地，送你去最明亮的地方。

——这样我就可以在你看不到的地方看着你了。

——那是我爱你的方式。

第十三章

若我感念你的温柔

周围的人都在看舞台，只有少数几个人在议论别的：“教导主任呢？”

“我刚才看见他哭了，就被人扶出去了。”

“是太感动了吧？”

嗯，怎么说呢？这是一个悲伤的故事。

一场演出无形中化解了程光和洛拾安的矛盾，四个人一起坐车返回桩城。一条群发信息打破其乐融融的场面，原来是谢泽宇已经追杀上门。

冉致一一瘸一拐地回家，让他们自己去应付。

她得抓紧时间好好歇歇，吉他还有半个月的时间可以做完，那时候刚好过完年。

冉致一一进门，见沈亮一环着胳膊坐在沙发主位，面前是一位不速之客，客人还未回过身，冉致一见到那头短发和耳环，已经知道是谁了。

果然，章雪的明艳面孔转过来：“嗨，冉致一，我都来了好久了，你要是再不回来，我就打算在你家住下了。”

冉致一放下包，揉着腰坐下来：“你怎么来了？”

“我刚才在小区门口被保安拦住，然后就碰到你哥，他放我进来的。”

冉致一看看沈亮一，他翻了一页杂志，说：“她在门口大呼小叫的，说要找冉家人，不知道的还以为我们家欠钱不还。”

冉致一说：“你找我有什么事吗？”

章雪很直白，一直往她后面看，好像在找谁：“我听说拾安在这儿。”

“他没跟我一起回来。谢泽宇来了，他和程光还有韩阳一起去接人了吧。”

章雪扬起一角眉毛：“他和程光和好了？”

冉致一凛着目光问：“你很惊讶？还是不愿意？”

“没有啦，他们和好，我当然很开心了。”章雪不客气地端起桌上的果盘吃起来，“拾安最近好吗？伤得不严重吧？”

看来是韩阳跟她说的。

冉致一“嗯”了一声：“能吃能睡的，伤也好得差不多了。”

“你跟他也和好了？”章雪说这话的语气很诡异。

冉致一想了想，说：“我们经常吵架。”

沈亮一还在看杂志，一声也不吭，只是岿然不动。

冉致一瞄了他一眼，发现他的杂志拿反了。

许久，章雪咯咯笑，把葡萄扔进嘴里，放下果盘，说：“冉致一，你真厉害。”

——不，还是你厉害，能一口气吃光一盘葡萄，你最厉害。

冉致一说：“你不去见谢泽宇吗？”

“我不打算再待在‘拾光’里了，坦白说，我一开始就是为了洛拾安才加入的，可是他无论如何都不愿意接受我，我觉得挺没劲的。而且，闹了这一场，我也没脸再见他们了。”

章雪的声音低下来，冉致一不想说话，从果盘边上拿了个橘子。

在这种情况下，脸皮再厚也会觉得尴尬，章雪终于起身：“我走了，冉致一，送送我吧。”

冉致一放下橘子，送她出去。

到了院门口，章雪忽然停下来，上下打量冉致一。她被看得浑身不自在，却不想往后退，挺直了腰板任由对方打量。

身高很容易影响气势，章雪身高一米七几，穿六七厘米的高跟鞋站在洛拾安身边，大概到他的耳根，而冉致一比她矮了五厘米，又只穿平底鞋，这会儿必须仰视她。

冉致一再一次痛恨自己停止生长的身高。

章雪掖一掖头发，说：“你知道我最喜欢洛拾安哪里吗？”

冉致一没回应，表示不太想知道。

章雪自问自答：“我第一次看到他看你的眼神时，就下定决心，总有一天我要让他也那样看我。”她摊摊手，“可惜，我这辈子也等不到了。”

“你喜欢一个人的理由可真敷衍啊。”

“能用的办法我都用了，当他的伙伴，随时随地待在他身边，甚至跟他最好的朋友在一起，可是他根本连看都不看我。”她自我感动地说完，“那天我们什么也没发生，他喝多了，我照顾他一下，就在他的床边睡着了，等他醒了我想逗逗他，结果他没当真，程光却信了。”

冉致一“哦”了一声：“这些洛拾安都告诉我了。”

章雪对冉致一的轻描淡写很不解：“你不怀疑吗？”

冉致一挑挑眉，她当然也不是完全不在意。

冉致一对章雪的心情，绝对是讨厌多过嫉妒，是那种最喜欢的白色玩具熊被一只黑手惦记着的厌恶感，再加上章雪的恶作剧害得洛拾安和队友差点解散，冉致一现在真的一秒钟都不想再跟她面对面待下去，所以也不想和她争执。

她面色沉静，说：“他从来没对我说过谎。”

章雪咬着牙说：“你和洛拾安真的是天生一对。”

她的语气怪怪的，不过，冉致一姑且当成这是夸奖。

送完人后，冉致一回屋，发现沈亮一的杂志已经正过来了，她在他身边坐下，剥开橘子喂到他嘴边。

沈亮一不咸不淡地说：“走了？”

“嗯。”

他看了她一眼：“你的脸色怎么这么不好看？”

“去滑雪了，摔得够呛。”

“该，出门也不跟我说一声。”

“我告诉沈姨了呀。”

沈亮一瞪她一眼：“你打算怎么办？”

“我啊，”她揉着腰站起来，避开这个问题，“先上楼睡一觉，累死了。”

三天后，洛拾安回到冉家，他以手伤没好利索为由，和谢泽宇约好年后再出发。程光正式道了歉，谢泽宇答应原谅他一回。

晚上，洛拾安到工作室接冉致一，在门口给冉致一围上围巾，隔着玻璃，他看到沈亮一的眼睛，那些在冉致一面前一直小心隐藏的嫉妒忽然冒出来，怎么压也压不住，像带着挑衅的心，他低头吻她。

冉致一推开他："这是工作室门口！"

反正已经亲到了，他事后乖巧："哦。"

回去的路上，洛拾安对冉致一说："已经毕业了，时间会宽松一些，以后不会再像之前那样聚少离多了。"

冉致一："嗯"。

她这样平静，他反而心里很不是滋味："冉致一，我觉得有一点舍不得你。"

"只有一点吗？"

"当然不是。昨天我还在想，等我回去再做一年该做的，等找到合适的主唱代替我的位置，我就回来找你。"

这话说得冉致一全身神经都突突跳，她好不容易跑一趟栗县，摔得鼻青脸肿回来，才给他解决了难题，然后他说他已经想解散了？

她不太信的样子："你再说一遍。"

"你听我说完，"他弯腰拥抱她，"舞台上的光太亮了，我很想找到你，虽然知道你不可能在下面，可我还是想见你，越是不在你身边我就越是思念你。说实话，之前我确实有和老洛较劲的想法，时间久了就没那么想了，这段时间我一直在想，与其去浪费时间纠结讨厌的人，不如多花时间想想可以让自己快乐的事情。我喜欢冉致一，我也喜欢音乐，如果一定要做个比较，那冉致一肯定是排在前面的。"

他抱她抱得紧，不给她挣脱的机会："告诉你一个秘密，我以前其实特别讨厌念书，可我还是想办法让自己的成绩往前靠，运动会上想让你看到我，所以我一直很努力地练习网球。你不理我的时候，我都在偷偷练习这些事情。好多事情你都不记得了，就算我说起，你也会觉得啰唆，我并没有表面上看到的那么云淡风轻，只是我太在意你了，便腾不出心思去顾别的了。

“我很害怕这样战战兢兢地喜欢你，就算看着你也觉得不踏实，我也怕你有一天会埋怨我不在你身边，我真的特别怕。这些话我一直忍着不说，是因为我知道你不喜欢这样的人。你以前问我，难道只为了洛川一个人唱歌吗，当然我是崇拜过他的，可是那时候我没有告诉你，我之所以那么喜欢音乐，是因为你在看他们唱歌的时候眼里闪着光说那样好帅。”

冉致一听得一颗心疯狂跳动，面上仍旧装得无动于衷：“所以呢？你说这么一大堆，到底要表达什么？”

他笑得很轻：“其实还挺难为情的。你肯定会觉得我幼稚，可是，我知道，只有我可以发光，冉致一才会一直看着我，我希望你看着我。所以我会很努力地做好每一件事情，我一刻也不会回头，我想成为更好的人，明媚的，闪耀的，这样我才能站在你身边，照亮你。”

她哼了一声：“洛拾安，你知不知道，你这么说，会让我觉得自己特别可怜。”

他松开手，不解地看她：“为什么会得出这种结论？”

“水满则溢，数值达到顶峰之后就会下降，你越说你在意我，越让我觉得不踏实。”

眼看冉致一的老毛病又要犯，他急了：“我保证，这个数字不会下降，会一直上升。”

“可是我这样每天盼着你主动来找我，无奈地看着时光流逝，什么都做不了的感觉，也很可怜啊。”

“那怎么办？”

“我决定了，我以后都不会再等你了。”

他心下一慌，捧起她的脸，她白皙的面颊染上红晕，移开目光，说：“等我收拾收拾，我就去见你。”

洛拾安愣了一下。

惊喜来得太快，他拉起她的手：“真的？”

她不出声，他急于确认："你不是说再也不等我了？"

"对啊，所以我去见你啊。"

就像他时不时想闹个脾气一样，她也偶尔想掌握一下主动权，让他体会体会等待的滋味。

他再次把她拉进怀里，紧紧环着她的背，力度大得像是要把她揉进身体里，又觉得不对劲："等一下，那冉叔叔这边怎么办？"

冉致一被他勒得上不来气："我之前和爸爸谈过，他应该也是同意的，而且从一姐在那边有工作室，我到了那边可以去帮忙，也不会荒废了手艺。"

洛拾安安心了，喜出望外，亲她的额头，又亲她的脸，然后捧起她的手亲了亲："冉致一，我喜欢你。"

她低垂着眉眼，让笑意浮上眉梢："你再这样，会让我有恃无恐的。"

"可以哦。"

"我会想捉弄你的。"

他从兜里拿出一条项链给她戴上，吊坠上的红宝石嵌得讲究，在朦胧的月色下尤其漂亮。

项链贴在脖子上有些凉，她缩了缩："很贵吗？"

本来是在她上次生日的时候就应该送给她的，中间出现了很多意外，后来一直没机会。这会儿时机刚好，他戴完之后欣赏半天，觉得满意才把围巾重新给她缠上，说："勉强抵你的手工费。"

他记得她喜欢红色。

她应了一声，压了压锁骨处，心安理得地收下了。

她对身外之物并没有那么渴望，万物都因穿过了洛拾安的手才得以珍贵。

她渴望爱，浓烈的爱。

他继续刚才的话题："你喜欢角色扮演吗？那下次我扮成小娇妻怎么样？我可以撒娇给你看，但是你要负责哦，大爷。"

冉致一弯腰笑得上不来气。

吉他做好之后，洛拾安上路，冉致一提前和冉爸爸商量，这次她可不想再听到有人要装病。

冉爸爸摆摆手，表示这种表演进行两次他也累，随即叹一口气，说：“你要去就去吧，我不会拦你了。”

冉致一半信半疑：“真的？”

拦也拦不住，她的心根本不在这里。

而且冉爸爸看出来了，冉致一只有和洛拾安在一起的时候才会真的开心。

他故作轻松的样子：“你过去给从一帮帮忙也好，只要记住了，‘致一工作室’将来总归是要你继承的。”

搞定了冉爸爸，她又去和沈亮一谈，这回轮到他坚决不同意了，她不解：“你上次都没拦我！”

“上次是因为我知道你肯定去不成，才随你折腾。”

“就算你拦着我，我也肯定会去！”

“那你还问我干什么？”

“我……我这不是尊敬你吗？！”

“你问我的话我就肯定不会让你去，我烦洛拾安也不是一天两天了。”

两个人各不相让，大吵一架。

沈亮一一直觉得冉致一肯定会待在这里，所以他就在旁边守着，洛拾安要飞就任他飞去，这样致一早晚有看清楚的一天。她不声不响的，突然说要跟洛拾安走，他有点接受不了。

陆时一安慰他：“我懂你，致一走了我也觉得舍不得，可你也不能一辈子不让她嫁人啊，再说老师不也没说什么吗？”

“为什么非得嫁人？”

陆时一无言以对。

沈亮一捏着眉心说：“她以前明明最听我的话，都是被洛拾安带坏了，也学会和我顶嘴了。”

陆时一自以为很懂他，觉得沈亮一只是太闲了，自作聪明地想了个办法：“我帮你介绍一个女朋友吧。”

沈亮一喝光杯里的酒，留下一句“不用”，起身离开。

陆时一和唐执互相看看，摊摊手。

唐执不放心：“不会有事吧？”

陆时一满不在意：“就跟嫁女儿一样，从一走的时候他也不爽了好几天，过一阵子就想开了。”

“从一那会儿我也记得，跟现在的状况明显不一样吧？”唐执分析着说，“沈亮一对冉致一明显保护过度，再说又不是亲妹妹，你就没想过他是另一种心情？”

“这话你不能乱说，我们可是从小看着冉致一长大的，从她刚会讲话开始。”陆时一瞪了瞪眼睛，“虽然不是血浓于水，但亲人就是亲人，你别瞎猜。让我哥听见肯定和你急。”

唐执耸耸肩，因上次在冉致一身上的经验教训不敢再妄自断言：“我就随便一说。”

沈亮一回到冉家的时候，冉致一的房门开着，灯光从里面映出来，他走过去，看到她在收拾行李。

她把头发编成辫子垂在胸前，光着脚丫，跪坐在床前的地毯上，咬着指甲，因为想带的东西太多，正纠结该留下哪个。

“冉致一。”

她吓了一跳，转身，鼓了鼓腮帮子：“哥。”

她果真比从前活泼多了，表情也丰富了。

是洛拾安的功劳吗？

沈亮一瞄了一眼行李箱，满满当当的，看来她真的是打算去很长时间。

箱子边上放不下的网球滚落到他的脚边，他弯腰捡起：“你带这个去干什么？”

“那个……”她绞着头发，脸竟然红了。

沈亮一把球交给她，不甘心地问：“你真的要走？”

她蹲下，把网球放到箱子的角落，从里面拿出几件衣服，又把常穿的衬衫叠好，放进去：“嗯。”

“要是我说我会生气呢？”

她抬头看他：“你打算气多久？”

“很久。”

冉致一想了想，放下衣架，站起来，很认真地说：“我可以哄你，可是我一定要走。”

沈亮一抓着她的肩膀摇晃：“你这么想和洛拾安待在一起？有我和时一，还有老师陪着你，不够吗？”

冉致一看着他，眼睛闪闪发光，一言不发。

他只觉得喉咙发紧，到最后只能重复着说：“我真的会生气的。”

冉致一以为沈亮一只是太寂寞了，她上前一步，张开胳膊拥抱他：“哥，我和从一都找到了可以陪伴的人，你也会有的。不管走到多远，我们都永远爱你。”

他闭上眼睛，感觉到一双手在温柔地拍打他的后背，有疼痛感趁机从那里钻进胸腔。

“我和洛拾安在你心里到底谁更重要？”

这跟“如果我跟你妈掉河里，你救谁”那个问题有异曲同工之妙，冉致一心想，她那成熟冷酷的亮一哥，什么时候也这么矫情了？

“哥，”她忍不住笑了出来，又怕被骂，急忙收住，清了清嗓子，说，“我跟你说啊，我最近一直觉得很开心。每天睁开眼睛的时候我都在想，啊，距离见到他的日子又近了一天。一想到要去见他，做什么事情都觉得好开心。”

“你什么时候学得这么没出息了？”

“可是，我真的很想见他。”

“你和他在一起真的那么开心？”

她用力点头。

她想带走的东西真的好多。

他用来敲过她窗户的石子，五月飞落的杏花雨，运动会上他洒在操场上的汗水，被他握过的台球杆，与他共同沐浴过的夕阳……那些与他有关的烦恼都是金光灿灿的，她压在心底舍不得动，没人的时候一点一点翻开看。

可惜她眼里看到的景色无法共享，不能说给沈亮一听，也就在她愣了个神的工夫，他推开她，转身走了。

他疼她这么多年，终究还是舍不得真的对她生气。

他只是有些茫然，最初留下来是担心她受欺负，想在近处守着她，现在她要走了，他好像一下子就失去目标了。

该怎么办呢？

算了，她快乐就好，不气她了，气洛拾安吧，都是他的错。

怎么就便宜那小子了呢？

沈亮一特别生气。

从那天开始，沈亮一拒绝和冉致一说话。

不管她怎么哄他都没用，离别的日子一天比一天近，她没有办法，只能去找陆时一求助。

“我也没辙。”陆时一放下手里的活，“不过，我妈生气的时候，我爸给她做好吃的，她就不生气了。”

“真的假的？”

“你试试呗。”

沈姨拿着织针教冉致一做可乐鸡翅，冉致一加好调料，盖上锅盖，说：“天都要暖和了，沈姨，你怎么还给亮一哥织围巾啊？”

“冬天就能用啦。”

“亮一哥的毛衣和手套都是你做的，柜子都快装不下了。”

亮一哥十二岁离家出走的时候，是沈姨找到他的，他其实没跑多远，就在小区旁边的街上徘徊了一夜，手脚都带了冻伤，沈姨带他回去，给他织围巾和手套，答应他每年都给他织不同的，条件是他不能再到处跑。

沈亮一和冉致一一样，渴望家人，又害怕分离。

她端着菜，送到沈亮一面前，他当她是空气，她把盘子放下。

每天重复这样的画面，他虽然不理她，却每次都把菜吃干净，沈姨也帮她劝了他好几天，到她要走的时候，他的面色终于有所改善，却还是不肯和她说话。

冉致一离开前一天是冉爸爸和沈亮一的生日，她和沈姨下厨做了大餐，买很多礼物哄沈亮一。

冉爸爸先吹了蜡烛，沈亮一还是闷不吭声，陆时一自作主张替他许愿，余光瞄了小智一眼，轻咳一声，说："希望明年的亮一哥不再是一个人了。"

有人在旁边偷吃蛋糕上的杧果，听到这话蒙了一下，不懂就问："他明年为啥就不能是个人了？"

陆时一挖一勺蛋糕抹说话那人的脸上。

亮一哥说得对，这屋里的人啊，不知道被谁传染的，一天比一天缺心眼。

冉致一第二天是早起的飞机，沈亮一和冉爸爸都没去送她。

机场，沈姨和陆时一安慰她别太担心，他们会负责劝沈亮一，早晚让他想通了。

"下回让洛拾安亲自回来和大哥赔个礼，谁让那小子拐走了他最疼的妹妹呢？"陆时一拥抱她，收回一贯爱闹的性子，"致一，亮一哥是真的疼你，你不能怪他。"

冉致一："我知道。"

安检时间差不多要截止了，冉致一要走，陆时一却抱紧了一些。

"我们这一家子啊，看起来好像都是凉薄的，也不会说腻人的话，却拼命想凑到一起。不过，你要走，我不拦，亮一哥教会你坚强，却忘了告诉你哭一哭有助于新陈代谢，他其实不是气你，他是气自己，有些事情啊，我和他都教不了你。"

飞机上，冉致一的鼻子发涩，耳边反复回荡陆时一最后那段话。

他说："出去转转吧，致一，春天很漂亮的，晴天的时候多晒太阳，高兴了就多笑一笑。"

她难过的并不是当下，而是从前。

如陆时一所说，沈亮一从没教过她怎样才算是快乐。就像色盲看不到红色，无论别人怎么绘声绘色地描述，他都想象不到那是怎样的颜色，相对的，不管她如何向他形容快乐，他都想不通那是什么东西。

那些安静到让人恐惧的夜晚，她一点也不希望记起。

冉致一在中午下机，洛拾安没有接她，知道他在准备演出，她没告诉他自己具体哪天到。

三月份的暑江已经非常暖和，每年固定的暑江音乐节就在这时开幕，冉致一放下行李，马不停蹄地赶到现场，取了门票，排队进门。

彼时的洛拾安毫不知情，正在后台津津有味地看漫画，脸上的笑容压都压不住，程光好奇，瞄了一眼漫画封面，标题是“天然与傲娇”，上面画了两个穿着校服的男女，各坐一侧窗台，男生扛着球拍看女生侧脸，女生低头看一本书。

他问洛拾安：“讲什么的？”

“这个我知道，挺好看的。”韩阳扔给他一本，“你也看看。”

闲着也是闲着，程光慢慢往后翻。

扉页有这样一段话：“流浪猫和宠物猫的傲娇性质是不一样的，被呵护长大的宠物猫知道怎么撒娇可以换来猫罐头，流浪猫却担心身上的毛不够顺，会让喜欢的人觉得讨厌，便自动和你保持安全距离，可它会偷偷地看着你，会在确定你不会抛弃它后把自己拥有的全给你。”

才看到傲娇的男主私藏女主画过画的便利贴，以及他拼命喝牛奶想长高，只是因为听人说情侣之间最佳身高是十五厘米时，外面的音乐声就开始响了，“拾光乐队”是第三个，就快上台了。

程光合上漫画，叹了口气。

这次的压轴是“川声”，川叔还没来，也幸好他没来。

还没来得及说万幸，有人在外面敲门，何月进来便说找拾安，程光和韩阳面面相觑：“您是？”

“他妈。”

程光急了：“你怎么骂人呢？！”

洛拾安在里边开口：“妈。”

啊，真是他妈。

程光慌忙改口："妈，啊，不，阿姨，您请进！"

他和韩阳退场，留他们慢慢说话，何月坐下来："你这两个队友挺好玩的。"

洛拾安翻了一页漫画，继续看："你怎么进来的？"

"你这是什么态度？别忘了，要是没有我赞助，这一把也轮不到你们出场。"

"我们明明是靠自己的能力，你少往自己脸上贴金。"

何月环着胳膊看洛拾安："我前几天回桩城，见到致一了。"

以为这次他总会抬起头了，可他只是说："我知道。"

他一点也不惊讶，因为陆时一早就和他说了。

何月又说："过几天我打算再回去一趟，把房子重新装修一下。"

他听到这话才有了反应，抬眼看她，她笑着说："其实冬天的时候你爸爸去找我了，我们好好谈了谈，把这几年的误会都解开了。"

洛拾安抿了抿唇，"哦"了一声。

怪不得洛川收回了不跟他同台的话。

关于冉致一和洛川的那段对话，他也早有耳闻，他自然是感动的。

他一直试图把那些心情藏起来，却不想冉致一都知道，证明过去很多个时刻，她一直有好好看他。以至于到了这一刻，他忽然就不想计较了。

"拾安，我想把工作放一放，做个旅行计划，你觉得怎么样？"

"随你。"

"拾安。"

"嗯？"

她站起来，拥抱他。

洛拾安木讷地坐在那里，两只手僵在半空，手中的漫画书一瞬间变得千斤重，他的手指倏地抖了一下。

何月轻声说："对不起。我一直只顾着自己，忘了你的心情。"

洛拾安这才记起，自己也不光只是怪洛川。

好多好多寂寞的时刻，这会儿他却想不起来了。

说起来复杂，怎么也捋不顺，最后不过是一句算了。

“算了。”他拍拍她的后背，“我要上台了。”

——喏，冉致一，我们可能真的长大了。埋怨一个人很多年，却因为一句话就心软。那大抵是因为，这世上的怨憎多数都源于爱吧。

——被温暖的心拥有容纳大海的力量，知道你自远方朝我奔来，我便有了可以和全世界和解的信心。那些总在深夜出现的不甘和意难平，好像都不再重要了。

“拾光乐队”上台的时候，底下的人还稀稀拉拉没几个，前两个乐队没把场子热起来，这场音乐节又是和车展一起办的，大部分人都去旁边议论哪个车模腿最长去了。

洛拾安介绍队员的时候，一群人在底下唏嘘道：“不是说他们都散了吗？”

人不多，天又亮，灯开再多也没用，太阳已经够晃眼了，观众都在等晚上的压轴乐队，一个个昏昏欲睡。

可是真奇妙，洛拾安的琴弦一拨响，人群竟然在慢慢回归。

他的声音一如既往的动听，刚刚还宽松的场子突然变得人挤人，冉致一被挤进角落，拼命地踮起脚尖。

离得太远，她看不清他，只能往大屏幕上看，洛拾安握着话筒架，凝眉微笑的样子帅到人心坎里。

她听到身边一直有女生在尖叫。

开场歌唱完，他徐徐地说：“这半年来我受了点小伤，闲在家里无所事事的时候想了首歌，《最佳胆小鬼》，和队友们修修改改了好多天，花了很多心血，待会儿唱给你们听。关于半年前的一些事，我就不多说了，总之，‘拾光乐队’重新起航，我是洛拾安，请多关照。”

网上流传的那些乱七八糟的争论并没对他产生什么影响，他的声音仍然自信，充满力量。

一首歌唱得人有窒息般的快感，有人举着带“拾光”二字的灯牌，有人在喊他们的名字。

隔着过道的另一侧，扛着“拾光”大旗的一群人整整齐齐地喊：“这次可不许再散了哦！”

她的心在震荡，她的眼睛离不开他。

也许走出家门会惊艳于山河辽阔，可最终沉迷的都是与彼此相处的琐碎时光。

演出结束之后，冉致一给洛拾安发信息，她找了一个比较显眼的海豚标致，拍了张照片给他发过去，下附文字：“我在这里等你。”

五分钟后，洛拾安的声音从后面响起：“冉致一！”

隔着大概十米的距离，他在那头停下，张开胳膊，她想慢慢走过去，却在后半程控制不住沸腾的心，直接扑进他怀里。

她勾着他的脖子，踮着脚尖。

可是气势不能输，她挂在他身上，哼了一声：“洛拾安，我来见你了哦。”

她不会收回那些话，她仍然最讨厌洛拾安。

只要待在他身边，看万事万物都不起眼，可若不在他身边，她满心满眼就只记得他一个人。

她不顾周围的人打量的目光，怎么也藏不住自己的私心，洛拾安是她的，永远是她的。

洛拾安弯了弯眼睛，宠溺地“嗯”了一声。

他想起十四岁那年的体育课，冉致一在操场上练网球，他因为没写作业在走廊罚站，拉开窗户往外边看，朝她喊：“冉致一！”

走廊里侧正在上课的其他班级和窗户外一起练习的全班同学，连同体育老师一起看过来，以为发生了什么了不得的大事。

唯独冉致一冷漠且警惕地问：“干什么？”

他双臂撑在窗台上，不好意思地笑一下：“没事，就是突然想喊你一声。”

操场和班级一片喧哗，男生们都在起哄。

后来他因为扰乱课堂秩序被加罚五千字检讨，熬夜写得他险些肝肠寸断，不过，那不重要啦。

他喜欢听她喊他的全名，也同样喜欢这样叫她。

她的名字里藏着全世界最明亮柔软的岁月，在后来的每一个时刻，为他引路，给他力量。

他喜欢她，并热爱与她有关的每一段时光。

再致一紧了紧双手，让洛拾安弯了一下腰，好像有什么悄悄话要讲。

在他被她发间的淡香扰得心痒时，她在他的耳边细声呢喃，电流蓦地涌入他的全身，他睁大瞳孔，怀疑她偷窥他的灵魂。

她说：“我也喜欢你哦，洛拾安。”

（正文完）

番外

唯独快乐我教不会你

是夜，整栋楼都鸦雀无声，从一从院长那里偷到备用钥匙，四处看了看，确定没人之后，蹑手蹑脚地钻进一间房间。床上的小朋友们都在熟睡，磨牙打呼的声音此起彼伏，也算给她作掩饰，她拧开瓶盖，把水倒在床上，让每一张床都雨露均沾。

做完这一切，她得意地抻紧了纸杯电话的绳子，小声说："001 呼叫 002，这边一切顺利，你那儿如何？"

在外放哨的时一听到后回答："002 这边也……不对啊，姐，说好我当 007 的！"

从一没理他，回头去看亮一的情况，亮一那边也顺利，早上妹妹被夺走的小火车已经找到，两人分别做了个胜利的手势，出去找到时一，收起纸电话，回屋睡觉。

天亮之后一片喧闹，"尿床"的小孩都被嘲笑，时一朝从一竖大拇指，从一摸摸旁边妹妹的脸，说："哥哥姐姐昨天给你出气了，以后谁再欺负你，你就告诉我们，我们帮你欺负回去。"

两岁的小妹妹什么都不懂，住进来前因为一场事故做手术，剃了个光头，刚会说话，但不爱理人，睡觉时一定要拽着人的手，否则半夜一定会哭醒。白天起来又不哭不闹，很好哄。

因为不知道她经历了什么，亮一很疼她。

时一又觉得不踏实，问亮一："哥，我们这样做，是不是胜之不武？

被他们发现就糟了。”

亮一身为大哥，气势还是要的，他摸着妹妹刚长出来的毛茸茸的发茬，一副高深莫测的样子看远处：“对方人多势众，我们只能智取。”

从一说：“对，只要我们团结，就没人能欺负我们。”

时一这才安心，晃荡着腿说：“祝老师什么时候来？”

妹妹不说话，拿着火车在水泥地上来回蹭，被别的小孩看到，一群人过来和他们理论：“昨晚是不是你们偷偷进了我们的房间？”

亮一和从一用时一听不懂的语言跟他们交谈，见他们走了之后，时一问亮一：“你们刚才说啥了？”

从一吐吐舌头，调皮地说：“装傻呗。”

时一和爸妈来这儿好几年了，因为出门少，也听不太懂这边的语言，后来爸妈去逃债不知所踪，他稀里糊涂地被送到这儿来。能来这里的小孩子，多离奇的原因都有，懒得互相问，谁也不好奇。反正院里只有他们四个中国孩子，为了不被欺负抱团抵抗，时一鬼点子多，亮一执行力强，一天搞两个恶作剧，还让人抓不到证据，时间久了，再没人敢欺负他们。

因为动辄搅得院里天翻地覆，院长不喜欢他们，偶尔来领养小孩的人也不会把目光停在他们身上，但他们其实是故意的，反正这里热闹又有意思，还有祝老师，比外面好多了。

祝老师温柔漂亮，在这儿工作了十年，所有人都喜欢她。

三个小朋友的名字都是她取的，亮一、从一是因为不知道原来的名字，时一是想和他们拉近关系。

这一天，他们蒙着被子在床上聊天，八岁的从一说：“我可不想被领养。”

六岁的时一说：“我也是，大人都是坏蛋，说走就走了。”

妹妹太小，不会发表感想，亮一替她说：“祝老师是好人。”

从一：“可是祝老师的先生很讨厌小朋友。”

时一鬼灵精：“就算不讨厌，也不可能一口气养四个吧。”

从一附和道：“是啊，所以，我们要想一直在一起，就只能留在这里。”

日子总的来说还是很开心的，没过两年，这四个捣蛋鬼已经淘气到让整条街知道他们了，时不时踢球撞哭街上的孩子，或是扔石头砸破谁家玻璃。

院长挨家道歉，罚他们一周不许吃晚饭。

祝老师听说之后也很生气，把他们关起来审，想知道是谁起头，结果谁也不承认，一个推一个。

时一恶人先告状："石头是从一扔的！"

从一举高了手："球是时一踢的！"

时一不甘示弱："亮一哥带头跑的！"

亮一挑起眉毛："你们惹了祸，我不跑，难道要留下来替你们背锅？！"

妹妹说："我饿。"

祝老师叹了一口气，从身后拿出几盒点心："你们以后能不能听话些，这样哪还有人敢领养你们？"

四个人齐齐地吐舌头，祝老师拍着桌子，喊他们立正："从现在开始，我就在这儿住下看着你们，直到你们肯乖乖听话为止！"

时一嚼着饼干，苦着脸："那也太难了吧！"

宛如小燕子遇到容嬷嬷，那些规矩太难学，从一劝她放弃："老师，您算了吧，要当好孩子是需要天赋的，我们根本就不存在那个慧根。"

祝老师看他们半天，有些沮丧，坐下来说："下个月我就要回国了，你们这样，我真的不放心。"

时一愣了一下，急急地问："为什么要走？"

"我身体不好，有些想家。"

从一说："你家不在这儿吗？"

"我丈夫的家在这儿，我家原本不在这儿。"

几个小朋友异口同声地说："那你走了还回来吗？"

她摇摇头："我不知道。"

那天晚上，四个人紧急开会，亮一发号施令："祝老师要走了，看在她这几年一直照顾我们的分上，我们要送她个礼物。"

时一说："可是我们没有钱啊。"

从一捏着下巴想了一会儿："要不，明天早起给她做一顿饭吧。"

亮一："只有这样了，妹妹在屋里待着，我们三个人去做。"

时一和从一有点失落："祝老师走了，我们以后怎么办啊？以前的衣服和吃的都是她送来的，别人捐赠都拿二手货，只有她愿意带我们去量身买衣服。还有，妹妹的名字她还没给取呢。"

亮一呵斥他们，让他们争点气："该怎么办还怎么办，总有长大那一天。"

长大？长大多遥远啊。

三个人睁着眼睛到天亮，凌晨就起来了，手忙脚乱地在厨房忙活一早上，汤汤水水洒了一地，还差点把房子点着，大人们拼了老命扑灭了火。祝老师心很累，临走前，他们还是给她捅娄子。

她皱眉："你们平常捣个蛋也就算了，火跟电是能随便玩的吗？"

小朋友们垂头丧气不吭声，接受完批评又接受惩罚，最后从一忍不住哭出了声："我们只是想给你做个饭。"

祝老师愣了愣，把他们抱进怀里。

大概是为了错怪他们而愧疚，祝老师允诺，等安顿下来就回来看他们。

可他们都没抱希望，毕竟大人都是骗子。

祝老师离开后，调皮鬼们消停了一阵子，亮一想了好几天后，跟从一和时一说："从今天开始我们都规矩一些，再有人来申请领养的话，都好好表现。尤其是从一和时一，超过十岁的小孩就难被领走了，你们现在正卡在时间线上。"

从一很惊讶："我们以前不是这么说的啊！"

亮一摆出当大哥的谱："以前是以前，计划有变，老在这儿待着不是事。"

时一揪着衣角说："那万一我们先被领走了，妹妹怎么办？她这么小，又总生病，肯定会被欺负的。"

亮一的大手压在妹妹的头上，彼时妹妹的头发已经长长了，扎了两根冲天揪，像天线一样。

他拍着自己胸脯说："你和从一走，我留下。"

时一和从一再次异口同声："那怎么行？"

“我是哥哥，哥哥的话你们还听不听？”

所有人都垂下了头。

又是一个不眠夜，亮一趴在窗边，想起以前的事情。

他从小就待在这儿，六岁时被收养过一次，养母本来不能生育，养了他以后却有了自己的孩子，那家人说他是福星，他很庆幸自己找到了家人。

可好日子没过多久，养母开始讨厌他，尤其是小妹妹呱呱坠地之后，家里的其他人都不允许他靠近婴儿房，他偶尔会在门口偷看一眼，被发现之后免不了会挨骂。

他倒不是娇养到被骂两句就委屈，只是很想看看妹妹长什么样子，爸爸被烦得没辙，答应让他抱一下。

他用力点头，小心接过那个奶声奶气的小娃娃，门口有人尖叫一声，他吓得手一松，妹妹摔在地上哭得声嘶力竭，妈妈冲进来，甩了他一个耳光，警告爸爸明天必须把他送走。

爸爸以他伤害婴儿为理由，把他送回院里。

亮一知道，爸爸其实对他还算好，当初也是爸爸要领养他，可妈妈心里一直很别扭，有了亲生的以后更是怎么看他都不顺眼。

对了，现在不能叫他爸爸了。

亮一等了很久，终于等来了好消息，祝老师回来看他们的时候还带来两个老朋友，他们愿意领养从一和时一。

没想到分别来得这么快，时一杀猪般的叫声响彻了半边天，他拽着亮一的袖子死活不走，亮一觉得他一脸鼻涕脏到家了，嫌弃地甩开他。

祝老师安慰他们，他们会去一座城市，虽然不能在一起生活，偶尔串个门还是可以的，从一抽抽搭搭：“那亮一哥和妹妹呢？”

亮一正琢磨编个好理由，演场戏把他们赶走，祝老师却倏地拉住他的手，并抱起小小的妹妹：“妹妹从今天起叫致一，他们跟我走。”

亮一心里轰隆一声。

他低头咬紧了嘴唇。

说实话，他一点也不想去，祝老师虽然是好人，可她那个丈夫，真不是什么善茬。

可妹妹身体不好，只有被家境好的人家领养才能有活路，就这么放她自己去，他也不放心。

他硬着头皮点下头。

就这样，他们坐上了一架飞机，去了一个完全陌生的地方。

亮一没猜错，冉峰果然不同意，每天跟祝老师吵架："说好只留下一个，我们家又不是托儿所！"

祝老师性子软，温言细语地和他磨，他仍旧不愿意："留下一个，另一个送走。"

祝老师私下安抚亮一："你放心，那个人就是刀子嘴豆腐心，他慢慢就会接受你们的。"

亮一觉得那不可能，因为那个人实在太凶了，他总觉得自己会在熟睡的时候被扔到窗外去。

既然会被扔，不如自己逃，起码走得有尊严。他深吸一口气，拎起书包，趁着夜深人静，悄悄离开了这个家。

该去哪儿呢？

只要他走了，妹妹就能顺其自然地留下了，祝老师会是一个好妈妈。

唉，谁让他是当哥哥的呢。

这么一想，亮一觉得好有成就感。

他趁着小区大门打开的时候跑出去，保安以为他是什么可疑人物，追着他跑了三条街才放弃，他漫无目的地走，这边秋天这么冷，他没有棉衣，一直哆嗦。

在路上徘徊取暖，他开始数羊，思考第二天应该怎么办，这月亮看起来冷冰冰的，什么时候才能和太阳交班呢？

好冷。

不知道从一和时一怎么样了，没有他看着他们，那两个家伙有没有捣蛋呢？

手脚太麻了，他打算在公交站坐一会儿，听有人喊他的名字，却睁不开眼，然后有人扶他起来，周身逐渐温暖，他这才恢复意识，冉峰站在床边抖腿："谁允许你大半夜离家出走的？要不是门卫发现不对劲，过来通知我，你这会儿已经下去和阎王爷下棋了知道吗？"

亮一以大人的口吻跟他谈判："你不是讨厌我吗？留着我自生自灭就好了。"

冉峰板着脸说："我不是不喜欢你，我是所有小孩都不喜欢。"

这个理由，很强。

亮一一下子就不知道怎么回答了。

一大一小僵持了半晌，冉峰思忖了半天，站起来，先开口："你要待在这个家也不是不行，有一个条件，我在家的时候你不能出声，平常少跟我说话，绝对不能跟我套近乎，听懂了吗？"

亮一捏着被子不吭声，冉峰觉得自己说得挺清楚，哼了一声，走了。

第二天，亮一又离家出走了。

祝老师终于火了，关门质问冉峰："你昨天到底跟他说什么了？"

冉峰心虚："我也没说什么。"

祝老师气急攻心，手脚发软，冉峰吓坏了，抱着她去了医院。沈姨留下来看家，给亮一送晚饭，屋漏偏逢连夜雨，那小子又不见了。

来不及通知冉峰他们，沈姨出门去找，还是在原来的路上发现了他。

后来沈亮一坚持声称他并不是故意被他们找到，他只是迷路。

倒也不是不可信，毕竟全家人都知道沈亮一路痴。

连续在外面冻了两宿，亮一手脚有了冻伤，沈姨把自己的围巾给他系上，掏出纸笔写字："跟我回家好不好？"

他摇头。

"你是希望冉先生来接你？"

他不吭声。

"祝太太去医院了，他今天不会来了。"

他终于有了反应："什么病？"

沈姨摇头，表示她也不知道，她和亮一对视了一会儿，翻一页，写："来我家怎么样？我家什么人也没有。"

亮一犹豫了一下，慢慢点了点头。

只是他没想到，沈姨口中的她家，就是她在冉家借住的房间。

沈姨端着热水出现，帮他清洗脚上的冻伤，完后写一行字给他看：“你愿意留在这里吗？你跟着我的话，就可以留下来了哦。”

他咬着唇，良久之后，“嗯”了一声。

反正他也确实无处可去，再出去也会被找回来。

算了，走一步是一步吧。

没想到的是，沈姨的这个理由竟然管用，冉爸爸答应亮一留下来，条件还是原来那些，只要他不吵不闹，就能保吃喝不愁。

在这个家里的日子并不难过，冉峰虽然脸上凶，却很少回家，亮一平常躲着他，没法碰面就没法争执，一切还算平静。

从一和时一偶尔来找他串门，谈起在新学校遇见的朋友，一切都尘埃落定，所有人都进入了平稳的生活状态。

“不能再捣蛋了。”亮一叮嘱他们。

“你放心，我们可乖了。”从一说，“你和妹妹怎么样？”

“该吃吃，该睡睡，跟以前没什么两样。”

其实亮一经常失眠。

第二天，祝老师做了菜，让他给冉峰送去，亮一应了，把饭盒送进工作室，打算马上就走，却被屋里的木香吸引住。他沿着声音找过去，看到正在固定吉他外侧板的冉峰，不小心出了神。

冉峰看到他，刚要赶他出去，注意到他的眼神，便改了口吻：“喜欢吉他吗？”

亮一鬼使神差地点了一下头。

冉峰带他在屋里走，把每种器材指给他认，又教他识别木头。亮一记性好，一遍就完全记住，冉峰对他刮目相看，忽然想起来问：“对了，你来找我有事？”

“祝老师让我给你送吃的。”

“吃的呢？”

亮一把饭盒递给他，转身走了，到了门口又犹豫，回头，试探地喊一声："明天我还能来工作室看你做吉他吗？"

"你这是什么莅临监工的语气？当我养大爷呢？"冉峰哼一声，顿了顿，又说，"来给我当助手吧。"

"还有，以后喊我老师。"

"好，冉老师。"

"不用加冉，就叫老师。"

"老师。"

"把致一也带来，以后她得接我的班，先让她熟悉熟悉环境。"

"好。"

十二岁的亮一很清楚，要想毫无顾虑地留下来，就得进这间工作室。只要他做得出色，就有留下来的理由。

那天夜里，亮一难得早早就有了困意，却在梦中听到妹妹哭，他手忙脚乱过去看，问她怎么了，她只是哭，不说话，亮一看到她脚边碎掉的玻璃杯，还有手指头上扎着的玻璃片，安慰她没事的。

他把指尖压在她的嘴角："不许哭，你爸爸最讨厌小孩哭了。"

他拿药箱来，帮她处理伤口，缠上创可贴，他哄她："致一放心，我会一直待在你身边看着你，你安心睡，你睡着了我再走。"

他一遍一遍重复着："致一，别哭。亮一哥会想办法留下来保护你的，但你自己也要学着努力，别动不动就哭。"

黑暗中，致一睁开眼，嘟哝了一声："哥，你好烦，我要睡觉。"

煽情失败，亮一收起酝酿了一半的情怀："刚才一直鬼哭狼嚎的不是你吗？"

致一理直气壮："哭累了当然要睡觉了。"

行吧，小没良心的。

她把小手伸进他的掌心，细声细语地说："哥，我今天认识了一个男孩子，他特别爱笑，笑得可好看了。"

"是吗？"

"我想和他做朋友，把开心的秘诀要过来，再教给你。"

"哇，听上去像武林秘籍一样。"以前半句话都不说，从来不看人的致一竟然也会跟人聊天了，他欣慰，看来她对新环境适应得不错。

是不是那个男孩子教会了她一点快乐？

他搓了搓她的头发，抹掉她眼角的泪花："唯独这一点，我没法教给你，所以，就拜托你出去好好学习了。"

"好啊。"

天会亮的，春天会来的。

所有脆弱的心都能得到安放，所有寂寞的灵魂都会找到想去的地方。

"好了。"他给她掖了掖被子，"睡吧。"